井冈山大学人文学院汉语言文学省一流专业建设丛书

丛书主编　刘晓鑫　龚奎林

——井冈山大学人文学院学生文学作品集

（2015—2018年度）

主编　曾纪虎　龚奎林

江西高校出版社
JIANGXI UNIVERSITIES AND COLLEGES PRESS

图书在版编目(CIP)数据

那山花开:井冈山大学人文学院学生文学作品集. 2015—2018年度/曾纪虎,龚奎林主编. --南昌:江西高校出版社,2022.5

(井冈山大学人文学院汉语言文学省一流专业建设丛书/刘晓鑫,龚奎林主编)

ISBN 978-7-5762-2632-4

Ⅰ. ①那… Ⅱ. ①曾… ②龚… Ⅲ. ①中国文学—当代文学—作品综合集 Ⅳ. ①I217.1

中国版本图书馆CIP数据核字(2022)第062891号

出版发行	江西高校出版社
社　　址	江西省南昌市洪都北大道96号
总编室电话	(0791)88504319
销售电话	(0791)88522516
网　　址	www.juacp.com
印　　刷	南昌市红星印刷有限公司
经　　销	全国新华书店
开　　本	700mm×1000mm　1/16
印　　张	16
字　　数	232千字
版　　次	2022年5月第1版
	2022年5月第1次印刷
书　　号	ISBN 978-7-5762-2632-4
定　　价	58.00元

赣版权登字-07-2022-358

《井冈山大学人文学院汉语言文学省一流专业建设丛书》编委会名单

《那山花开——井冈山大学人文学院学生文学作品集（2015—2018 年度）》编委会名单

总序

井冈山大学人文学院是学校办学历史最为悠久和重点发展的教学院系之一，下辖中文系、历史系和新闻系三个教学系，内设井冈山大学庐陵文化研究中心、井冈山大学非物质文化遗产研究中心、井冈山大学新闻与影视制作研究中心、井冈山大学江西文学评论与创研中心、井冈山大学书法研究院五个研究机构。其中，井冈山大学庐陵文化研究中心是江西省高校人文社会科学重点研究基地。汉语言文学专业为学校传统优势专业，1958 年学校建校时就创办了中文科，1997 年开始招收本科生；2005 年被列入江西高校品牌专业；2008 年被遴选为国家级特色专业；2012 年被遴选为江西省普通本科高校专业综合改革试点建设专业；2013 年在全国高校第一批录取线招生；2019 年被列入江西省一流专业建设名单；2020 年入选江西省一流本科专业建设点名单；2021 年，汉语言专业研究成果获批教育部首批“新文科”项目。

汉语言文学专业恪守“以文化人，以德铸魂”的办学理念和以“新文科”为导向的专业定位，坚持立德树人，坚持 OBE 成果导向，立足井冈,服务地方,培养具有道德规范和教育情怀、专业基础扎实、教学创新能力强、具有综合育人和终身学习发展能力的较高素质的教师教育及应用型人才。根据省一流本科专业和新文科项目建设要求,坚守“以生为本,全面发展”的理念,整合并优化课程结构,打造六大菜单式课程模块——课程思政模块、文学模块、语言模块、中学语文教学模块、创意写作模块与实践实训模块。老师们兢兢业业,勤勉教学,刻苦钻研,积极推进“学生主体”的教学改革,打造在线开放课程,加大新形态教材的探讨力度。

重视学生创作和研究能力的培养一直是学院的传统。在老师们的辛勤指导下,学生创作取得了不俗的成绩。学院建立江西文学评论与创研中心校级平台,恢复学生社团——露珠诗社,一直开展创意写作教学。在曾纪虎、龚奎林、汪剑豪等老师的指导下,学生在《十月》《诗刊》《星火》《作品》《青春》《名作欣赏》《西湖》《中州大学学报》《当代文坛》《现代艺术》《长江丛刊》等省级以上刊物发表文学评论和文学作品多篇。

为了推动汉语言文学专业的高质量发展,感谢老师们的辛勤付出,我们将多年探索的教学成果汇编为《井冈山大学人文学院汉语言文学省一流专业建设丛书》,作为我们主持的教育部首批新文科研究与改革实践项目“地方高校新文科‘中文+’人才培养模式改革与实践——以井冈山大学汉语言文学专业为例”的阶段性成果。该丛书分为5类。第一类是特色教材(9本):《文秘写作》(朱中方、刘云兰、赵永君主编)、《口语表达实训教程》(张睫、吴翔明主编)、《诗歌写作与实训》(曾纪虎、龚奎林主编)、《县域新闻精品赏析》(郭辉、梁长荣主编)、《中国古典文献学概论》(邓声国主编)、《语言调查导论》(田祥胜、龙安隆主编)、《文学评论写作与实训》(龚奎林、汪剑豪、赵庆超主编)、《庐陵文化概论》(邓声国、陈冬根主编)、《电影剧本写作实用教程》(汪剑豪主编);第二类是学生作品(2本):《那山花开——井冈山大学人文学院学生文学作品集(2015—2018年度)》(曾纪虎、龚奎林主编)、《时间的痕迹——井冈山大学人文学院学生文学作品集(2019—2021年度)》(曾纪虎、陈冬根主编);第三类是师范技能教学书籍(2本):《中学语文教学设计与案例分析教程》(刘梅珍主编)、《插上飞翔的翅膀——初中语文写作教程》(陈冬根、欧阳伟、朱宝琴主编);第四类是美育素养书籍(2本):《文学欣赏》(刘晓鑫主编)、《影视欣赏》(龚奎林、许苏、张莹主编);第五类是学术专辑《庐陵学术》(邓声国、丁功谊主编)。期待以后有更多的人才培养成果,以展示学院的精气神。

是为序。

井冈山大学人文学院院长　刘晓鑫

2021年10月

目录

CONTENTS

诗　　歌

信笺

吴巧玲

一封早年的信笺
在抵达途中披上了大雪
打开信笺的人,看到一场雪
落在纸上。像一个人迈进
辽阔的温暖
如今,信笺早已发黄
那个寄信人,被时光劫持到
生活的彼岸,风一点点吃掉
信笺上的积雪
唯独收件人内心的温暖
不断加厚

南方

王升满

像是从前某个夜晚遗落的回忆,
我来到南方……
我来到妊娠着青春的他乡;
我在北方的书中想象过你的音容,
四处是亭台的摆设,烟雨缥缈,

漫长的中古,南方的一片天。

冬雷震震夏雨雪!
我的耳畔是另一个国度、另一个东方,
那是我想要寻找你的音容。

在寂寥的夜晚,回忆着异国的五月,
此后的生活就要从绵绵落雨的他乡开始,
一扇心的门扉挡不住青春低回的意念,
我是误入了不可返归的浮华的想象,
还是来到了不可饶恕的南方!

榭添窗鸟眷

莫小雄

小雨滴答滴答,
拍打着深秋的花,
倾吐昨日一夜风华。

对于伊甸园里的秋花,
这是植物秘药,
还是芳香疗法?
或者正与清晨的冷雾结伴同行,
浸染轻逸的迷寒,
也只是多了点揉碎了的香气,
沉淀在已铺设好的秋意之中。

深秋落雨成双,
不宠无惊,

看飞鸟命定琴弦。

爱味果圃，
窗榭外飞来一对鸟儿，
不念秋意如何，
如此——
榭添好。
我幻想着只属于它们的窗台亭榭，
在旁边插满了蓝莓味的玫瑰。

定林寺里的余花，
律动中交织着枯黄。
它们不是倦鸟，
却描绘出余花的脉脉悠然。
茫茫窗外，
是谁刻画窗鸟眷花图？
默契得真情蔓延！

深秋里窗外的两只鸟儿，
有人知道它们可怜又动人，
雨蒙蒙，思量最牵红。

十三年

谌雪花

村头的老树是最后一眼的眺望，
我风尘仆仆地归来，
正赶上它的出丧。

青瓦房,我曾经藏过笑声的地方,
而今它抽象得只剩下几堵透风的墙,
青苔,蛛网,几片干枯的竹叶在悠悠地荡。

你们曾经不那么老,
后来你们白发苍苍。
老房的正中央啊,悬挂了你们的黑白肖像。

十三年,
有的人从无到有,
有的人从有到无,
有的人,从近旁去到了远方,
我的身旁走过一位尚不识路的新娘。

曾经游戏过的地方被人占领,
这一轮,
我将被抛在哪一个方向。

冬日

胡新辉

听说冬日交九,才是真正意义上的冬
早晨的寒霜凝结了几缕轻愁
没有什么鸟儿在这个时候还在枝头停留

水雾凝在窗口
模糊着窗外所谓的初冬里还泛绿的树的枝头
万物寂静着,冬日里尽是哀愁

终归是太阳起得最早
化了微霜,消了水雾
据说在桥头,银发的老人站了好久

我们还长着,他们却长大了
他们长大的时候
听说有些人走了

走的人一路好走
安详地笑着
似乎看到美好的东西……

有一天,我会走
想着在阳光下的某个地方
婴孩又以天籁般的啼声惊破天空

但现在,你在踱着,我也走着
终于有鸟儿划过天空
只是此生的梦绝不在下世停留

幸好
冬日的天空下
此刻,活着

月

黄莉芸

刺骨的寒冷堆成海的蔚蓝
若蜕去躯壳

灵魂还原最初的清湛
时光能拖住流浪的步伐
岁月可冲刷掉刻骨的不堪
你听夏日炎炎,唱倦了枝头的鸣蝉
再次拥抱七月的炙热、新生的稚嫩
胸腔的热度也无法暖化海底的严寒
你说你爱上了自欺的这般
海是倒映着的天
注定被冰封的七月
也可遐想晴空的蓝
谁能带你冲破坚冰般的海面
以烈日回应你的呼喊
身躯活成燃烧的煤炭
怎能容忍压抑着的不甘
要做便做七月的飞蛾
不扑向灯光扑向那太阳

老年时光

熊　慧

半截黛瓦红墙
栀子花开临窗
慵懒的猫
贪恋着你温暖的臂膀
藤椅摇摆的旋律
和着古老的时钟嘀嗒
斑驳的戏台
青衣歌喉婉转
水袖飞扬似蝴蝶寻花

爱恨缠绵柔情缱绻
才子佳人一戏千年
台下不过一盏茶的时间
那团扇轻掩
流转的目光
像极了你年轻时的
闺阁模样
轻燃一炷香
就这样
烧完我
台下的剩余时光

乡的春

田　婷

我踯躅在林中，
清凉的风涌过来，
杳然的古树荫浓茂密，
悠悠扬扬，
享受着踽踽的沉静。

堤边的芳草郁绿如烟，
微波皱作鱼鳞，泛起层层涟漪，
藕花似锦，
也对着旖旎的春色羞涩地舞动着。

离愁的三月细雨连绵，
湖乡十里，渐次地开着杏、桃、李。
柳絮纷飞，燕子归栖，

一村的桑果儿,半亩桐花早已落熟。

靠着方塘对岸的老蔷薇树,
几回凝伫,
弥漫着旧情往日的杏雨梨云。

黄昏云密,轻雷隐隐初惊,
淅沥沥的雨声中夹杂着野鸭的低鸣,
湖上晚归的行人穿梭于红蕖袅袅的烟波里。

山麓边,那一片浩漫的平芜,
在我的身影之后,
有着青春时的甜梦迷离。

觅春

余　懋

听,三月的花开
掀起你的裙角
你带着少女的馨香馥郁
在夕阳下的少年眸子里渲染
我知道
你可能是风
在清晨吹过我的窗口
所以我建了一座幻城
吐露着依依杨柳的青涩
心似清澈水,眼如朝露悬
只为寻你
只为邂逅你的容颜

赏,游弋的阳光
撩拨你拈香的手指
纷飞了蝶儿的匆忙
交织着水乡的梦境
我知道
你可能是雨
在黄昏滴落我的檐前
所以我画了一页江南
承载着西子弄波的柔情
黛瓦青石巷,雨堤柳生烟
只为寻你
只为触碰你的华年

望,飞舞的柳絮
拨弄你飘扬的发梢
你的笑靥在我的脑海定格
你的素雅铺入我的十里长卷
我知道
你可能是虹
在午夜映上我的小桌
所以我研了一池水墨
涂鸦着流水淙淙的烟岚
笔尖迟迟语,翠笺细细说
只为寻你
只为重拾对你的思恋

醉江南

章佳毅

故都的春藏匿于淡黄的油纸伞中
三月的细雨似银针,将暖意绣入青石铺就的小巷
许是这银针刺疼了檐廊上的燕儿
燕儿滴落的鲜血染红了墙角那株海棠
许久未闻的啼叫声轻扣我的窗扉
在开窗之际瞥见你,心头烙上一枚朱砂

一盏美酒将那烟雨灌得醉人
这一场烟雨又醉了多少浮生
老墙上烟熏的旧痕是古城额前的皱纹
追着酒香穿过弄堂走过黛瓦石桥
我在淡淡酒香中寻你,眉梢眼角微露一点痴迷

足下青苔绿得太浓
前程梨花带雨,一地琉璃斑白
穿梭过妖桃粉杏只为路过你,沾染一身花气袭人
你我擦肩而过时,一滴雨落入湖中
湖水说:痒

故乡

杜　娇

遗留苍际的一抹云
时刻点过你的湖心
你的笑声煽动了我

我也笑了
接过你传来的清香
打开它却看到你绿澄澄的眼睛
满袭草褥点缀夜坐者的幻梦
一枚石子击开涧底的绿波
沿着蒲公英的足迹
我看到
有花蝶在飞绕
玉露在痴缠
香车肩边的流苏
在和煦的温风里
正追逐着新的天地
春天对着你哀求
是那凌霄花昂首于云里

匪叶之思，谁在听

陈　田

夜的耳在听，叶落下的声音，
你不是独自在飘零。
听，蜘蛛正编织着午夜的虫鸣，
溪流正欢唱着明月的倒影，
至于城市，也留下一抹喧嚣的背影，
抚慰着正在凋零的心灵。
你不是独自在飘零，
你要知道，世界远没有你想象的那么冷、那么静，
叶的飘零，自有夜的耳在听。

海底月是天上月

施 晴

谁不喜欢月亮呢
在月光的投射下
沉静的夜
就像泼了浓浓的色彩一般,艳丽活泼起来
惊涛拍岸的大海
就像铺了一层天鹅绒一般,沉稳寂静下来

所有美好的东西都不会太长久
比如这入口即化的棉花糖
比如南方稍纵即逝的秋天
比如天一亮就消失不见的月亮

全世界的胆小鬼都是一个样子
只敢发泄自己的恨
不敢公布自己的爱
可是你知道吗
海底月是天上月
眼前人是心上人

不再回头

谭钱花

板下圆滑的轮在翻滚
自行车摇曳着锁链
一圈一圈

反转了时间的轮回
我瞩目
你踮起脚尖
却看不见

黑色的夜空思索着雨滴的容颜
万千纷扰狂乱而不停顿
脚下的泥是鞋底温和的奇迹
温柔地浅打在弯弯的裤蜷

夕颜一夜赤裸
蓬松着你的美丽
斗笠下的你何苦拂袖呻吟

黑夜传说喜欢你的流离
白云的沉默终究不属于你

他说
生活抖一抖
还得跺脚往前走
撕心裂肺后
你便踏着泥泞
不再回头

看见味道的少女

王舒蕾

混浊的空间里
充斥着各种声音的味道

它们不时地从门缝
窗口、电脑、手机中钻进来
吵架声令人反胃
暧昧声令人作呕
背叛声令人发怒
压抑着的怒火燃烧
火光过后一片狼藉
一缕淡淡的花香？不
一丝纯净的空气？不
散落在地上翻开的凌乱书页
那腾起的蓝得可以滴出水来
绿得可以透过指尖的味道
是铅的金属感又是墨
是字的工整方圆又是心灵沉淀
而我,看见了

回来亦在远去

郑晓婷

我在草木离离的季节
回归故里又远行
徘徊在花木馥郁的小城
游走于枯树寂黄的山坡
有太多的心事在风中吹散
只留下暮烟青青

泛黄的石路沉淀着微笑
沿着长长的归家的路
青苔爬满我的脚印延伸过车站

回眸有一群放学的朴素少年
依稀当年的模样
远方草木苍茫
广阔得像夜的故事

哪里都有陌生的脸庞
风的问候你要收好
秋去春来会开出青春的花朵
那些虔诚在年轮里慢慢守候
我们曾无言追忆
你我的梦都埋进春雨的晚露

涉过青春抚过的你的发
牵引着多少无眠的雨夜
有时我们分不清身在何方
回来亦在远去都只因为惦念
我们将年幼给了期盼
将成长给了回望
却不知将自己给了谁

那曾经落落大方的少年
你的心事可还住在
弯弯月塘下青青石桥畔浅浅的笑眸里
就着夕阳
理一理少年肩上的红领巾
目送追风的孩子远去

而我也将就看赣江潺潺的水流
回归草木离离中
而今夜
又是一个月圆之夜

前夕

郑　奚

以怎样的姿态迎接毁灭到来
不闻也不问,只是对着人海出神
我望见乐此不疲的灾害
还有这躁动爱情的失败
拥挤散落的城市也感叹无奈
不给予也不争抢
他们寻觅着所在
兴起的浪潮总要被掩盖
庸碌了半世,像悲剧的白

此刻的马路和旅途,空洞的建筑
一闪而过的光景吹嘘着事实若有若无
曾对浪漫的感悟

人群在我眼前悄然经过
方向张开了口妄图吞没
在动荡前夕一次离别
生活终结每次的思索
她的爱止于每次开口
谁都不知道我不想再等待
这山呼海啸的前尘往事和未来

听那雨声远去

陈欣怡

听见下雨的声音
沙——沙——
屋内的人向着窗外侧耳聆听
路上的人加快脚步
雨滴却如影随形
大雨阻碍了归家者的前行
雨声却装饰了嗜睡者的梦境
听见火车鸣笛的声音
呜——呜——
车上的人一眼掠过沿途的风景
心情却哀乐不一
经过铁路桥的一个个还未被时光雕刻的脸庞
难以掩饰向往羡慕的神情
在雨中目送火车远去
驶向我的家乡
和着我湿淋淋的心境
代替我细细感受故乡的春秋
沙沙——呜呜
载着我对家乡的思念
远去
远去

记忆中的你

张冰洁

晚风缠绕,夜吞噬了落日最后的一缕光辉
星子,你这妩媚妖娆的舞者
柔柔地在我心底荡漾
翘首,回眸,旋转

记忆中的画面,过山车似的掠过心头
记忆中,你是轻盈飞舞的白雪
我化作南国的候鸟,徘徊翘望
记忆中,你是炊烟缭绕的羊肠小道
我化作秋日里一叶火红,摇摆盘旋
记忆中,你是麦香包裹的乐园
我愿化作一颗石子,一守千年

细雨里,湖面羞涩地泛起花儿
一圈一圈的波纹,描绘着泰山雄健厚实的胸脯
簇拥着北国,簇拥着东海
簇拥着我浅浅的思、浅浅的念

突然,我想化作一缕春风
依偎在你的身旁,轻抚你的每一寸肌肤
在每一处开花的地方
以爬山虎的热情,与你紧紧缠绕并相拥
相拥的季节,南国的牵挂,不会孤单
我不愿孤单,我不愿寂寞,我不愿游离
我甘愿流落在你的街头,化作一粒尘埃
收集碎片

拼凑
拼凑
拼凑关于你的元素

念想

沈　雪

究竟是从何时开始
迷上了有你的梦乡
醉卧在麦堆里
嗅着炊烟的暖
舔着云朵的香

突然想,就这样沉沦吧
在这亦真亦假的世界里
度过一个不眠的人生
从此别了流浪的他乡

夜

封萧明

我是夜的情人
心甘情愿地踏上她的征途
我就着月色饮下离愁这杯酒
向故友道一声晚安
子夜的孤独由我来分担
从此羁旅缠身
也许人生大抵如此

孤独与寂寞相伴
忧愁和离殇共枕
但我们从未失去激情
愿我们都能
穿越黑暗
行至黎明
我的心把你的心紧紧包裹
让你的灵魂深入我的灵魂
我的一切想法都属于你
你是我思考的全部意义
我将我的灵魂碾碎
细心浇灌
你思想璀璨的火花

梦回南桥

李传建

给我一夜的时间
让我重回南桥的午夜
那里的午夜不是黑夜
是漫天的蓝

南桥的街边
住着我熟睡的家人
南桥的桥头
倚着午夜独坐的我

我想大声喊出来
声音一定会沿着岷江传得很远

不管你们会不会被吵醒
我就是想大声喊出来

我想着想着然后就睡着了
没有人说话,不需要说话
南桥伸出双臂
揽住了我的肩头

那条路

张　婷

那条路,
总是铺满阳光,
太阳东升或西落,
一寸又一寸地
漫向远方。
我向往着、向往着,
看不到身后小小的家,
看不到
那被时光剥夺了岁月的墙。

我要离开! 我要离开!
内心在呐喊,
青春在燃烧,
脚下,尘土飞扬。
“记得回来,孩子。”
身后殷殷呼唤被我潇洒地一挥,
搅碎在风中,
打湿了谁的眼眶。

而如今,孤独着。
身在远方,
却念起了故乡。
念起了
那条路上的夏花春雨
冬雪秋阳。
多想踏上归途,
再看一看那条路、那面墙,
看一看
家中门前
是否还有着那身影,
倚门而望。

韶华随音逝

刘　威

指针转过多少秒,
时间早已被遗忘。
回忆,
就像掌心中的一抔黄沙,
无论你松开还是紧握,
它都会从指缝悄悄溜走。
不同的是,
那划过指尖的别样触感,
所带给你非凡的感动。
时间无情地流逝,
让我忘记了无数的魂牵梦萦,
忘记了你的率真,

你的可爱，
也忘记了我曾经的义无反顾。
夜，
给予我一片独自舔舐伤口的黑，
沉沦于它的宁静，
想要绘一笔你的美，
却发现你的面容已模糊不清，
犹记得，
只有你温柔的微笑。
浮光再潋滟，
淌不过流年，
往事悲凉，
枕边曲在唱谁的寂寥。
一曲成眠。
是否，
你也曾梦我？

深山

胡燕鸿

在那深山里有着，
一个美丽的天堂岛。
闲花和野草，
在禁闭的石缝中伸出头来。
它们告诉我说，
脚下这片泥土地是，
盘古给予
世世代代子孙的恩泽。

我的祖父母，
最先躺在这里。
后来啊，
爷爷奶奶也来到了这里。
它们还说，
许多年以后，
我的父母也会躺在此地，
直至永远。

永远的时候，
我们都来到了这里。
酣饮这里的甘泉，
仰望这里的星空，
嵌入这里的土地，
护佑这里的人们，
直至永远，直至与
这里的山这里的水，
完全地融为一体。

窗外

王 佳

小雨初歇的水泥板路清凉潮湿
小水洼里落下蝉鸣，檐角跳跃着晶莹的水滴
石榴酿着鲜红的果实，白槿开着繁花
我的窗外热闹而美丽
我在寂静的窗内，吟着一枚枚小词
舒展画卷里的江山和美人

我守着悠远白云的静，一缕清风的素然
在一朵花上轻嗅时光，在一枚叶上镌刻绵长
看它们怒放、凋零，任它们悄然落进轩窗
自管寂静的美丽
当长藤爬满窗台，你荫庇的天空带来清凉
一切辽阔的高远缓缓从心尖儿流出
我手握一枚词的安静，描抹你眉彩里的寂然和高洁
你清袖里的淡然和温润

浅秋，我把美的诗句赠给每一片执着而生的树叶
赠给萧瑟和怀念，赠给轮回和坚守
窗外，我的蓝天高远，我的回信疏离而亲切
窗外驻着一树温暖的回忆，窗内是寂静的繁华。

水在时光之下

高　鑫

一滴水
掩埋在尘埃之下
最是污浊
泥沼、寒风、冷雨就这样悄然袭来
她则笑着说：一切都在意料之中
倘若这样消逝于尘世中
与其沮丧，不如坚忍

一滴水
徜徉于日光之中
最是清澈
花香、雨露、鸟语就这样紧紧围绕

她则微笑着走向生活
当你走向她的时候
你原想亲吻一颗露珠
她却给了你蔚蓝的世界

也许，永远没有那一天
成功如灯火般绚烂
欢乐是人生的中转站
痛苦是人生的旅程
但冰冷的时候，你会感受到
这颗温暖的水滴
已然种在时光深处
粲然一笑

归家

王代栋

列车看不见轨迹
是时速的裂痕
心旅看不到远方
是脚步的煎熬
群岚阻隔了山水
是游子之心还不够浓烈
我愿意匍匐
去追寻茫茫印记
我愿意携带
一缕炊烟
为你捎去熟悉的热度

大雁飞过天际
青砖黛瓦换上新衣
门前稚子熙攘
村中锣鼓喧天
鞭炮的响起
加剧了内心的涌动
我愿意费时
找到曾经温暖的床
我愿意存在
做那一道彩虹
为你点缀节日的美好

盼得寒来暑往交替
枯木又逢春的时节
收拾乱糟糟的行装
赶上那为我、为你、为大家
停下脚步的列车
就在跨越的那一刻
很是漫长与艰辛
当尊敬的旅客之声
在每节车厢柔软地响起
眼泪融进了风中

夕阳中的灯塔

罗家恒

我要去那里，
在黄昏中，
坐在海边礁石上，

看海水拍打礁石的浪花,
听浪花拍打礁石的乐章,
看天边一线排开的红色夕阳,
看远方,海天相接的尽头。
看灯塔那坚定的光芒,
为远出海域的渔夫指明方向。
看归巢海鸥的翱翔。

我就这样静静地坐在礁石上,
就这样望着灯塔白色的塔身,
望着它射出的柔和又坚定的光芒,
我一定要去那里,
因为我听见了,夕阳中的灯塔
对我的呼唤。

街灯

向波波

如同枯槁的眸子
微黄,浅蓝,暗红
凝视还是审视
沉默的街道,匆匆的过客

氤氲了一生的梦境
只为拉长了一个少女的背影
从花开到花落的距离
模模糊糊,渐行渐远

消逝,沉寂,空洞的寻觅

扮演着上帝的眼睛
隔着黑夜的手掌
一边窥探,一边守护

不曾挪动的脚步
是被绑缚还是生了根
宁愿在花开前死去
也要等待背影归来

夜行

牛　温

翻阅你的孤独
像刚出生的婴儿
但他总是哭闹着离开我
挣脱臂弯去追寻你的味道

一个灵魂摄入另一个灵魂
蹂躏着短得猝不及防的时间
喘息着甜腻的氧气
释然

残留的蓝莓余香
化了夏
暖了冬
缠绕着拥抱

安静得骇人
安静地等待

安静地接受
安静……

予你

刘子灵

天很明朗
金色的风儿在天际游荡
云朵飘飘,嘴角微微上扬
我寄予那风以感伤
将我的愁绪带去远方
我低着头徘徊在小道中央
满地残叶发出沙沙声响
碰巧一片红叶醉翁般
停驻在我的发尖
恍然间——
那风儿的味道变得好香
一阵阵轻拂我的鼻端
滋润了我那苦涩的心房
飞扬着落叶的红色长廊
映入了我眼中旧忆的藤兰
野蔷薇般的姑娘啊
阳光透过红叶
洒在了你泛起红晕的脸庞上
还没来得及存档你的五官
安静的你就静默地走出了梦乡
回眸你那野蔷薇般的馨香
牵动着我无尽的缠绵暗伤

雨夜

张海媚

这个静静的夜晚，
我听着悠悠的雨声，
似乎有那么点惆怅浮上心头。
我不知，
窗外的树儿是否也在为我哀鸣。
树儿轻轻摇曳着，
发出一声声呜咽，
类似于幼兽的呜咽，
就仿佛远离故土的我，
睡梦中的那一声呢喃。
我只想，
在这个雨落不止的夜晚凝思，
独自一人淡淡凝思……
只是，
在这个宁静的雨夜，
我唯想平静地看着，
看着雨渐渐飘下；
我亦想平静地听着，
听着那树叶簌簌。
是了，
这个雨夜，
充满着我的万千思绪……

不安的幻想

郝作嘉

黑夜像鬼魅如影随形
雨水呻吟着把时间延伸进窗内
隔着被子淋了一身
拎着湿漉漉的思考
幻想童真

打开记忆的枷锁
规则构筑于感性的起点
在无序的空间里
肆意地伸展枝叶
所谓的成长
抛开时间只剩下想象

群居的孤独无法治疗
当生活被催化
刚出生的婴儿不再懵懂
慌乱地奔向天堂

我还在描摹明天,在今天结束之前

殷雪松

车声,在耳旁
碾压一些无谓的呓语,细碎的声响
阻隔了梦,以及
无面孔的人

酒精，夜里哭泣的可怜人
缠绕住风铃，那凄凉的风
假装拥有身体、心脏
还有试图完整的灵魂

大概还是模糊不清，不只是
月亮的轮廓，包括那些
被称之为
美的事物

沙尘跟随车声，同我
分道扬镳，月光
脱离了漆黑的过去，独自消失
在昨日的梦中

我还在描摹明天
在今天结束之前

稻草人

申居珺

麦叶上滑落了泪珠
她醒了
她把诗用薄薄的霜迹
写在柔软的泥土里
星星也无法读懂

日子枯萎了

候鸟又匆忙掠过
远离喧嚣与爱情
梦是唯一的行李

贴近童话的季节
她如初地微笑
将寂寞守候成幸福的守望
悄悄地等待
等待晶莹的雪花
在她温暖的梦里悄悄盛开
待春天回来的日子
为南归的燕子
将道路铺开

生活

金欢欢

夜色下沉,
过去七天我不断在生活里练习。
为了找到生活的勇气,我必须找寻好
最适宜安放自己的姿态。

我穿上蓝色工装,戴一顶橘色帽子。
笨重的黑色鞋子拖拽着我往前,走过行人寂寥的清晨,步入有些褶皱的白天。
直到我失去形容词的构成,把自己抛回光线破碎的夜晚。
重复七次。

重复七次相见分离,我们互不知晓彼此的姓名。

这些同我一样练习生活的人,是不是也会时常做做白日梦?
平白受了他们的照顾,心情像是跌入了深海。
回去以后,我一定对着镜子,认真练习自我介绍。

忽然间发觉某个隐秘的事物正在消失。
思忖半天,不由在心里想说,
我还真是笨啊,
手笨脚笨,嘴也不够灵敏。

生

张　和

你呼唤着每一个生命
不管它是沉睡着还是迷惘着
你呼唤着天空,将它呼出春风、
夏雨、秋殇、冬至
血肉之躯在地底哭泣,待你的滋润
而我这样的灵魂充满着罪恶
你来了又去,复苏着长夜的躁动

映山红

马更丽

司春的女神来了
带着生的气息
把所有的春天都揉进
鲜红的杜鹃里,不语的秘密

呵！这春的信使
她在青青的草色里扎根了
在密密的山林里含苞了
在高耸的绝壁上怒放了
在世人欣悦的微笑中来了

赤脚走在曲折的山路上
嗅着一路花香,聆听
岁月轻吟浅唱,缠绕心房
追逐山野里这漫野嫣然

漫天纷飞的花雨
那些入骨的记忆,又再一次
落在春的泥土里
滋养了大地
开出下一个花季

杜鹃颂

苏美娟

云间月儿清剪,
镜里胭脂丰腴,
都不及——
你,娇俏玲珑。

佳人甜香醉眼,
巷深酒蜜扰人,
却不若——
你,馥雅悠长。

江水晶莹绵软，
雏鸟绒毛纤弱，
比不上——
你，一瓣温柔。

凝蓄望帝精魄，
饱尝无尽血泪，
你无言，
却于红土中仰望。

它卑微、薄瘦，一吹即化

彭　媛

从月亮上流下一层蜜，轻透、暧昧
黏湿的山风，用力纺住我的轴——
一根嶙峋的呼吸道。缠绕
像蛇

南方的夜晚盛产无性的柔情。
在河床上，我应当
散开发绳，解开纽扣，任寂静落满
临终的浪漫

是
我躺下，我在那喝过酒，爱过人，得过病
在同一天得到、失去
枯萎的大雪

自我决裂的人孤立、片面地躺着
等待潮湿的月光消融,那颗
深卡咽喉,势利、发炎的琥珀

我的影子,赤裸在雪地,跪着
捧手:
向烟雾朦胧的远树、暖沙
要一朵融开的白茶花

它卑微、薄瘦,一吹即化

雨中曲

鲁华玉

是谁,在敲打着窗棂
滴答滴答
耳旁熟悉的旋律
绣满了恨不相逢初遇时的青涩
静静地,不想惊扰雨的情话
琉璃窗上晕开的水滴
像一颗颗星子在闪
我倾听着
时紧时慢的雨声
直至它融进我的心跳

假如我是一滴雨
从不为我的飘落而感到孤单
因为在艺术的草堂里
清音就是温暖我心灵的港湾

假如我是一滴雨
是否敲疼了岁月的心
雨就一如我真诚的心
为着南国的樱花而漫天飘落的雨啊
在伞骨读懂你那一刻起
我将所有倾诉播撒在风里
待它交织成丝丝的庆幸与欣喜
我在雨中绽开微笑
雨落在春天里
你却落在了我的心坎里

铅笔

向　茗

有段时间,我习惯握住它;习惯
它与任何事物暧昧不清的关系
一个安静的房间,一个人,两个人……
十个人,同一种方式诠释人的构造
物体存在的另一种意义——
倾斜的窗户在水杯里蛰伏,木桶形成森林

而我在这里,亦在他处;拒绝
好做空谈,接受被流放的牧人在田野里裸奔
骑马的将士从我的笔尖下穿过草地
道路变得宽阔,行走的路人是凭空捏造的蜡像
这些不切实际的空想悬挂在天空
连白云都变得喑哑,与之交谈也是无声的

我握住它,如同握住我坚挺的身骨

借着黄昏的掩饰,拜访此地
我所回避的树林,几乎长成了我的长发
浓密葱绿的休息之地
涓涓的细流是否在削弱它的密度

馈赠

李雅倩

接受一颗苹果的馈赠
一顿丰盛的餐
母亲欢快如孩童
擦拭器具,确认食物
以履行爱,与由此赋予的养分

期限将近的大地
正在一片干涸中消散
从中,一片果园无力栽种,
茂盛,繁殖
试图吞没的那些
从安顿的脚底反方向拉扯

昏暗的居所在召唤
指针上能施舍的光
"去光明只降临一半的地方"
——更遥远的声音传来
恐吓,无边界,从
拿到生命标签的躯体,路过

一路,我们排队定制灵柩
取一切可交换之物

颓唐而就

郝作嘉

记忆中留下的文字总比画多
赭红色的衣橱立于沙墙
残留的粉笔淡去颜色
裂纹总比童年的我更加勤劳
诚然过去的事物无可辩驳
即便昨日的阳光还在
难以填塞无知与空白

冬,漫天而来
来不及怀恋温暖
想象便随秋叶落了一地
雨水洒下
我便成为此时的自己
于低浅的水洼里
咽下最后一声轻叹

秋风下

涂序团

在我们匆忙赶路的时候,
一脚,就走进秋了。
看,秋风下的那方天空,
仍是入木三分的蓝,
与一日万变的如梦的云。

秋风使万物老去,
也催万物生长。
我知道眼前这遮天蔽日的绿,
正酝酿一场浩瀚无际的凋零。
我猜想远处那依山傍水的果园,
正张罗一席回味无穷的盛宴。

虫鸣如歌,
秋天的夜在音乐中入梦。
那轻轻的犬吠也没有往日的凶,
一声,一声,再一声……
仿佛已是很遥远的年月了。

秋,禾与火的时代。
万亩良田摇摆着麦浪,
就是无数串金黄的火焰,
再一次气凌旭日的光辉。

秋天是写信的季节,
一万朵山花在笔下生长。
秋天不要忧伤,
让我们围着风车吟唱,
那万里无云的时光。

秋风下,
谁的长安凉了。
秋风下,
我的江南未老。

重拾·光线将世界打开

代笑颜

光线将世界打开
在消逝的曲径通幽处
尚未成熟的绿色,油腻的绿色
光线在叶面上滑动,漂浮
若隐若现的——
这善意的微笑
善意地将疤揭开
善意的绿色挤进来
当其开始倾听,寂寞颤抖着拾起

水面越来越平静

李路平

仿佛把最后一颗小石子
从心里取出来,水面
越来越平静
越来越感觉不到风
仿佛裸露的一切都可以
被水掩埋
像泥土这般冷硬、黝黑的水
只要把手伸进去
就会洗出血来

末路

查金莲

行至末路,玫瑰开得旺盛
爱情的诅咒里
人睡去,森林生长起来
随后,城堡、美食、黄金与丑陋
唯有舞蹈能够化解
岩石上茂盛的寂静

奔跑吧! 掀开下垂的幕布
到处都是走廊与破烂的天桥
它们延伸至眼前
——我不相信

午夜,准点醒来做同一个梦
他人的故事里
我的泪水,我的微笑
接近更加坚固的孤独
钟声响起
阳光、躺着的美人雕塑

12 路

刘理海

一首诗的时间,你行行停停,
我的思绪像这茫茫大雾,绵延不绝——
我的起点和终点,都是你驻足的地方。

窗外的赣江，望不着边际；
雾是甘美的毒药，让眼睛迷醉，
心在甜蜜中死去——
我无法看透你。

每一位乘客都是一根木桩，
却不稳地在车上摇摇晃晃，
注定没有交集，
永远的陌生人也许也是一种缘分。
只是老年卡的刷卡声音让我想起奶奶——
在坟墓里安睡了四年的奶奶；
呆滞的声波敲响我的门，隐隐作痛。

留下的诗

刘佳敏

总有一天你会在月桂树旁
翻阅我的心而凉风
絮絮叨叨

好像是一切都已过去
年少的时光熙熙攘攘
尘埃和云影，水波与春雷
息止
于是你开始讲述

也曾含泪
将自己撕毁
用粉笔用白纸用数控
重塑光滑的身躯

再用颤抖的手将鸟羽
插在你如缎的发上

结局没有定数
汗水也曾湮没

你轻轻地合上眼
六十载飞舞
同时飘起的还有
你的爱和坚守

长亭外夕阳古道
悲欢都如彩蝶化入
岁月不再复返

无论怎样不舍
也无法阻止离开的脚步
只能
抓着留给我的一本
薄薄的薄薄的诗集

时光里的青春

彭楚琳

窗外投进的阳光催促着我起床,
睁开双眼满目所及是一片金黄。
天空的云絮随着时间和风飘游呀,
日复一日的清晨。
我安静地坐在桌前,回首张望过去,
竟发现每一步脚印后都留有坑洼。

我不知轻重，亦不知深浅，
但我知道这用尽我所有气力。
轻声安慰自己，
没事，踏下的都是曾经，
前面有未开垦的土地。
我躺着，听船底潺潺的水声，
知道我在走我的路。
是的，我一直都在走我的路。
路上我领略过，
春天柳絮纷飞沁着泥土的芬芳，
夏天热浪翻滚伴随冰棍的清凉，
秋天落叶飘摇歌唱一曲黄花香，
冬天白雪流转扬舞一首寒梅艳。
历经的四季，
文艺如诗，浓烈似酒。
沉迷过也醉过。
什么时候角落的杜鹃花开了，
什么时候映山红会成为点缀。
我不需消看一眼，
有些事情已然根植。
夜晚悄无声息地来了，
阳光早已散于地平线以后。
黑暗如一双大手将天空笼罩，
指缝处露出点点星光，
偶然看见银河，
似闪闪的萤火虫，午夜梦境中泛着微光。
时光流转，
我曾将妆粉施于脸庞，
我曾小心翼翼地穿上人生中第一双高跟鞋。
华灯初上，
想尽力表演，但语言堆砌的华丽，

怎么也诉说不尽这涓涓流长的日子。
找不到更好的办法,
我决定盛装出席,
这褪去的稚嫩的外皮,
就当是对青春的讴歌与献礼。

水记忆

徐启航

水域、香烟、六芒星项链
漫长的夏季,炙烤着缺水的植物
没有四季之分,我们活在唯一的季节中
无可比拟的简单、蔚蓝

田野上的桔梗烧成余烬,死鸟
溺水者、长满风信子的水洼都在提示
妈妈,多少次,你只是送别了你自己
而我未曾远行,耽于睡眠,辜负更多的赞美

我们醒来时,压缩的曙色中,槐树脱落的隽永
已成为江南堤岸上锈死的湿泥;而故去的
譬如一个句子的微尘,远甚于人的一生

夜色顺流而至,舒展着城市的筋骨
我在江中泅水,在无数经纬交错的光晕中
我们得以看见另一些人:同时代的人
虔诚,惶恐,永不停歇地鞭赶落日
此刻,唯独你坐在岸边望着我
我叫你,你就会回答

散　文

梧桐叶落满是情

冯　楠

有人说，爱上一个人只需一眼的时光。而我说，爱上一所大学只需一成排的梧桐。

井大校园中成排的梧桐树是令快门定格的常客，单凭那挺拔的身姿，就能吸引一大批人的视线。大家经常惊叹于你美丽的形态，惊叹于你令人沉醉的颜色。可我从你掌纹的形状，看出了你的深情。

你于春天萌芽。枝头处浅浅地晕出一抹新绿，吸收着春天的养分、时光的精华，悄无声息地成长。偶然有人从你身下经过，不经意间目光对视，你害羞地低下了头，再抬头时，伊人早已远去。你的视线望向远方，望着伊人消失的地方。

你于夏天茁壮。叶子褪去青涩，逐渐长成你所期待的模样。嬉笑的一群人经过，荡起一阵微风，你便伸开双手挥舞，企图抓住一丝喜悦的气息。阳光从树梢处参差错落地投下斑驳的影子，你再次睁大双眼，看三三两两的路人在荫庇下行走、跳跃，在你目光所及之处，流连忘返。等待她，成了你每天的必修课。

你于秋天成熟。金黄的颜色沾染了身体，一直流到心底。于是你的笑容也是金黄色的了。每个经过的人开始在你身下流连。你看见自己的名字频繁地出现在他们上扬的嘴角，心里沉甸甸的，满是喜悦，一不小心就从枝头摔了下来。每每有人发出惊叹，你便故意落在他们的头上、脚下。

你于冬天衰老。阴风阵阵，催促你离开，日历上的截止日期一天天逼近。你的身躯渐渐枯萎，你用仅剩的力量紧紧地抱着枝丫，想再多逗留一阵，想再看一眼那个让你羞红了脸的她。伙伴们依次跃下枝头，回归泥土，又继续开始循环的新生。你于仓皇间等待，等待着再看一眼她的身影。几天的等待终于有了

收获,当她再次经过时,你奋力一跃,落在她脚下。

你说:这一次,换我来仰视你。承载着这记忆,任身体消融在大地里,但紧紧包裹住心灵那一方净土,期待再一次的重生,只为与你相见。

不知度过多少岁月,你又爬上枝头,轻轻舔舐自己仍然稚嫩的身体。你悄悄探出头去,仔细寻找与记忆中相似的脸。路上依旧人来人往,可这一次,再也没能见到熟悉的她。

你将自己的心冰封。岁月荏苒,当她再次出现在你眼前,却不复年轻的模样。眼角处细细的皱纹以及身旁依偎的男人昭示着她的近况,你深深地看着她的眉眼,想找出当年的模样。你忽然笑了,从忍俊不禁到哈哈大笑,将自己的深情与无奈统统发泄。你知道,自己心里默默守护的她,终究是别人的了。

你再次敞开怀抱,静静地守护着树下的我们。

叫我如何不爱她

黄　莎

拉开窗帘,室外被太阳照得五彩缤纷,不论你喜欢与否,赤橙黄绿青蓝紫,如情感的变色墨镜,把整个校园染得非喜即悲,叫我如何不爱她。

我一直认为,南方的天气总是好不过北方,湿润的空气中往往夹杂着丝丝泥土的气息。但偶尔某个清晨醒来,窗外初升的太阳照在寝室的窗户上,晕开淡淡的光圈。这个时候,捧起一本书,站在窗前,抬头看看那湛蓝的天空,还有寝室楼下赶往五栋上课的形形色色的人,我开始喜欢上了南方这匆忙的季节。

每个人的心中都有一种美好的事物,它点缀着我们的人生之路。它可能是一束鲜花、一缕阳光、一抹微笑,也可能是来自他人的一句祝福。但在我心中,它却是我的大学校园,我心中的井大。

清晨,校园是恬静的。淡淡的雾气笼罩着大地,像一层薄纱,把校园围了起来;操场边、树荫下,总有那些考研学子的身影,琅琅的读书声回荡在整个校园;红色的五栋教学楼在每个清晨,静静地沉淀在古老幽静的校园之中;湖心亭边,低垂的杨柳宛若一位刚出浴的姑娘,衬着微风,在风中起舞;还有那校园里情侣常常窃窃私语的“情人坡”,也在清晨微微的湿气中泛出一片绿。而我最喜欢的还是校园里那独特的园丁湖，湖中央有一座古老的拱桥，每当我站在桥上欣赏湖边的风景时，心中都会无比的惬意，让我不禁想起了卞之琳笔下的《断章》："你站在桥上看风景，看风景人在楼上看你。明月装饰了你的窗子，你装饰了别人的梦。"走在石桥上，低头看着平静的湖水，当一阵清爽的微风拂来，湖面泛起一层层涟漪。放眼望去，整个湖面笼罩在清晨的雾气之中，朦朦胧胧，静谧而美好，叫我如何不爱她。

午后的斜阳穿透红色的五栋教学楼，这个时候最热闹的要数第一食堂了。每当下课铃声响起，几百名学子从教学楼各层教室涌出来，形形色色的人散落在赶往食堂的林荫路上。学校的餐厅颇大，共有三层：一楼的河南大饼风味独特，这是我常常吃的也是最熟悉的；二楼的赣菜最吸引人，我时常在没课的时候，点上几个小菜，与室友一起品味这南方的美食；三楼是各色小吃，黄焖鸡米饭、水煮、麻辣烫、兰州拉面都是我们北方孩子爱吃的。人们常说：这世间，唯有爱与美食不可辜负，我想这便是我此刻的心情。如此美好的井大，叫我如何不爱她。

每当夜幕降临的时候，校园里就会呈现不同的景象。在霓虹灯下，各种建筑物仪态万千。北区那独特的大学校门，刻写着井冈山红色革命气息，在夜晚闪耀着红色光芒；教学楼这时候灯火通明，那些刻苦的学子此刻都沉浸在知识的海洋中；而夜晚的操场，已是一片寂静，没有了白天的喧闹。整个校园沉浸在茫茫月色中，月光从天穹上柔柔地洒下来，和校园里的灯光融合在一起，照耀着校园的每一个角落，好像涂上了一层牛奶，散发出迷人的光彩。从南区到北区的路，在夜晚也显得如此安静。星星点点的路灯下，三三两两的路人，映着这月色，显得格外静谧。月色下的井大，叫我如何不爱她。

我深情地望着校园的一草一木，仿佛自己是一个在时光中飘摇着盘点季节的孩子，一路风尘，赏不够这满园的景，说不尽这思绪。我想多年以后，就算我离开井大，我也会深深怀念校园的点点滴滴。

井大，给予了我所有美丽的清晨和夜晚。

井大，叫我如何不爱她。

致 井 大

李玉玲

黑夜时分,当繁华落尽、时空破碎,我收集失落的温情,静静地回望初心,在你的怀抱中待了三年,此时再多的话语都显得苍白无力……

吉安的天空在历时半个月的雨季之后,终于迎来了一片艳阳天,我却突然期待那种汗流浃背的感觉,就像期待你过完生日的那一刻一样。总以为毕业很远,远到我奋力触碰却总也挨不到边,远到我舍不得再一次为你定格永远。时光荏苒,转眼又是一个终点,曾以为我有足够的时间去完成我想过的“浪漫”,却终是败给了时间。在我总以为自己还有时间去嬉闹的时候,你已经过完了五十七岁的生日。

我还是一如既往地念旧,那些要扔的衣物我总能找到理由将它们挂回衣柜。我还是喜欢揭起那些过往,或美好,或痛苦,我知道再也不会有第二个你,像妈妈一样包容、安慰我。今晚翻了好久没动过的日记本,突然发现日记里已不再是颓废。我以自己独特的方式纪念,祭奠着一切。所有的消极已经褪去,但我还是会想念,想念那泛滥在阳光里的曾经单纯的样子,会心一笑。感谢你陪我走过我最想放弃的那一站,告诉我人生这条路我只能走到终点,中途没有站台。

万家灯火,吞噬着大片大片的黑暗。窗外,烟花在几十米高的空中绝美绽放。绚丽的烟花激起热闹繁荣的景象,而我内心,平静得没有半点波澜。五楼的高度,我看见不远处的教学楼灯火通明,楼下夜跑的学生哼着歌三三两两地跑过,我从心里替你高兴着,你看有这么多的学子陪着你,我突然很期待你一百岁的生日,我想你会是世界上最美的寿星。我自己对你的未来有很多的期待,想着我们都能够对自己负点责任,在往后的日子里能够一起进步。想着未来的你,不知道以后会有谁站在我的这个位置上看着灯火通明的教学楼和夜跑的学生,然后有眼泪上涌的感觉。

我在荒芜的边缘一遍又一遍地呼喊着离开原点的那个一点一点陌生的最初的自己和丢在路旁的曾经那么耀眼的回忆。我很喜欢,那么喜欢,在温暖的晴空下,向着此生不及的方向奋力触及,就算达不到想要的明天,也梦想纯净清新的天空。苏芩说:走遍全世界,也只不过是为了找到一条走回内心的路。我遇人无数,但迷失在追逐梦想的途中,任现实把坚强的自己折磨得伤痕累累,再从伤痕累累中长成彼时安静的样子。我怀念,也纪念回忆里倔强的自己。

是在哪看到的?来年陌生的,是昨日最亲的某某。现在闭眼在脑海里过滤时间沉淀下来的残余,我默念:井大你若安好,我的世界,才会晴空一片。

时光静好,一切安然,身后,只剩空城。颓废已经在此举行了盛大的葬礼,接下来,是这一程的结尾,也是这一程的开始。此程风景,我念着,也爱着。

湖心亭岸上的雪,知了鸣叫过的暑假,亲爱的井大,如果你能听得到我说话,我想告诉你:我爱你。

致亲爱的你

郭晓瑜

相信所有的不期而遇都是命中注定,就像我注定会遇见你一样。

——致井大

1958。

这一年,你刚刚出生,带着新生的朝气坐落在这片土地上。这片土地有个美丽的名字——吉安,人们赋予了它"吉泰民安"的含义。于是我去翻看了旧时的照片,我从照片中看到了古老而又庄严的你,那时的你还没有一幢幢崭新的教学楼,有些地方甚至还是坑坑洼洼的烂泥路,既没有崭新的十栋,也没有鸟语花香的湖心亭。时过境迁,现在的你早已焕然一新,新的图书馆正在一点点建设中,一幢幢教学楼里也时常传出琅琅书声。相信在这样的环境中成长起来的你将来必定会带给我们更多惊喜。

1995。

这一年,我刚刚出生,在一个与你相距八百多公里的城市。那是一个典型的江南小镇,它安逸静谧,与你有着完全不同的构造和脾气。那时候的你我都不曾想过将来会以一种怎样的方式走进彼此的生活,我完全不知道我的生命将会与你有交集。我以为我的一生,梦里、生活里,寄存的、熟悉的,都会是江南小

镇的脉脉温情。直到我遇见你,你让我的人生,多了一抹别样的风情。

2013。

这一年,因为一张录取通知书,让你我有了交集。淡淡油墨香气的纸张上印着你的名字,还有我的。那是我第一次听说你,对你充满了期待与好奇,想象着你会以怎样的面貌来迎接我们的第一次见面。终于等到了那一天,历经九个多小时的车程,我见到了你。看到庄严的大门,门口都是来报到的学生,我放下行李箱,伸出手,微笑。"你好,井大!"

在与你的朝夕相处中,我渐渐地发现了你的魅力。春天,幼苗抽出了新的枝条,长出了嫩绿的叶子,到处都充满了生命的活力;夏天,茂密的树叶遮挡了似火的骄阳,惹得我们都爱往树荫底下钻;秋天,"好汉坡"两侧的银杏叶开始变黄,一片片随意地掉落在路两旁;冬天,凛冽的寒风吹得花谢了、草枯了,只留下了一根根孤独的小枝丫。

如果要我用一种颜色来形容你,那一定是红色。那一抹红,是革命的红、梦想的红、在我生命中无法抹去的红。红色的蔓延,红色的铺张,是你与我不可分割的交集。

2017。

这一年,我们终将分离。多想时间可以走得慢些,再慢些,那样我就可以再去五栋上一次课,去图书馆看一会儿书,去湖心亭转一转,去情人坡晒一晒太阳……

我眺望着自习室的窗外,夕阳的余晖将宿舍楼的影子拉得很长很长,也将我的思绪拉得很长很长……篮球场上一张张年轻的面孔正挥洒着汗水,那一定是大一的新生吧,脸上充满着对新的校园生活的憧憬与期望。校园的小道上,稀稀拉拉的树叶掉在地上,是清洁工阿姨忘记打扫了,还是她也舍不得大自然对校园的装点?清脆的下课铃声打断了我的思绪,三三两两的女生结伴而行,嬉闹着,她们正兴高采烈地讨论着等下去哪儿吃顿好的。我莞尔一笑,这场景似曾相识……

我的井大,亲爱的你。想到要离别,才发现对你的不舍是那么深那么深。

我想,我会怀念食堂的饭菜香。

我想,我会怀念略显破旧的图书馆。我知道,我不会再有靠着窗享受阳光、遨游书海的日子了。

我想我会怀念老师的课堂,红色的五栋,白色的十栋。我知道,以后不会再有人一遍遍地跟我们说你们要努力。

我想,我更会怀念我的宿舍。异地他乡,是这里给了我一个温暖的家,让我的心有地方安放,不大的空间,却处处充满温情。我们一起布置的寝室,摆放在一起的洗漱用品,是你将我们连在一起。尽管我们之间有过矛盾,有过争吵,可我们早已亲密无间。每一个孤独彷徨的夜晚,是她们陪我一起度过,以后一个人的每一天,在外独自打拼的每一天,想起她们,心里就是温暖的。

指缝太宽,时间太瘦。它在我们每个人身上都留下了岁月的痕迹,但你就像是被时光眷顾的幸运儿,永远充满着青春的朝气,迎来一批批新生,也送走一个个成才的学子。校门口"井冈山大学"五个字熠熠生辉,也刻在了我的心中,我想这将伴随我一生。

你我的相遇本是一场意外,却让我觉得是此生最美的意外,感谢你让这一切都变成了美好的回忆。

我的井大,亲爱的你,其实我想对你说的还有好多好多,对你的爱,在校园秋天的落叶,在食堂诱人的饭香,在熟悉却终将离别的课堂,在脑海深处永远无法抹去的记忆……我总想找个方式表达、诉说、镌刻。

致亲爱的你,我的井大。

青春邂逅你——致井冈山大学

罗　云

此刻我就存在于你的身体里,看着你的美,你不知道这美会令人动容。你坐在暗处,淡淡的光线照耀着细长的"眼角眉梢"。我看到你与时间的距离,仅一步之遥。这样的风景,恍若断崖中独坐凝望蓝色海面的素净女子,心平如镜。

刚遇见时,正值盛夏,你简直就像刚刚迎着春光蹦跳到世界上来的一头小鹿,宛如独立的生命体那样,快活地转动不已。即使在经历了二十一个春秋的今天,我仍可真切地记得初见你时的风景。

你那么美,像被过滤器过滤了一般。走进你的身体,脚面与你的胸膛真切地贴合着,站在湖心亭的中央,听到来自树林深处的声音,隐约起伏。是置身密实阴凉的梦中所发出的呼吸声,是风刮过树叶彼此摩擦发出的共振,低沉而缓慢地逼近,一阵阵涌动,此起彼伏,辗转迂回。低眸回望,整片翠湖,恍若从未被人打扰的人间仙境,万物按照各自的轨迹生长运转,寡言,肃穆,即使走入茫茫人海,也会如同穿越无人之境。你的静谧使我明白:一切都不需要太执着,世间万物都有它独自的轮回,也许有一种人类无法猜度的力量控制着。花开花落,云卷云舒,远超乎人们的想象,不能窥视,也不可被征服。

你那么美,像一座酣睡的古老城堡。走过梧桐树包裹着的坚挺小路,每棵树都发出深沉浑厚的呼吸声。我能明确地感受到这种呼吸,我相信它的生命力,在这个瞬间与它擦肩而过。这能量渗透进我全身的骨骼、肌肤、血液。我闯入你的心脏之中,穿行而过。你站在物欲的世界里,像晚春落花从树荫间穿梭而过,挥一挥衣袖,没有一丝动容,带着不可置信的诚实。

你那么美,我踏着梦幻般奇异的日光下的小路,走进你的身体里,信步而过。阳光下,各种声音发出不可思议的回响,我踩在梧桐叶上的足音就像在海底行走的人的足音那样。落叶把小路染成太阳的颜色,身后时而响起低微而干涩的“咔嚓”声,仿佛夜行的动物正在屏息敛气地等待我的离去。这时,阳光透过密实的树叶,映射在小路上。我静止不动,呆呆地凝望那微小的光亮,那光亮使我联想到风中灵魂的最后忽闪,我真想用双手把那束光严严实实地遮住,守护它。但是朋友,如果你还有心留意这里的雨天,你会被它的美吸附,吸附进身体里。微微晴天,微微小雨,远来的人,如果你有幸遭遇这两种天气,你会爱上此,沉迷于此。喜欢这里的毛毛秋雨,四下一片迷蒙的景象,树林笼罩在乳白色的雾霭中,雨点被风一吹,在树叶间彷徨不定,若非清脆的“滴答”声,你几乎察觉不出下雨。这里的雨就如同神迹,不被窥探,它们自行其是,不被人知晓及猜测,它们是被庇佑的暗示。

倏忽间,我与你相处已两年有余,你的眉眼是我所能触摸的真实,我带着朝圣的谦卑者的身份匍匐在你的胸膛上,让你的心跳与我的心跳融合,融合成一缕青烟,融合成一首情歌。所以,我鼓起勇气,终于鼓起勇气,轻轻地对你说一声:我爱你,井大!

遇见你，温暖了一段时光

李春秀

依稀记得那年的九月，丹桂飘香，荷花满塘。告别了紧张的高考，告别了肆意狂欢的暑假，带着几分欣喜，带着几分紧张，带着父母的嘱托，带着自己的梦想，拿着红色的录取通知书，我一个人踏上了远行的火车。

十多个小时的行程，我无暇顾及车窗外不断变换着的景色，更无睡意，整个人的精神状态都达到了巅峰。我不断地在脑海里想象着我的大学是如何美丽。随着火车的鸣笛声，思绪被打断了，火车到站。我随着熙熙攘攘的人群下车，刚到出站口就被热情的学长叫住。在去学校的路上，他们帮忙提行李，嘘寒问暖，讲了很多注意事项，渐渐地打消了我心里的那几分紧张。我感觉暖暖的，仿佛离家的孩子找到了回家的感觉。

忘了有多久没有静下心来认真地走走了。记得刚走进校园时，我确实感觉有些失望，因为它没有别的学校那样豪华霸气的校门，没有高端大气的游泳池，但是走近学校，却被满眼的绿色所吸引。最喜欢那条被树荫完全遮盖住的小路，每次心情不好时，总喜欢一个人静静地在这条小路上走走。

三年前，我们在这里相聚，慢慢地熟悉着这里的一切。曾经的我们张扬尖锐，谁也不愿意迁就谁，自然摩擦不断。在一次次的争吵中，我们消磨着彼此的锐气。一年后我们即将毕业离开，学校还是一样热闹鲜活，似乎没有人注意到有一批人离开。而此时的我们似乎再也找不出一个可以让我们拌嘴的借口。三年的争争吵吵、磕磕碰碰，早已磨平我们的棱角，早已把我们镶嵌在了彼此最柔软的角落。井大，这是拥有我最美好回忆的地方。我不敢说再见，我怕以后再也回不来了。

图书馆前面的草地已经被踩出一条小道，只有写着“勿踏草坪”的牌子依然立在原地。曾经，学校北面的施工工地，现在早已竣工，一排排整齐的大楼在风中巍然矗立。校园里到处张贴着毕业转让的广告，拍摄毕业微电影、微视频的传单也铺天盖地涌来。五月的芍药花开得正艳，却无法抵挡毕业的热潮。一切就像一首没写完的诗。

也许是我以前太过粗心，也许是生活里的美好往往不容易察觉，只有在经过时间的酝酿,眼睛看过诸多事情,在被触动的某个瞬间,才突然觉得:“哦,原来很美。”校园里的那一湾静水,食堂前的林荫小道,情人坡的青草葱葱,小吃街的美味,特立独行的宿舍楼,迷途不知返的教学楼……这一切都一直在眼前晃过,像放电影,只是胶卷只能用一次。我们永远都在赶路,为了某些东西不停地前进着,而某个时候的惊鸿一瞥,却成为一生难忘的记忆。正如此时,我望着这片校园,心里很暖。

不经意间,看到大四的学长穿着学士服在拍毕业照,看着他们挥手和亲爱的校园告别,突然一种伤感袭上我的心头,我觉得自己也即将走到离别的站台。虽然舍不得,但是很庆幸,庆幸在最美的年华遇见你……

渼 陂 之 行

宋振涛

十一月十二日,我们几个人相约一起游览了一座古村,这座古村就是被誉为“庐陵文化第一村”的渼陂古村。在这里,正午的阳光,洒在历经沧桑的屋脊上,斑驳的光影,若隐若现地洒在我们身上。行走在青石板铺就的小巷,我们碰见一位老人坐在一把黑得发亮的竹椅上吃饭。这位老人满头银丝,脸上布满了岁月的痕迹,于是我们向老人打听古村名字的由来。老人说:“我们这原先有条河叫渼水,岸边有个沙洲,所以叫渼陂。”为了证实老人家的说法,我特意在网上查了一下,原来“陂”是水岸、河岸的意思。了解完,我们一行人举起相机,继续“咔咔”地拍照,直到天边开始变成蟹壳黄,我们才坐上返程的汽车。关于渼陂,听老师们说,近几年,江西省大力发展旅游业,渼陂古村凭借着厚重的历史文化底蕴、古老的明清建筑群、精美的雕刻艺术以及丰富的红色文化而名扬神州大地。

游览完渼陂古村,总的印象就是古朴自然。这里的小巷,鹅卵石砌成,青石板铺就,两旁古建筑众多。各种石雕、木雕静静地立在街道两旁,像一本本满是油墨味的古书。虽然古村韵味十足,但是作为一个二十岁的青年,我的脑子里充满了好奇,哪能专注于这些。于是,村口的石牌坊、梁氏宗祠永慕堂、毛泽东旧居这三个地方引起了我的兴趣。

走近渼陂，首先看到一座雕刻精美的石牌坊，造型中规中矩，极具中国传统韵味。顶部“渼陂”两个鎏金大字，非常吸引人的眼球。看完顶部，眼睛会不自觉地向两旁望望，于是就看见了一副气势恢宏的对联：庐陵节义开天地，江右文章导古今。我想，这大概就是渼陂作为庐陵文化第一村的原因吧。

那天阳光正好，温暖如春，是个外出旅游的好日子。在入口，我们只看见一片人的海洋，四面的小路就像是汇入海洋的江河，随时吐送着一股股人流。没办法，我们只能踮着脚尖继续前进。来到一座红色木制建筑前，抬头便可见一块“翰林第”牌匾，也就是梁氏宗祠永慕堂。网上查阅得知，明清时期，梁姓是村里的大姓，为了激励后人，梁氏按宗法制度修建了这座祠堂。祠堂经过多次重建，至今已有百年历史，虽然经受了长期的风吹雨打、烈日暴晒，但依然显得古朴雅致，雄伟壮丽。这座祠堂对于梁氏一族而言，不仅是一个祭拜祖宗的地方，更是一座学校、一个社会。在这里，族人可以学到为人处世的大道理。环顾四周，在祠堂中堂的墙壁两侧，写有“忠信笃敬”四个大字，每个大字都有两人高，而且苍劲有力，那种气势令人震撼。在祠堂里，每根大红柱子犹如坚实的臂膀一样支撑着穹顶，每根柱子上都写着发人深省的对联，浓浓的庐陵文化韵味从中流露出来。

从侧门出来，再往里走，就是红色文化遗址了。作为“庐陵文化第一村”，丰富的红色文化遗址是渼陂的一大亮点。毛泽东旧居就是其中一景。1930 年，红四军前委、赣西和赣南特委及红五军、红六军军委在这里举行联席会议，即著名的“二七会议”，毛泽东作为红四军前委书记参会。往里走，就到了毛泽东同志的卧室，卧室里有一副对联写道：“万里风云三尺剑，一庭花草半床书。”透过这副对联我仿佛看见了在枪林弹雨中，毛泽东同志仍然能够读书赏花，运筹帷幄，指挥红军战士决胜疆场，取得一场又一场胜利。

潺潺的富水依然昼夜不停静静地流着，清澈透亮。许多小虾攀着水草，在水里游荡，有时又弓起身子，远远地弹去，好像很快乐。是啊，在当今这个物欲横流的社会，渼陂古村依然那么古朴，那么自然。在喧嚣的尘世里生活已久的人们，确实应该来到像渼陂这样古老的村落走走、看看，来洗涤一下自己的心灵，陶冶一下自己的情操。

赣卿,我在北方望你

闫丽媛

“伤感是一种小资产阶级情调。淡淡的、有点儿酸不溜丢,叫人想哭,可绝流不下眼泪来。”

——《三生石》

奈何我的情调还不足以称为小资,我也只能在过去的时间里看着你那春秋轮替的样子,像龙卷风一样裹挟着我,让我仓促地衰老了两次,但这样却也让我深深地依恋你……

三月,这里依旧春寒料峭,雨未近,花未开。我在北方望见你那里已然是染透一片新绿,满山开遍杜鹃花,小鸟在枝头啁啾,踏青的人群熙熙攘攘,欢笑声和着微风,连春泥中都夹带着喜悦。天格外蓝,桃花岛开遍桃花,一切的美好伴随着脚步一直在路上。

七月,这里空气燥热,喋喋不休的蝉声是午后的唯一生命力。我在北方望见你那里荷花满塘,鱼儿在水里游弋。纯真的儿童在河岸上奔跑,勤劳的人们在田间收稻,荷香、稻香杂糅在一起,花繁,人勤,一幅和谐的人物风情画铺展开来,不得不承认,我已入戏……

十月,这里秋风萧瑟,萧瑟的不只是季节,还有情怀。我在北方望见你那里落日的余晖红得热烈,远处山的起伏和着绚丽的霞光奏出了跌宕的交响乐,站在桥上的人听得出了神,脸上的红晕泛出了他和你恋爱的事实……那里的十月没有寂寥,满是款款深情。

十二月,这里雪花纷纷扬扬。站在窗边,思绪被外面的雪白吞没。极目远眺,我看见你那里细雨绵绵,树未凋,草仍绿,彩色的砖瓦房掩映在常绿阔叶林里,雨雾缭绕,一切的常态都极具诗意。

我在北方望尽了你的一年四季,也望穿了你的古往今来:江南西道,章水贡水合流纵贯,一篇序洋洋洒洒,经由王勃挥毫,滕王阁就此伫立千年,自此看惯船来人往;美人、瓷坯风韵万种,美得贯穿内外与古今;江水滋润的红土地孕育的生命火种,曾一下子点燃全中国的热情……每一方土地都有故事,而你的故事更神奇,对我更有吸引力。听说,古人用“卿”来传达爱情,可否让我称呼你为赣卿?

吉 州 窑 记

陈鑫源

学校里组织的马原社会实践活动,我们去到了千年古窑——吉州窑。

木牌坊上镌刻着“宋街”二字,唐宋之风吹拂着这条古街。一路而来,被细雨打湿的地面,两旁林林总总的小店,均被沉静的木色装饰,飞檐翘角,人们和和气气地做着生意,看到我们这群大学生,热情善意地与我们打招呼,若不是那些现代的电器、招牌,会让人怀疑梦回宋朝。

沿着宋街走,便到了一个大的广场,名曰吉州窑陶瓷文化中心广场。广场像一个圆,环绕着吉州窑遗址公园和吉州窑博物馆,圆心是一棵巨大的樟树。

这是棵奇树。树旁边的介绍牌上说,这棵树已有一千多年的历史,因它高,曾遭雷劈电击,一度枯萎。吉州窑遗址保护工程启动后,枯木逢春复葱郁。如今的它,树干粗壮挺拔,要几人才能合抱;树枝生机勃勃,恣意向天空伸展;树叶翠绿茂密。摸着它粗糙的树皮,我觉得它十分可爱,仿佛通了人性。

我们先游览了吉州窑遗址公园。公园入口处是高大的门,门右边有一个黑瓷瓶,几乎与门同高,非常壮观。瓶子所施黑釉沉静大气,瓶上一枝白梅傲然开放,如何遥知不是雪?走过精巧的曲桥,雨后的空气有点儿湿润,绿树白水,朱红的小果子上挂着水珠。小巧秀雅的环秀轩、古朴安宁的清都观、肃穆沉静的讲经台岭、高高的白塔……亭台楼阁都倒映在清澈的湖水中。

踏上千年匣钵古道的第一步,心便蓦然平静下来。整条古道,由数不清的、大小不一的瓷片铺成,有些瓷片是几百年前的,有些瓷片已有上千年的历史。多少日复一日、年复一年的劳动才能积累下这么多的瓷片?这些瓷片又浸透了多少代人的汗水?参观了枫树岭遗址作坊才知道,从一捧土到一件精美的瓷器,要经历如此繁复的程序:挖取瓷土、粉碎瓷土、精淘细选、运输瓷土、敲打练泥、圆器拉坯、利坯修整、上架凉坯、彩绘图像、剪纸贴花、匣钵装烧、窑内焙烧、开窑出瓷。走在千年匣钵古道上,是走在历史上啊!古老的东西,总能让人莫名心安和感动,因为这历经沧桑岁月也不变的是人类的智慧与汗水啊!

公园的对面,便是吉州窑博物馆。多姿多彩的吉州窑瓷器乖巧地待在玻璃柜里,是文物保护工作者让它们重见天日。无论是乳白雅致的白釉瓷,还是青翠欲滴的青釉瓷;无论是古朴沉稳的黑釉瓷,还是色彩丰富的窑变釉瓷,都泛着如玉般细腻温润的光泽。高超的制瓷技术令人叹服,但更为人称道的是吉州窑的创新精神。木叶天目盏,当真是前无古人后无来者的千古绝唱。胎体烧制时,铺上叶子,叶肉烧成灰烬而留其叶脉,叶脉清晰完整者为上品。因世上没有两片完全相同的叶子,所以每一个木叶天目盏都是独一无二的。博物馆内陈列着好几个精美绝伦的木叶天目盏,施的是温润细腻的黑釉,褐色的叶脉纹路清晰到细枝末节。若将水倒入,平视碗中,碗中便像漂浮着一片随风而落的叶子。随着光影的改变、水纹的折射,叶子呈现出不一样的风姿,美妙绝伦。胡铨邀杨万里观"茶戏",宋代茶之饮法多而有趣,一杯清茶,也可演绎出须臾湮灭的万千气象。宋人不可一日无茶,宋代文人喜养鸟逗乐,爱鸟及罐,瓷制的棋罐、棋子不离棋痴身边;宋代文人的浪漫优雅,"他人有心,予忖度之",也可体味到一点浮华中的心境。

参观完博物馆,又见古樟向外伸展的枯树枝酷似条条巨龙。希望这千年古窑的创新精神、文人情怀,如这千年古樟一般,生生不息。

老　槐

何　媛

院子里有棵老槐,不知经历了多少年岁,何人所栽也已无法追寻了。

家里这栋两层楼的红砖房是 20 世纪爷爷与奶奶用了大半辈子积蓄建的,在当时可算得上"豪宅"了。爷爷说当初在这建房,也是看中了这棵槐树。槐树依傍在房子边上,像我们家的保护神。槐树下有一口小井,那是家里的水源。槐树前有一片菜地,那是奶奶的天地,包菜、青菜、豆角、葱……家里总是不缺蔬菜吃。小井、槐树、菜地都是我们这群小屁孩的玩耍乐园。

春天刚至,槐树抽芽,墨绿的枝丫上点缀着点点嫩绿,像几个月的婴儿的头发,稀疏得可怜。夏天来了,槐树的新叶长满了树杈,繁密的叶子将阳光分离,透过细细的叶缝撒在小井里的水上和泥巴地上,闪闪的光影随着叶的摇晃也跟着在舞动,煞是好看。炎热的夏夜,一家人总是搬几张小凳,叫上邻里,装上瓜果点心,围坐在一起谈天说地,听夏蝉嘶鸣。爷爷的蒲扇慢慢地扇着,我在爷爷的怀里缓缓入睡,槐树带来的槐花香仿佛被爷爷扇进了我的梦里。秋冬时节,槐树的叶子慢慢掉落,撒了一地的枯叶,到井里打水时,踩着叶子嘎吱嘎吱地响,打上来的水还会飘着几片叶子。这时的老槐树光秃秃的,一点儿也不好看。来年春天,槐树又经历了一次轮回,它就这样过了许多年月。

每当槐树开了槐花之后,总有人来我家要几枝。我问爷爷:“他们为什么要来我们家要槐花呀?这槐花要来干吗呢?”爷爷说:“这槐花晒干了磨成粉末放到米浆里做粄可以更鲜。”我似懂非懂地点了点头,只知道我家的槐树可有用了,一股骄傲之感油然而生。于是,之后再有人求槐花,我总是很殷勤地帮忙,看着爷爷把槐花砍下,我在树下捡得不亦乐乎。等上了学,朋友们问我住在哪,我总是挺起小小的胸脯骄傲地告诉他们,我家就一棵老槐树边上。看着他们眼神中的艳羡,我心中更是骄傲,周末便约上几个同学,在槐树下玩上一天。童年伴着槐树、槐花,就这样惬意地过了。

爷爷操劳了一生,落下了许多病根。他在春天病了,槐树在那年春天也似乎颓了,嫩芽少了,夏天也再不复往年的茂密,再也没有开槐花了。爷爷的病情稳定了,在冬天回了家。老槐越发枯败了。

家里在商议一件大事:建新房。为了让房子的面积更大,爸爸跟叔叔要把老槐连根拔起。爷爷当然不同意,老槐陪伴了我们家那么多年,当初也正是因为老槐才选了这个地方。爸爸跟叔叔红着脸与爷爷争吵,这次商议还是无疾而终。

一个夜晚,我偶然看到了爷爷拖着病弱的身躯站在老槐旁,一手抚摸着老槐的躯干。看着这幅景象,我莫名地觉得老槐与爷爷像是兄弟,一齐步入了晚年。爷爷轻声说:“槐树啊,这么多年了,你怕也是熬不住了吧!”一声叹息消散在夜风里,星夜下爷爷与老槐的身影在我心中留下了深深的印记。隔天爷爷便对爸爸和叔叔说:“你们要砍就砍吧。我老了,也拦不住你们了。我走之后还不是奈何不了你们。答应你们,省得你们嫌弃我这糟老头子!”我心里不禁一阵心酸,可惜我并不能提出什么异议。

在一个风和日丽的上午,我跟爷爷站在一边,看着爸爸和叔叔拿来一把大锯子,很轻松地就把槐树从根部锯开了,原来老槐的内部早已被腐蚀空了,是棵“空心槐”啊。我不由转头看向爷爷,爷爷的眼眶已经红了,但没有流泪,那苦涩的泪大概是流进了心里吧!“仔仔,我们回屋去吧!”爷爷哽咽着对我说。我牵着爷爷皮肤皱巴巴、血管凸起的苍老的手,转身回了屋。我又转头看了一眼老槐,竟看到老槐有汁液流出,那是老槐的眼泪吗?大概是吧,我这样想。

新房子建起来了,四层楼,一层有三间套房,比以前两层六间房的红砖房更加气派。然而爷爷却不能住了,因为爷爷在老槐倒下的第二年春天,走了。许是天意的安排,不让爷爷住进那老槐用生命换来的“豪宅”吧!

老槐与爷爷一样,耗尽了全部精血,为这个家添砖加瓦,让这个家更加兴旺繁盛。在一个梦里,我看见了依然繁茂的槐树和躺在摇椅里扇着蒲扇的爷爷,月光泻在槐树和爷爷的身上,微风吹落几片绿叶,爷爷在槐花香里闭着眼睛,嘴角挂着微笑,沉浸在睡梦中……

错　过

蔡　鑫

生命中总有这样那样的错过,错过一条路,错过一个人,错过一次次欢聚抑或一场场别离。在错过的余温里,我们静默地支付着随日历渐渐消瘦的日子。

然而,一个人用一生错过的却是自己的故乡。

这是一种旷日持久的对峙,一边是背离,一边是追忆。

我们总是后知后觉于这种沧海桑田般的变迁,然后追悔莫及。当鲁迅欣然归乡,儿时的伙伴闰土已变得麻木呆滞,豆腐西施在岁月风霜的侵蚀中变得暴戾恣睢,他的叹息声随烟圈萦绕,只好寄希望于未来的人。当沈从文再回湘西,商业化的尔虞我诈代替了故乡人的淳朴善良,独留他在痛惜中一次次描摹出缥缈的边城。当贺知章久客异乡重返故里,山河草木虽在,房屋的主人却不知易了几回,两鬓斑白的归乡人终因几个孩童的发问而哑然:客从何处来?

离乡之时,我们与故土彼此抛弃。如今,故乡已是残缺的故乡,我们也只能无可奈何地错过。

错过的故乡像一棵老树,生长在我们永远不会再经过的路口,在我们永远不能再重温的记忆中增长一圈又一圈的年轮。席慕蓉诗云:故乡的歌是一支清远的笛,总在有月亮的晚上响起;故乡的面貌却是一种模糊的怅惘,仿佛雾里的挥手别离。

最初的时候,我们厌倦了周而复始的生活,开始张望远方的世界。当离乡的念头在稚嫩的心中萌芽,远方就成了童话中神秘诱人的王国,我们企盼着去熟悉另一个城市的街道,去熟悉另一个人群的口音,去适应另一种生活的节奏。在成长的不安与躁动中,我们四处寻找长大的证据。

后来,我们真的走了,在阳春三月,像一朵朵蒲公英一样打点行装,在微风中告别这片土地。站台分别之际,我们不理解父母为什么要一次次把琐碎的叮嘱装入我们的口袋,不理解他们在车窗外忧虑并略带悲伤的目光。我们微笑着向故乡挥手,迫不及待地奔赴远方。

在远方,我们第一次尝到了孤独的滋味。徘徊在车水马龙的十字街头却不知道要去何处,拿起电话却不知道要拨给何人。只听到音像店门前喧闹的流行歌曲:外面的世界很精彩,外面的世界很无奈……远方的城堡远非想象中的那么美好,人们对待微笑都无法心无芥蒂,儿时纯洁的友谊无处可寻,我们像一群走丢了的孩子。

于是,在某个月明星稀的夜晚,故乡溜进我们的梦里。夏日的黄昏,屋前茂盛的榆树洒下斑驳的阳光,蝉不知躲在哪里此起彼伏地鸣唱,新栽的枣树的稀疏的影子落在翠绿色的纱窗上,祖父蹒跚地踏上灰白色的暖暖的石阶,走到正屋的红漆角柜前,为银色的老钟缓缓上发条,然后转过身来,微笑着向我招手,说一个个他的祖父曾经讲给他的故事……醒来时,我已是泪流满面。

时间不能停滞,故乡已面目全非。我们早已迁了新居,任由那座院落荒草丛生。童年的玩具丢在老屋的角落里,积了厚厚的灰尘,隔壁一起长大的伙伴都已经各奔东西,音信杳然。我们不知所措地站在儿时丢手绢、捉迷藏的老树下,无力地质问这如白驹过隙的日子。

终于明白,每一种选择都意味着舍弃。我们本该坦然接受这无可奈何的错过,就像接受一朵昙花拂晓时分的凋谢。至少,曾经有那么个地方,我们在那里长大,筑成了记忆深处的边城。对故乡的错过构成了我们成长的一部分、生命的一部分。

错过的故乡不会消逝,它将成为另一群孩子的起跑线,成为另一次离乡的启程站,成为另一次离开的眷恋和回归的理由。

再错过时,我们走进了故乡。

春深巷六号

彭 媛

我又走回了春深巷六号。

常年潮湿的砖石在深浅不一的苔藓下相互挤靠着,这一挤,就挤了十年。所有的往事如同爬上石板的新绿般清晰显现,参差不齐地交错着。每一脚,都在那些逐渐淡出记忆的陈年的石板上落下。行一步,与石头喑哑的交谈声从彼此紧贴的缝隙中溜出,是时隔数年的寒暄,再呢喃几句,就看见多年未经修缮的老屋静默在长巷旁,看见祖母嶙峋的身影半倚在朱漆掉落的门板旁,看见屋檐下的风铃声和细雨一起碎落……

脱皮的外墙隐约露出浅灰的石骨,我一眼认出那五个被年岁浸润、洇散的模糊字迹——"春深巷六号",好似只有这样才能显示巷子有春,且深植入根。我一人站在空巷深处,面对同样空落的老屋,周遭雨声淅沥,风把长满铜绿的圆环门扣敲响,苔藓已在石阶上铺好,一切似乎都在等待着我,催促着我。

近一点,推开六号门,春日里白色的梨花躲在浅绿色的叶子里,一簇簇压在湿漉漉的梨树枝干上,一阵馨香从清新的视线里传来。四月清明,细雨休止,阳光穿过叶片落在碧绿色的草铺上,春风将满树梨花吹得簌簌作响,零碎的白花瓣有的正飘散在空中,有的已经躺卧在草绿里。

祖母在房子里踩着缝纫机,老视镜亲密地靠在她的鼻梁和耳畔。窗门大开,我能看见祖母胜似梨花、纤尘不染的发丝,浅蓝色的粗布衣,摆动布料和机器的双手。一只猫突然从木梁上跳到窗台上,慢悠悠地踱着步,优雅慵懒。这时,祖母停下手里的活,用布满老茧的手掌抚摸着猫身,我能感受到猫儿低垂下耳朵眯着眼打哈欠时的惬意。它躺在缝纫机桌上,在祖母慈祥的目光下缩成柔软的一团。

在那段声声慢的日子里,我成日坐在屋子外面,就着春光读书。这些书都是祖母放置在书架上的。我的祖母一个字也不认识,但是她将这些书视为珍宝，每次只允许我拿一本来读，读完再换。有些书已经泛黄，甚至受潮到字迹涣散，完全不能相识。后来我才知道它们是祖父留给祖母的唯一念想。我这一读，便从李煜读到纳兰容若，从李清照读到柳永，从林语堂读到余秋雨，从鲁迅读到胡适，从古至今。

读书时，我也偶尔出神，偶尔观察墙内爬山虎如何一步步走出庭院，在它生命最为新鲜、最为旺盛的时候如何从祖母的视野里消失，就像祖母看着我走出这扇春深巷六号门。那时候，她也只是望着，在为数不多的日子里开始期盼，似乎一觉醒来，韶光便可倒退，倒退回旧照片里那段不可言说的日子中去。

再近一点，关上老屋院门，人间气温稍缓，棠梨煎雪，掺上隔年的春。夜晚，祖母搬来一把木凳坐在庭院，旧时的月光，旧时的梨花，旧时安静的岁月，几乎伸手就能从中打捞起一片作为慰藉。我促膝在祖母身旁，我是极喜欢月光与梨花相互照面的样子的，神秘朦胧且柔美，让人想起那些绝美的诗词。倒春寒的冷热最能酿出令人静心的香，连聒噪的春虫都在这袭人的醉意里深深睡去。

那个时候，祖母常常告诉我一些民间神话传说，每次我都听得津津有味，直至祖母困乏到无法继续说下去才肯作罢。

再往前走一点，是草木丛生的枯井。它已经看不出来是口井了，覆满了绿苔，却成全了寂寞空庭。

我看见祖母用来熬药的老药罐，土陶的，完全变成了土黄色，上面的雕花已经模糊到不行，罐柄已陷入泥土中，像是从泥土中长出来的一样。祖母身体每况愈下，我父母常年在外地无法时常来探望，能在一侧照顾祖母的只有我，而我也是在祖母过世后离开春深巷的。顺着光从草木间的缝隙看过去，罐口缺了一块，是我当时玩耍时弄坏的，如今也随着往事被掩盖。

我时常愧疚，十年来再未回到这个充满回忆的地方，一是因为现在居住的地方离之甚远，二是怕触景伤情。猫已不知去向，祖母的老缝纫机还在那里放着，灰尘遮住了它的斑斑锈迹。这么多的记忆，我只把祖母的那些书搬到新居，我知道，祖母最放心不下的就是它们。

春天和她都走得很安详，安详到一片梨花都没有落下来，空气也干净得出奇，这约莫是祖母整理过的，她对待所有的事物都一丝不苟，纯粹如一。

春深巷之前总共有十几户人家，如今都已经搬离，据说这里准备拆迁。我已忘记旧时的邻居姓甚名谁，或许是因为时间过了太久，过往的人都不知道春深巷过去的故事。除了这个永久的地址和每一个转角,这里再无可以追寻的踪迹。

听说,这里即将更名为"某氏老宅",听说这个消息的时候,我恰巧在翻阅一本从未看过的祖母的记事本,一张泛黄的老照片飘落在脚边。老宅背后,究竟隐去了多少往事?

于是我走回春深巷六号,无迹可寻的过去的庭院荒草丛生,过膝的草丛里再也找不到熟悉的绿,三两枝梨花低垂,其余的早已成为枯木。走出春深巷六号的时候,我感到一束目光倚在门口望着。

这个庭院已经空了,这个地方即将和祖母一样再难寻觅。每一年春天,回头处,春深巷六号都会从深绿的记忆里探出一枝梨花。

斑

谢　颖

这是一张黑白的、边角稍稍泛黄的老照片。巨大的天幕下能看见连绵起伏的山脉和即将消失殆尽的晚霞。与天空相接、色彩呈鲜明对比的,是我们村里最大的水库,它漆黑、静谧,像慈母的手臂拥抱着站在岸边的我们一家人。父亲是一位乡村教师,精瘦、高挑,穿着松松垮垮的白色衬衣站在一行人的正中央。母亲是一个干惯了农活的朴素村妇,那天穿了父亲给她新买的衣服,一只手扶着父亲的肩膀,一只手拉着一个瘦削的小男孩,脸上带着红晕,笑容里有说不出的羞涩。男孩是我弟弟,我和姐姐站在父亲的另一边。那个皮肤黝黑、两颊略带些斑点、咧着嘴、露出漏风的一口牙对着镜头喜笑颜开的小女孩便是我。

我是家里的老二,却完全没有大家常说的老二的烦恼——每天被家里批评,一不如大的懂事,二不知让着小的。似乎从我记事起,我就是家里三个孩子中最得宠的。同样都是农村的孩子,我却过得无忧无虑,家里的农活而都由姐姐担着,而我整日与小伙伴在亮如明镜的水库边玩耍。所有人都忽视了穿梭在山林间砍柴的姐姐手上醒目的伤口。

冬日的夜晚一如往常,枯叶落尽的大树笔直地刺向幽蓝色幕布般的夜空,天空闪着几颗稀疏的寒星,月儿也躲进浓重的夜色里,灰蒙蒙地透出惨淡的白光。晚风呼啸而过,撼动萧瑟的枝丫发出寂寞的沙沙声。大树下坐着我们一家人,围着白天姐姐捡来的柴火取暖。昏暗的火光下,父亲一双粗糙瘦削的大手正有力地编制着竹篓,准备明天一早送到集市上去卖。一旁的母亲背着弟弟勾衲着农村家家户户都要做的鞋底,银晃晃的钩针与火苗交映舞动着。我和姐姐坐在火堆的另一边嬉闹,一失手,姐姐将我推向了火堆……见我笔直地倒入火中,父亲迅速丢掉手中的竹条,锋利的竹刺扎进了他的手掌,竹条割破了他的手臂,大颗的血滴滚进大火里。即便如此,他也没来得及在我跌入火堆之前将我抱住。我被大火灼烧得面目全非,黑黢黢的脸颊上还粘着几粒烧得发红的火星。这可急坏了没有任何医疗知识的父母,他们抱起我就向村里的卫生站火急火燎地赶去。卫生站走廊的灯忽明忽暗地照在父亲焦急凝重的脸上,站长说烧伤面积过大,以卫生站的条件无力医治。被烟迷得睁不开眼的我,听到母亲哇的一声哭了出来,豆大的眼泪混着汗水滴落在我的头顶。我多想伸手拍拍她,安慰她说"没事的,我不疼",却疼得无法动弹,说不出只言片语。冷静的父亲谢过站长后,当即就决定连夜送我去县医院就诊,他像一个英雄一样背起我,安慰着却更像是许下承诺:"你是女孩子,爹不会让你毁容的!"

出了卫生站已是深夜,西北风怒号着从耳边刮过,没有一丝怜悯。借着若隐若现的月光,我的父母深一脚浅一脚地穿梭在危机四伏的丛林里,树枝折断和布料被撕裂的声音不绝于耳。父母交替着背我,颠簸在他们瘦削却坚实的背脊上,我感觉到了前所未有的心安和感动,眼泪夺眶而出。温润的眼泪化开了被烟迷住的双眼,我看见四周的景色飞快向后倒退着,苍凉寒冷的冬夜里,汗水布满了他们的脸颊。披着晦暗的月光前行的他们的背影仿佛在发光,是我此生见过最美丽的背影。整整一夜,北风刺骨的一夜,改变我人生的一夜,我的父母没有一丝歇息,奔波于山林间,在光线划破黑夜的时候把我送进了县医院的急诊室。我甚至不敢去想急诊室外他们的情况:他们奔波了一整夜,是否已经倚着墙壁稍微歇息一会儿;他们是否口干舌燥,却因为焦急而忘记喝上一口水;父亲手掌心的竹刺是否已经深深地扎进肉里,手臂上流淌的鲜血是否早已干涸得像一条蛇一样触目惊心;母亲脸颊上蜿蜒的泪痕是否还清晰可见,她紧锁的眉头是否此刻写着万念俱灰……

好在送医及时,手术后的我并没有生命危险,拆掉脸上的绷带就能痊愈了。接下来的两个月,父母往返于村子和县医院之间,悉心照料着我的饮食起居和家里另外两个孩子的生活。对我而言,他们已经不再是父母那么简单,他们是我心中的超人,为我赴汤蹈火的超人。已经过去这么多年了,当初血肉模糊的脸在父母的照料下,只留下星星点点的几块小斑。我从不为自己脸上的斑点自卑,那是我父母的汗水、眼泪和爱为我留下的烙印,是我要感恩一生的凭证。

在我的记忆里,那个滚落一边的竹篓还在燃烧的黑烟下摇晃着,掉落火堆旁的银钩针被火苗舔舐得变了颜色,柔和的火光里,父母的脸却是那样生动且熠熠生辉。

不二情书

於业勤

慢,多久没有听到过这个字了,在这个什么都追求效率的时代。

慢时光,有多久没有感受到这样的生活给我们带来的欢愉了,在这个什么都急匆匆的时代。

书信是我们交流的一种美好方式,也是我们逝去的那个慢时代的一种标志。但在我开始写这篇文之前,我却从来没有做过任何事来祭奠它……

你坐下来,拿起笔,展开一张整洁而略带香味的信纸,在脑海里构思了无数遍,最终才落笔写下第一句话:嘿,一切都好吗?书信是你把文字一个个呈于纸上,那略带潦草的字迹就像是你的思绪在缓缓展开。朋友啊,那铺满在你眼前的不只是你笔下的简单勾勒,还有你对收信人深切的思念与盼望。

书信,听起来就足够让人心动。那该是怎样的一个人,值得你端坐些许时光,带着满心的欢喜为他将信纸上的空白填满。是怎样的一个人,让你甘愿抱着如火的期盼日日张望着信差的到来。朋友啊,今日你可还曾见到过哪个人因为等待一封信而在邮局门口久久徘徊?你可还曾见到过哪个人向着信差来的方向而望眼欲穿?你只看到一个个因为等待而焦躁不安的身影,于是你走过去拍拍他的肩膀轻声问:“嘿,兄弟,你曾经等待过某个人的一封信吗?”

书信,总是一方用炽热的心寄出,另一方用颤抖的手接过。当你寄出一封饱含真情的信给一个人的时候,你的眼睛里应该是闪着星光的。你看着信差将邮筒中的信收走,然后开始情不自禁地想象着、想象着,想象着他是用哪一只手从信差手中接过前不久还在你手中的信;想象着他如何小心翼翼又迫不及待地拆开你不久前封严实的信封;想象着他如何欣喜地展开你亲手折起来的信纸,甚至为了让他感到特别,你还费尽心思把每封信都折出花样来;想象着他在无人的灯光下悄悄地阅读你写下的字字句句;想象着他会是怎么样的表情。读到你的快乐,他会不会轻笑;读到你的悲伤,他会不会蹙眉;读到你的思念,他会不会一脸安然……同样的,当你收到一封信的时候,你的脸上会出现一种奇异的表情,那是一种仿佛在闪着光的快乐,是一种无法轻易去掩饰的情感。因为你全身上下散发出来的快乐的气息会出卖你,就算你强装镇定。这就是为什么电影里面常常会出现这样的情节:当一个女生收到一封信的时候,周围的朋友都来打趣她,用别有深意的眼神调侃着,她嘴上会不停地说着“没有啦,没有啦”却还是难掩嘴角的笑意与怦然心动,最后只好满脸通红地跑开。她会找一个安静的地方,打开藏起来的信,一个字一个字地去读,反复几遍,直到把每一个字都揣摩透彻才恋恋不舍地把信再次收起来。

书信,是一种只有两个人之间有浓浓的情谊才能坚持下去的东西。一封信,从一个人思念另一个人的时候开始酝酿发生。一封信,从写下第一个字到装进信封再到寄出去,不写信的人无法理解写信人在这个过程中所体会到的快乐。一封信,从一个人手中到另一个人的手中,那种经历过等待的传递,有着不可多得的感动。所以我说,一个能够让你为他写信,为他等待,为他不厌其烦地保持着信的传递的人,一定是一个你所珍惜的人!

书信,是一个多么奇妙的事物。当你为一个人写信的时候,你整个人都是宁静的,你的周围好像散发着一种柔和的光。那是因为那个时刻的你活在你的信里,你的生命在那一刻只为了完成那封信。当你画上最后一个句号的时候,落笔、抬头,你的眼里会掠过一抹对这个世界的茫然,你也许会发出这样的感叹:“啊!这天,是什么时候黑的!”因为你刚刚才从书信的世界里走出来,而在你写信的长久的时间里,你对时间的流逝毫不自知,仿佛时间停止了一般,这就是书信的魅力。但是所吸引你的并不是书信本身,而是你写信时心里所想着的那个人。

所以,我亲爱的朋友,如果某天你收到一封信,请你悉心打开并认真看完,因为这是一份来自远方人儿深沉的思念。也请你一定要善待他,因为那是一个炽热的灵魂捧着一颗诚挚的心在跟你谈话。也请你善待它,因为那或许是一封属于你们的“不二情书”。

穿透尘俗的喧嚣

陈　溧

世界是喧嚣的,有人怨它乱人心神,偏要寻一处宁静之地。殊不知世俗必然喧嚣,宁静自在人心。

古人云:心远地自偏。纵然世间纷扰,我心自有一片桃花源。《围城》出版,赞美之声此起彼伏。作为舆论焦点的钱钟书却淡定从容,依旧安静地在文学中寻觅真知,不为外界喧闹所动,终著《管锥编》。同是一处车马喧嚣地,有人却穿透尘俗的喧嚣,处出了琼楼仙境的宁静。

问君何能尔?自是平静务实的心态,使之追寻理想的步伐,任他耳边熙熙攘攘,我心依旧向前,不走歧路。正如庄子在混浊喧嚣的时代里独守一轮皓月,宁做那逍遥的龟,不陷高官厚禄的泥淖,一句"此龟者,宁其死为留骨而贵,宁其生而曳尾涂中乎"的诘问,让多少人惭愧。圣人总是寂寞的,正因寂寞而能坚守,也正因坚守才耐得住寂寞,才能在越来喧闹的世界中,将日子过得越来越宁静。

心选宁静便在喧嚣中处出一派从容淡定,心选喧嚣便从喧嚣中领悟生活的智慧。用心体会,喧嚣并不是一无是处,宁静也不是遥不可及。以锐利的目光穿透俗尘的繁杂,体会喧嚣的妙处。

其实,喧嚣也是思想的碰撞。君不见百家争鸣时,天地搭台,思想唱戏。各方见解齐登台,唇枪舌剑好不热闹,熙熙攘攘唱一出精彩绝伦的历史大戏。固然,柴米油盐烦琐闲碎,但艺术本就源于平凡的生活,也就不可避免地需体验社会的纷扰,才能摆脱不食烟火的空谈,以真情实感撩拨世人的心弦,引发读者共鸣,成就经典。沈从文没有上过大学,但他从底层生活中感悟到了文学的真谛,名满文坛。智者总能穿透平凡喧嚣的生活表象,挖掘出隐藏的精神潜流。

世间的喧嚣不可改变,变的是处世的智慧。不必逃避,不必退却,喧嚣是世间的必然,心态是改变的关键,否则纵是空寂无声也会庸人自扰,烦躁不堪。世间本如此,看你如何处之。

怀揣梦想花开半夏——谢谢你来过我的青春

李欣荣

在高考结束后，我偶然在QQ空间里看到一位补习的同学发的说说，说说还附有一张奋笔疾书的照片。那一瞬间，望着那张照片，我仿佛又回到了尘埃中。

学姐说："最怕你碌碌无为，还安慰自己平凡可贵；想要执着，反而蹉跎，越是等候，反而错过。"那时我还不懂学姐这句话所蕴含的道理，因为在一个未成年人的眼里，那只是一些心灵鸡汤罢了。

那时我16岁，那时南昌还没有地铁，那时"中国梦"还未提出……那时的我年轻气盛，总觉得未来很长，日子不喜欢还可以重来。所以，那时候我常挂在嘴边的一句话是：我才不要那么拼，开心就好。那时候的我没有"苦中作乐"的境界，放眼望去，周边人都在意气风发地往前挤，马不停蹄地力争上游，而我却是我行我素，想听课时便抬头瞄黑板几眼，不想听课便拿起《读者》《特别关注》放课桌上看，或者更张扬、更颓废——直接趴在课桌上睡觉。立在教学楼下的"排行榜"只能容下一百个左右的名字，每大考一次，它就改头换面一次，那上面有些名字走了，来了，又走了，一批又一批。庆幸的是，无论怎样折腾，我都榜上有名。因此，即使我做出一些荒唐的事，老师也只会念叨两句。可她，却不同……

十六七岁的那些年，我不懂的事还真多。

我搞不懂为何有人会为了一张演唱会门票深夜排起长队，我也不懂那些半夜起来"种菜偷菜"的人，我还不懂为何盐在一夜间价格上涨了几倍。最令我不懂的是她——教室前排永远扎着两个马尾辫的女生，那个我至今最惦记却难以重逢的女孩。

她叫元臻。她和我不同，她没有特权去做那些荒唐的事。

在我们班，排座位首先按成绩，其次按态度。我心安理得地坐在正中间的座位上，而她，学习态度很认真，但成绩上不去，老师便把她安排在了我的前面。这个扎着马尾辫的姑娘，是典型的乖乖女。她很静默，嘴唇常常微闭着，只有当她回答问题或喝水时才会绽开。我看得出她与所有人的不同。她可以书写一手漂亮的字，她的手腕上还戴着一个银镯子，上面系着一根细红绳。

她学习很认真，无论哪个老师的课她都能坚持下来，每天早晨，我都能看到她旁若无人地背诵诗歌、朗读英语,甚至在自习课上入梦的我也会听到她写字时纸张摩挲的“沙沙”声。

她的背影,执着得有些傻气;她的情节,曲折得有点忧郁。她是课堂上发言最多的人,但老师并不是很待见她,因为她经常误导老师。有一次,她如往常般一样积极地回答问题,但谁料,她的错误回答把当时的授课老师也带沟里去了。几分钟后,老师纠正了错误,气呼呼地盯着她,声色俱厉地说:“元臻,以后我的课上你不要乱回答问题,不要作声!”此话一出,全班同学都笑了。她显得十分尴尬,面红耳赤,像一只无头苍蝇般用手遮着脸,低下了头。

自那次起,她更加沉默了,上课时头越发低了。

有一次,我收作业时看到她的笔记本的纸页都打卷变黄了,封面上有装订机多次装订的痕迹,封面早已破损起球、残旧不全。残存的部分斜挂着,上面布满了犹如蜘蛛网一般的细纹。我忍不住问她:“有必要这么拼吗?”

她的嘴角抽动着,脸上显露出尴尬害羞的表情。我想,她应该还是会选择静默,如一株丁香般。呃,不对,我是不是问得太唐突了?不是,人家本来就被打击了,我这样问她是不是太没礼貌,太不考虑她的感受了。想着想着,我内心竟然十分厌恶此时的自己。

正当我准备离开时,她却说:“我是不是很笨啊?怎么努力都不会。”

“啊……”我愣住了。我第一次无法坦然地去接话,怎么说呢,有时觉得她挺傻的,付出了许多却没个结果;她也是可怜的孩子,马不停蹄地往前赶路,却迎来周边人的嘲笑和阵阵痛击。

我思考着如何回复:“没有,其实你很执着,就像一句话说的‘努力的姑娘真的很美’。”

她眼眶红了,笑着说:“呵呵,梦想可望而不可即。没有伞的孩子,只能努力地在雨中奔跑。说不定跑着跑着,梦想就实现了呢。”

我忘了自己后面和她谈了什么,也不懂她那笑容背后所蕴含的意思,我只记得那时她嘴角的笑容看起来是多么勉强。

时光慢慢地在一堆堆试卷中流淌。6 月 6 日,高考第一天,距离梦想还剩 2% 的路程。6 月 7 日,高考结束,距离梦想还差 1% 的路程。1% 也可能是 99%,成绩没出来就并不是真正的解放,梦想能不能实现还是未知数。考完后一回家,爸妈便在耳边唠叨不停:“考得咋样,难不难,预估多少分啊,能不能上一本,二本呢……"问题像连珠炮似的接踵而至。

的确,高考后的一个星期是着实令人担忧的,因为我不知道结果如何。发挥超常,考得好就可能去"211""985";考砸了,就可能与二本院校失之交臂,甚至打回原形,重回高三。有时候,我想时间慢下来,不想知道结果如何,但该来的逃也逃不掉。

6 月 21 日,省教育考试院正式公布批次分数线,考生查询成绩。这天,有人欢喜有人忧。我怀着忐忑的心情进入查询窗口,长舒了一口气,上线了。之后我报了省内的一所大学,当我和朋友互相庆贺时,我想起了我前面那个努力的女孩。很少有人知道她的高考消息,我也是直到那天才得知她的消息。在那次谢师宴上,班主任说她考得不好,比三本线还低几分。

后来,她选择了复读。

…………

春去秋来,时间走得总是那么无声无息,就像荷叶上的露珠,不知不觉便滑落到水里。现在我大二了,新一轮高考也结束了。QQ 空间又被高三党刷爆了,我顺着鼠标滚动着、浏览着,那张奋笔疾书的照片,那个熟悉的埋头看书的背影,顿时明白那张照片中的主角是她。

在那张照片下有这样几条评论:

"这不是当年落榜的愤青姐元臻吗?"

"是啊,人家今年高考顺利上线了,录取到了李欣荣所读的那所大学。"

哦,她上线了?还与我同校?我一边思索着,脑海中渐渐浮现出那个默默学习的女孩的背影。

当我准备关闭空间时,突然,电脑屏幕上多了一条评论。一条最新回复,是元臻自己写的:"我曾以为我的青春不会留下遗憾,曾以为足够认真就能实现梦想。但当我落榜时,在那失败的结果面前,我十分沮丧,我也没想过我的青春会如此脆弱……但我很庆幸,我内心有着反抗的声音,不为其他,只为圆自己一个大学梦,现在我发现只要你足够努力、足够强大,梦想终会实现。"

臻,正德厚生,臻于至善。在文字下面还有着"高三(15)班毕业留念"这么一张照片。我看着眼前的合照,照片中的那个女孩不再低头,她笑了,笑容是那么纯真自然。合照一角的池塘里的荷花也开至荼蘼,露出黄色的花蕊。

我想这或许就是梦想的力量,不觉间耳边回荡起她的话:"说不定跑着跑

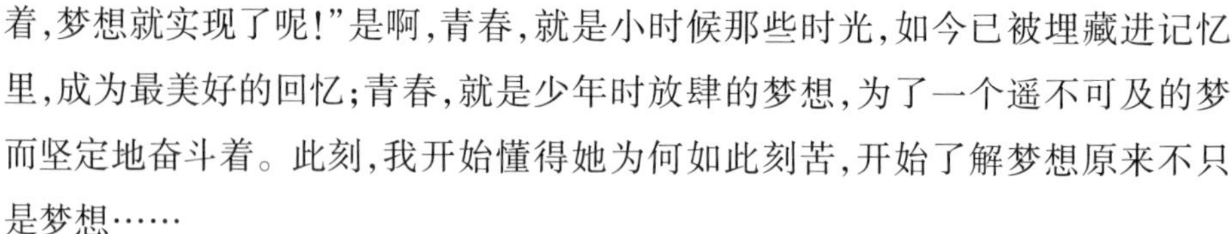
着，梦想就实现了呢！”是啊，青春，就是小时候那些时光，如今已被埋藏进记忆里，成为最美好的回忆；青春，就是少年时放肆的梦想，为了一个遥不可及的梦而坚定地奋斗着。此刻，我开始懂得她为何如此刻苦，开始了解梦想原来不只是梦想……

我从未告诉过她，我很喜欢她低着头向前赶路的样子，很喜欢她早起晨读的声音。谢谢你来过我的青春，更谢谢你用自己的经历完美诠释了：风再大，也别害怕，你的梦想一直在某个触手可及的地方。它，在那里等你；它，在那里等花开！

花开半夏，其实是首古老的童谣。

君子不以利害义，则耻辱安从生哉

邱玉琪

非洲原野里有一种花，色彩斑斓、芳香扑鼻，路过的飞虫往往经不起这种诱惑，扑上去贪婪地吮吸，殊不知它的黏液能将贪吃的飞虫牢牢地粘住，当它的花瓣悄悄合拢时，这些小虫已变成它腹中之物。而强壮的雄鹰之所以能“鹰击长空”，是因为它拒绝了安逸的诱惑；挺拔的青竹之所以能“咬定青山不放松”，是因为它拒绝了享受的诱惑；稚嫩的小草之所以能“野火烧不尽，春风吹又生”，是因为它拒绝了舒服的诱惑。飞蛾扑火，为诱所惑；身败名裂，源于诱惑。

古往今来，多少是是非非在诱惑面前凄凄惨惨戚戚。诱惑是人永远无法满足的欲望，抵挡不住诱惑的人永远不会满足和停止渴求它；诱惑的糖果虽是蝇头小利，却容易让人们忍受不了奋斗过程的艰辛，忘却生活的目标和追求。拒绝诱惑也好，沉溺诱惑也罢，拒绝其实就是一次人生的选择。拒绝诱惑的人生，也许平淡平凡，却能活出心灵的伟大；反之，也许耀眼华贵，却失去高尚，只剩卑下。

陶渊明不为五斗米折腰的故事也许人尽皆知。已过不惑之年的陶渊明在朋友的劝说下，出任彭泽县令。有一次，郡里派督邮来了解情况。有人告诉陶渊明：那是上面派下来的人，应当穿戴整齐，恭恭敬敬地去迎接。陶渊明听后长叹了一口气：“我不愿为了小小县令的五斗薪俸，就低声下气去向这些家伙献殷勤。”说完，他辞官回家去了。陶渊明当彭泽县令不过八十多天，他这次弃职而去，便永远脱离了官场。陶渊明因“不为五斗米折腰”，而获得了心灵的自由，获得了人格的尊严，在为后人留下宝贵文学财富的同时，也留下了弥足珍贵的精神财富，成为中国后代有志之士的楷模。

李白作为一名优秀的诗人，吟出：“安能摧眉折腰事权贵，使我不得开心颜！”这种诗在李白的诗歌作品中占有不小的数量，被世世代代传诵，把诗人的一身傲骨展露无遗。但是，他不懂得拒绝诱惑。封建王朝，官权可谓一大诱惑，它神奇的力量吸引着无数的人为他奋不顾身，李白也不例外。因为在诗歌上的造诣，李白早已小有名气，但他不满足，面对荣华富贵的诱惑，谁会不为之动心？他的理想是进朝廷，做高官。终于，李白有了机会，他吟出：“仰天大笑出门去，我辈岂是蓬蒿人。”结果，他因放浪不羁惨遭放还，不懂得拒绝诱惑，被唐玄宗赐金放还之后只能游走世间，终日与诗酒为伴。

近年来发生的一系列公共事件，最能够说明诱惑对于一个人甚至一个社会的影响力有多大，危害范围有多广。人心难测，在利益和金钱的诱惑面前，人可以失去人性，伤害自己的同胞，甚至将自己的快乐建立在别人的痛苦之上。我们不奢求每个人都能够拒绝诱惑，只求那些沉溺于诱惑的人不要让别人为你们的过错买单。

人在河边走，哪能不湿鞋。我知道，战胜诱惑的最好方法就是远离诱惑，不去河边，远离悬崖，不要试图和它较劲、抗争。因为如果陷入这场拉锯战，最后的输家一定是我们，而不是诱惑。

庐山印象——郁郁葱葱的人间美景

金　芮

清明时节雨纷纷，我踏上了前往庐山的绿皮火车。

初闻庐山是李白的《望庐山瀑布》：“日照香炉生紫烟，遥看瀑布挂前川。飞流直下三千尺，疑是银河落九天。”那时的我还不知道庐山位于何处，还不明白那是怎样一幅壮丽雄伟的自然风景山水画，直到来到江西求学，才终有机会去目睹这座千古名山的魅力。

凌晨三点的绿皮车厢是寂静的,人们都一脸疲惫地斜靠在座椅上,偶尔斜眼瞟一下你,又闭上了双眼。车厢里刺鼻的气味充斥着我的每一根神经,但这并不影响年轻人身上的活力:戴着耳机随着流入耳朵的音乐轻轻哼唱着,脸上浮现出的是对未知旅途的期待,兴奋的气息随着每一个音符跳动着。天很快就亮了,清晨的第一抹阳光透过车窗照射在一夜未眠的少女们身上,暖暖的光圈像少女们脸上泛起的红晕。绿皮火车飞快地向前奔驰着,窗外的绿树匆匆地向后退去,然后化成一个小点消失在远方。

蜿蜒曲折的盘山公路曾让毛主席挥笔写下"一山飞峙大江边,跃上葱茏四百旋"(《七律·登庐山》)的著名诗句,我的心也化成了一粒沙土,在这条公路上飞扬。"横看成岭侧成峰,远近高低各不同。不识庐山真面目,只缘身在此山中。"窗外的庐山千姿百态,眼下是连绵的一排,转了个弯,又忽现独耸云霄的高峰。而庐山这变幻多姿的特点也在仙人洞中体现了出来。

"天生一个仙人洞,无限风光在险峰。"(毛泽东《七绝·为李进同志题所摄庐山仙人洞照》)从仙人洞的这一头往远处望去,是望不到尽头的绵延在山腰间的小路。我们站在岩石边缘拍照留念,眺望远方,映入眼帘的满是绿色。险峻的山峰上站立着一个个英勇的士兵,他们披着绿色军服站在远处,像一个个绿色的小矮人,密密麻麻地交织在一起,织成了一件绿纱。星星点点的小黄花装饰着这件轻薄的纱衣,显得生机勃勃。看!远处屹立着一棵孤松,骄傲自豪地向来来往往的游客们展示着自己雄伟而又优雅的身姿。顺着山峰往下看,是层薄薄的云雾,卷曲着又伸展开来,似轻纱簇拥着翠绿的山体,又缓缓地向外扩散开来,着实给人一种如在仙境的体验,幻想着自己如仙女下凡。吹过一阵清风,头顶上是蓝天白云,天如镜子那样明净,云如波涛泛起的阵阵浪花。一个个野生猕猴打破了这悠然闲适的宁静,游客们纷纷掏出水果、面包送给它们,它们如同人一样,娴熟地撕开面包的包装袋,坐在围观的游客面前,享受着面包的香味。它们已经不害怕人类了。

夜里下起了小雨,终夜听见淅淅沥沥的雨滴声,空气很潮湿,每一口呼吸都带着来自泥土、树根、树干、树叶散发出来的清新味。第二天早晨,天瞬间黑了下来,天空像漏了一样,下起了倾盆大雨。在蜿蜒的公路上,车辆排着队小心翼翼地前行着。本以为会被困在酒店里,没想到没过一会儿天就晴朗了起来。我们行走在庐山的街道上,我爱这里的每一棵树,仿佛在它们粗壮的树干里装有独特的故事,从它们身边走过就像是在倾听它们诉说的故事。从停车场走到三宝树大约需要半个小时,在这半个小时的路程里,你可以看见成千上万棵直插云霄的树木。这不仅能让人全身心地沉浸于自然美景中,也能让人在这天然氧吧中释放体内的浊气。三宝树的每一棵树都需要四个人才能合抱,树干笔直地向上延伸着,茂盛的枝叶向四周扩散着,遮蔽了朝阳,遮蔽了晚霞,诉说着它们一千六百多年的历史。

登上含鄱口,从这里可以看见鄱阳湖。风很大,拍击在雨衣上发出"呼啦呼啦"的响声。雾气慢慢地升了上来,视线亦变得模糊,最终我们被雾气笼罩着。滴滴雨珠凝结在游客们五彩斑斓的雨衣上、镜片上、发丝上……湿了衣裳,潮了面庞,却依旧很开心。这烟雨朦胧的美景如何求得?这仙境般的世界岂是在都市生活中可求得的?

这是一场与大自然的约会,这是一段倾听年轮故事的盛会,这更是一次心灵的旅程。

眉间清风,心上落花

车静妮

又是一年春好处,课余漫步校园小道,耳畔闻莺燕引吭高歌,举头望长风携白云窈窕而来、翩跹而至,整个校园弥漫着花的清香,清风徐徐拂面而心有所感。总觉得现代社会的人太过焦灼,浮躁的心无处安放,在灯红酒绿、声色犬马中失了初心。我觉得人人心中都应该有一条落花门巷,在心中种花,让清风吹散眉间的愁云。

我时常想着,白云生处有这样一位与世无争、安静淡雅的仙人。他人品似梅,高洁不屈;他性情若菊,清逸脱俗;他身姿似竹,轻盈秀颀;他气质若莲,可远观而不可亵玩焉。他晨起扫庭院,种花,焚香,静坐,执诗书一卷品读;夜来持金樽清酒,举杯邀明月,兴起时可吟诗作赋。这诚然像极了"采菊东篱下,悠然见南山""晨兴理荒秽,戴月荷锄归"的陶渊明,悠然自得,安静闲适。我渴望获得像《住在一首唐诗里》的作者刘天箭那样的笔下逸趣——门含青蒙山色,窗绕绿漪琴声。招一角飞花飘入清茶芳茗,剪半段溪流巧赋天籁玄机。我可以在梅花潭边感受画一般的流水潺潺,也可以在西湖边聆听黄莺与柳浪的对答,还可以在小桥流水边驻足看人家的炊烟袅袅升起……

还记得《愿风裁尘》中的几句话:"愿风裁取每一粒微尘,愿灵魂抵达记忆的尽头,愿一切浩瀚都归于渺小,愿每身孤独都拥抱共鸣,愿衣襟带花,愿岁月风平。"这短短的几句话,却让我感触颇深。在如今商业化、娱乐至上的社会里,人们需要清风裁取微尘,洗涤浮躁的心灵,回归平静,就比如你需要一场说走就走的旅行,放下一切扰人的东西,一个人与日月星辰对话,与江河湖海晤谈,和每一棵树握手,和每一棵草耳鬓厮磨,享受"无丝竹之乱耳,无案牍之劳形"的清闲静谧的气息,将灵魂覆盖。给自己一段这样的时光,独坐在草木葳蕤的窗前,泡一壶闲茶,不去想那些走过的岁月到底有多少是真多少是假,不去管那远行的帆船何时归家,不去问那古道西风里的断肠人是否仍在天涯。

苏轼在《浣溪沙》(细雨斜风作晓寒)中写道:"细雨斜风作晓寒,淡烟疏柳媚晴滩,入淮清洛渐漫漫。雪沫乳花浮午盏,蓼茸蒿笋试春盘,人间有味是清欢。"好一句"人间有味是清欢",在纷繁尘世,不必誓死追求功名利禄,让眉间荡漾清风,心间播种鲜花,在春的季节里生根发芽。让尘世不再浮躁,让人间飘满芬芳,这何尝不是一种快乐!

三年·祭

吴佳敏

那一天,阴沉沉的,风雨欲来。

那一天,脚落在老宅前的泥路上,不见脱俗的野花,涌入眼帘的是大朵大朵鲜艳的假花,艳得刺眼。

那一天,浑身充斥着一股躁动,暗潮涌动,随时准备喷薄。耳边萦绕着嘈杂的混淆在一起的人声、奏乐声、打牌声、风声;眼中穿梭着似曾相识的着白衣的男人女人,胳膊上挂着随时都有可能被风吹走的黑布条;鼻尖徘徊着烛火的气息、假花上的塑料味、男人女人们身上的汗水味和一股如死亡般的恶臭。手触碰到桌上的一层薄灰,一搓,是香灰。

那一天,碰到满脸褶子的太婆,她用颤抖的声音问道:"囡啊,你知不知道……”她是第一个这么问我的人，还是一个我最难以回答的问题，我只能含糊地回答“我知道”。她似乎还想再问些什么，可是我害怕她会勾起那些我尘封已久的记忆。“太婆，我先走了，家里还等着我回去呢。”说完，我转身快步离开。

是啊，家里还等着我回去呢，可是那个一直坐在门口，笑起来满脸菊花褶子老太太不见了，等着我的只是无尽的冰冷。

那天夜里，老宅的玻璃窗噼里啪啦直响，风很大，可月亮很亮，还透过窗在墙上投下斑驳的树影。房里很静很静，只能听到“呼呼”的风声、“沙沙”的树枝摩擦声，还有女人们熟睡时的鼾声。

深夜，月光隐匿在云层之中，院子里亮着的灯光开始剧烈地摇晃，墙上的树影晃得厉害，好像一只黑色的妖怪张着血盆大口，吞噬着暗夜里的一切。顿时，塑料棚开始左右摇晃，“哗哗”“哗哗”，濒临崩溃。男人们从睡梦中惊醒，“快起来，快起来，棚子要吹走了”“快点快点，那边拉住，别动啊”“嘿呦，嘿呦”，女人们在睡梦中翻了个身，迷迷糊糊地嘟囔一句“怎么回事，累了一天，最后一天，还要闹腾……”楼下嘈杂，“唰唰”“唰唰”的风声，“咚咚”“咚咚”的雨打在玻璃窗上，屋内却静谧如常。

后半夜，风停了，男人们松了一口气，睡意全无。静夜里，他们的耳边环绕着“和了”“碰”“哈哈，给钱给钱”的打牌声，一夜似睡未睡。

翌日清晨，女人们踩着木质的楼梯“嗵嗵”地下楼。窸窸窣窣的衣料摩擦声，噼里啪啦的厨具碰撞声，灶上热水的“咕噜”声，这一天，空气中似乎充斥着轻松的感觉，他们总算可以结束这几天以来的彻夜不眠，总算不用听那唱了一遍又一遍的乐声，不用再闻到久久不散的烛火燃烧的味道。

午后，老宅涌进一批又一批男人、女人、小孩，唢呐声越吹越高，香越燃越旺，浮动着越来越多的白帽，他们不敢走进宅屋，只在院子里来回走动，似乎是害怕屋里的“玻璃盒子”。最后，他们在院子里佯装半跪半蹲地磕个头，上一炷香，起身与人闲聊，再无其他。

下午两三点，男人们撤掉棚子，将“玻璃盒子”移到院内，扬幡，奏乐，离开，送往火光里去，成灰，成烟。

这是一场葬礼，我奶奶的葬礼。

“盒子”里躺着我的奶奶，我甚至没有勇气掀开上面的黑布。我害怕，曾经说好要看着我长大的人，现在睡在了冰冷的棺木里，没有呼吸，不再对我笑，不再喊着我的名字。恐惧,害怕,泪水流不下来,溢满了我的眼眶,胀得难受。

如果说她是这辈子待我最好的人,那么她对于我就是这辈子最大的遗憾。在没有父母陪伴的童年里,她会给我讲《西游记》里的妖魔鬼怪,讲宅屋前大山的故事,从未让我感到孤独。疲累时,她会用佝偻的背背起我,慢慢地走,踩着夕阳回家;当我学会数数时,她会抱着我说:"我的囡啊,怎么那么聪明啊……"

她的一生都在操劳,为子女,为丈夫,为我,自己似乎没有享过什么福。年轻的时候,她上山采茶,失足扭伤了腰,晚年承受了极大的病痛,每天药不离身。小时候,我看着她吃着黑乎乎的药丸,一颗接一颗,便会好奇地问:"奶奶,你在吃什么灵丹妙药呢?"长大后,我不再问曾经幼稚的问题,只会在她吃药的时候,心里默默想着:我以后一定要让奶奶的身体好起来,我要多陪她几年。

在她生命的最后一个月,医院,消毒水,吊瓶,病床,地狱一般的气息。她的面容日渐消瘦,纤细的手背上残留着泛青的针孔留下的痕迹。她一直迷迷糊糊的,说不出话,我知道她没有多少时间了。我甚至为自己感到可笑,曾经信誓旦旦地对她说等长大了会买很多东西孝敬她,却不知道她时日无多,只能看着她在病榻上挣扎却束手无策。后来有一段日子,我厌恶医院的消毒水味儿,甚至生病了也不愿意去医院。

在我开学后的第三天,她走了,什么话都没有留下就走了,甚至还来不及等我回来。我依旧清晰地记得,我走之前的晚上,她念的是我的名字,握着的是我的手。

三年过去了,她离开我的日子已经一千多天了。我上了大学,离开了老宅,很久都未曾回去过。我也渐渐习惯了没有她的日子,甚至连她在我脑海中的样子都渐渐变得模糊。或许人就是这样,习惯了将一切忘记,才能心安理得地去生活。

如今,她伴着青山而眠,似乎换了一种方式看着我,看着我长大,看着我成熟,看着我独立。

繁花落尽,沧海桑田,唯您与时光不老!

苏城小事

姚珊珊

在人们都给自己的城市名加前缀“大”时，我更愿意称呼我的城市为“小”。我的小苏州，小到我和朋友们的距离不过是一条小河，与奶奶家的距离不过是一座小桥。有时还未过桥，就能听到巷子里传来悠悠的评弹声。

一路沿桥走过去，时钟的指针渐沉重缓慢，颜色晕染开来褪成黑白。粉墙黛瓦的老房子里有旧的墙壁、旧的灶台、旧的菜园，还有我的奶奶。和大部分江南人一样，我嗜甜。小时候最爱吃的冬瓜糖、桂花糕、酒酿圆子这些吃食，奶奶都会做，所以连带着儿时的记忆都缠绕着饴糖般丝丝缕缕的甜。她总是穿自己习惯的服饰，谈自己认识的人，走自己熟悉的路，将麻花辫的发型从十八岁留到五十八岁，几十年如一日地固守着一种生活方式。而我不然，我渴望看外面的世界，因为觉得自己一无所知，在多彩的世界面前显得苍白幼稚。

在一样的南方，一样的香樟树下嗅不到一样的气息，一样的杨梅里尝不出一样的味道，一样的雨中听不到一样的声音。不一样，在我眼里通通不一样。我想念被折下来插在头上的栀子花的香气，我想念每道菜里用来提鲜的白砂糖的味道，我想念青石泥板上踢踢踏踏的脚步声，到底月是故乡明。

我为什么如此恋家？想起十八岁时信誓旦旦地和父母说，想要去别的地方看看，不愿意去两三个小时车程就能到家的城市。我像一只刚破壳的小鸟，还没来得及好好看看自己出生的环境就带着莫名的勇气横冲直撞，为了证明自己已经长大。不管是软弱还是牵挂，我惦念我的小城市，于我而言，远方，只适合旅行而不适合久居。

下一站的目标是回家，我希望以后的人生不是离父母越来越远，如果子女只是在目送父母的背影渐行渐远，未免太过伤感。某一天，注意到妈妈不再穿花裙子，爸爸开始不在意自己的啤酒肚，我真切地感到了父母的衰老。我怀念壮年时的父母，想看他们年轻的模样，假如我懂事一点，是否父母的白发也能晚生一些。自己耗尽了他们的生命，能回报给他们的却太少。

不知从什么时候开始，妈妈也开始听起评弹。我不禁想，是不是将来我也会如此。奶奶说，现在没有年轻人愿意听评弹，但我觉得很好，和她们一起听。

接触的世界越大,离家越远。最终我发现,电话里穿越千山万水的声音,屏幕里再鲜明生动的影像都远不及我的双脚踩上小桥感到的踏实。“君到姑苏见,人家尽枕河。故宫闲地少,水巷小桥多。”我的苏州那么小,我的心也那么小,装一个小城足矣。

挑水扁担

韦晓曼

那是一根在我家用了近20年的挑水扁担,扁担中间被磨得光亮,嵌套于两头的铁环早已锈迹斑斑,依稀可见岁月的刻痕。而唯一不变的,便是与铁环相连的铁钩还是一如当初那般闪着银色的光。

这根挑水扁担的原材料来源于当地一种名叫荆竹的竹子。这种竹子的竹身非常厚,长得比一般的竹子要粗、要高。这种竹子长得越老,颜色就越偏黄,也就越有韧性。因此,对当时的村民来说,这种竹子是制作扁担的首选。

我家的这根挑水扁担是在我出生后我的父亲亲自砍竹子,安铁环、铁钩制作而成的。不仅如此,这还是一根有故事的挑水扁担。当然,这些都是我的母亲告诉我的。

听母亲说,在我出生之前,家里原本是有一根挑水扁担的,只不过伴随着我的出生,原来的那根挑水扁担也在我父亲手中宣告“夭折”了。

据母亲回忆,那天我不知怎的,竟然提前到这个世界“报到”。母亲没办法,只好麻烦隔壁邻居去叫挑水的父亲赶紧回来。父亲听邻居说母亲要生了,挑着一担水“哼哧哼哧”地往家里赶去,一路紧赶慢赶,让原本满满的一担水硬是洒了大半。就在踏进家门的那一刻,父亲肩头的那根扁担似乎也受不了这一路的折腾,“嘎吱”一声,断了……

我是父亲的第二个孩子,有一个大我一岁的哥哥。尽管拥有了两个孩子,但父亲显然还没能够完全融入“父亲”的角色。都说孩子是男人融入“父亲”角色的最好的老师,不管是父亲还是孩子,两者都需要相伴成长。

母亲常常对我说父亲最喜欢我了,每每抱起我,父亲总是不舍得放下。每次想和我亲近,却又怕自己的胡子扎到我,以至于父亲从来只是把额头轻轻地抵在我小小的前额上。此外，母亲说原本父亲不怎么会抱孩子，哥哥小时候没少被父亲抱哭，父亲也没少被母亲念叨。但是不知怎的，轮到抱我的时候，原本什么都不懂的父亲竟然能够正确地抱我，我在父亲的怀抱中不时舒服地“傻乐”，母亲对此啧啧称奇。

我家新的挑水扁担就是在我出生不久后“诞生”的。当时，父亲一边照看着我，一边修理着手里的竹子，手忙脚乱。最后不得已，父亲只好把扯着他裤脚的我放在他的大腿上，然后挺直腰杆，双手拿起竹子进行修理。

带我哥哥去看病回来的母亲，回来看到的是这样一幅画面：男人绷直了身子在捯饬着手上的竹子；一个奶娃娃躺在他的大腿上，眼珠骨碌碌地转着，双手一个劲地挥舞着，嘴里欢快地发出“哒哒”声。男人抿着嘴，一脸认真地修着竹子，并时不时低头看看腿上的奶娃娃。

母亲“扑哧”一声笑了，把熟睡的哥哥放到床上，从父亲的腿上把我抱了过去。父亲这才深深地呼了一口气，抹了一把额头上的汗水，安安心心地把铁环安到扁担上。就这样，这根新的挑水扁担正式成为我家的一员。

在当时的农村，家里的所有用水几乎都是靠挑的。父亲和母亲每天早上和傍晚都会用它挑着两个水桶去离家二百米的四方井挑水，而要想灌满家里的两个大缸，他们每天至少要挑八担水。在我的记忆中，每次父亲和母亲去挑水，回来的时候总是满满的一担。父亲肩头的那根扁担在两桶水的重压之下总是略显弯曲，并时不时发出“嘎吱嘎吱”的声音。

伴随着我和哥哥一天天长大，父亲和母亲觉得守在家里无法给予我们好的生活，便狠下心来双双离开家，去外地谋生。因为爷爷奶奶的年纪大了，大我一岁的哥哥和小小的我便开始了我们的“挑水生涯”。

然而，这根扁担无论对于我还是哥哥来说，都太长、太大了。尽管我们想抓住扁担两端的铁链钩以稳定水桶，不让水溢出来，但因为手太短，任凭我们怎么伸长手，就是抓不到铁链钩。没办法，我俩各自想了一个办法。哥哥选择把他的双臂缠放在扁担上，挑着两个比他身子还粗的大铁桶，踉踉跄跄地横着挑水回家。我因为嫌弃哥哥的姿势太丑，便双手向前握住肩头前一点的扁担，挑着两个秀气的塑料桶跟在哥哥的身后，一路跌跌撞撞地往家里走去。

其间发生了一个小插曲，如果没有那根扁担，没准儿就没有现在的我了。因为当时是六月天，加上家家户户都要用水，原本满满的井水，水位不断在下降。当时的我蹲在四方井的最后一级楼梯上,撅着屁股把水桶伸进井里装水,谁知脚下一滑,一头扎进了井水里。旁边的哥哥听见“扑通”一声,转过头看见我在水里扑腾着,连忙拿起一旁的扁担,使劲伸到我面前,嘴里焦急地喊着:“妹妹,妹妹,快抓住扁担,快点……”我当时吓坏了,一个劲儿地瞎扑腾,耳朵里隐约传来哥哥的喊声,然后紧紧抓住熟悉的扁担。在哥哥的帮助下,我终于被拉了上来。

死里逃生的我瘫坐在井边,怀里紧紧抱着那根大扁担,任凭哥哥怎么喊也不撒手。等真正回过神来时,我便“哇”的一声哭了起来,连带着不时咳了几声。一旁的哥哥显然也被我的哭声给吓坏了,蹲在我的身边,一边笨拙地轻拍我的背,一边安慰道:“没事了,没事了,妹妹不怕啊,不怕……”但是,拍着拍着,哥哥竟然也跟着我哭了起来。

一时间,只听见四方井传来一阵“震天响”的哭泣声……

如今,我的家乡变得越来越好了,政府安装的自来水也落实到了每家每户。曾经帮助父亲挑起生活的它,曾经比哥哥还高的它,曾经救过我的它……不知何时被封印在我的新家的某一个角落,渐渐地蒙上灰尘,渐渐地被我们遗忘,渐渐地消失在时光的指尖下……

某年的某天,当我不经意发现这根扁担的时候,二十年的时光早已弹指而过。曾经被磨得光亮的它如今却布满了灰尘,身上也都是一些被小虫蛀的小洞,两头的铁链钩也披上了一层红色的衣裳,属于这根挑水扁担的故事似乎画上了一个圆满的句号。

梧 桐 密 语

何佳昱

一个人,品着一杯冒着热气的清茶,轻捋过往的心事,额头洒下一缕和煦的阳光,撩拨着我慵懒的午后时光。一片梧桐随风飘落,隔着窗棂,捕捉到我顷刻的目光。

我起身漫步在幽深的林荫小道,道路两旁高大挺拔的梧桐树映入眼帘。那斑驳的投影,将匆匆的行人、缓驰的车辆、路边的建筑,晕染得格外静谧安详,温暖着每一个角落。我晃荡着时光,将思绪放逐到梧桐午后。此刻,只要静静地回味,深深地品尝这桐林暖色,就够了。

不知是桐林的别样韵致,还是午后的惬意脱俗,总是让我的脚步不想那样匆忙。梧桐树整整齐齐地排列着,宛如两个小巨人在半空交错,不由得让人浮想联翩。我静静地落座一隅,缓缓地蹲下身子,手指捻起一片微微泛黄的桐叶,轻放在手中,与我的手掌密合。细细察觉,桐叶的脉络像极了手心的纹路,正面细滑无痕,背面则是凹凸不平,想着是否它也会叹息不羁的倦容。我踱着步履,越过几根树干,看着它那倔强的模样,似乎想要挣脱弯曲嶙峋,驻足远方,像个熊孩子似的不修边幅,惹人怜爱……这时,我心血来潮,倚靠在一棵桐树上,缓缓地、轻轻地抚摸着它。我发现,它的皮肤粗糙不已。看得出来,它的面容镌刻着年轮的痕迹,似乎想要倾诉岁月的流逝……

空气中还弥漫着芳香馥郁的味道,嗅着初秋的气息,不由得融化在这桐巷之中。心绪还沉浸在桐林淡淡清香间,迫不及待地想要与这片梧桐浪漫邂逅。清风吹拂着,片片桐叶在秋风中婆娑起舞,有的黄绿相间,有的酡红焦黄,像翩翩舞动的女郎,曼妙的身姿点缀在那黑得发亮的柏油路上、清澈见底的湖亭边、无人的长椅上,摇曳生姿着,喃喃碎语着……整条小道在桐林和阳光的笼罩下,渲染出一片别样的橙色。

我索性微抬眉梢,闭上双眼,深吸一口气,心随着这片午后时光悸动不已。丝丝光线,穿过桐林缝隙,萦绕在林荫深巷中的每一个角落,映照着桐叶荫翳,显得格外耀眼。这梧桐的梦醒时分,氤氲了此时的每一粒泥土,浸染了这里的每一寸芳华,那样恬淡,那样安然,无一不增添了我几分臆想。刹那间,似乎只想与这片桐林为伴,甘愿在它的温润中为之动容、沉醉……

遥望形形色色的行人,浅尝沉醉的午后漫步,听轻声吟唱的桐林沙沙声,我喜欢你"亭亭南轩外,贞干修且直"的屹立挺拔,更喜欢你"淡妆浓抹总相宜"的娇憨姿态。今日我眼中的梧桐,倒不像徐再思"一声梧叶一声秋,一点芭蕉一点愁"的忧思难忘。只因,此时的你,不喧哗,不张扬,自然而伟岸,淡泊而温暖;而今,让我依惜眷恋着的,是见你度过又一个春夏秋冬。

午后时分,怀抱一场梧桐密语。

许久不见

张 莺

前几天才知道她的外婆去世了,消息来得这么突然,让我也很慌乱。慌乱之余,我才想起我们许久不见。

在一起的日子总是让人觉得平常、不入眼,就像随手拾起的叶子,眼里、手里都是它,可是却忘了这叶子也有被清扫干净的一天,就像我们被清扫出了彼此的视线里。此时传来的噩耗更像是一种警告,警告我有些事不能忘。

我和她是儿时玩伴,从我们的父辈一代便结下了情缘。我平日里都称呼她爸爸为“小干爹”,这个称呼是我妈妈教的。而她总是和我一起喊我爸爸,只不过她叫得更好听些,叫“爹爹”,嗲声嗲气的,我爸爸听了很受用。我爸爸总是说我要是个男孩就好了,这样就可以许一门娃娃亲了。一到这时候,小干爹就会抱起我们两个,我在左手臂弯里,她在右手臂弯里,从来没有变过。我问小干爹:为什么我要一直在左边呢?我也想感受一下右边。小干爹总会抖一抖他那倒吊着的又浓又黑的眉毛说:左边离心脏更近一些。我小的时候不明白,直到现在我也没真正明白他的意思,但是我知道他想让我多担一点责任,多替他照顾她。我有时候会想,小干爹肯定很早以前就知道自己的寿命了,不然为什么将一切都安排好了之后才离开我们。我清楚地记得那天小干爹带我们去吃了长寿面,给我放了很多醋,因为我胃口一直不好,不愿意吃饭,他总是清楚地记得我的毛病和症状。我们吃面的时候,他一直在揉眼睛,眼睛里的泪水不知道是揉出来的还是因为有了眼泪才要揉。他的眼睛一直红红的,看着我和她。小干爹看着我们吃完面之后,拉起我们的手,然后很严肃地把她的手放在了我的手心里对我说:“照顾好她,我知道你可以。”我看着从他红红的眼睛里淌下的泪水,没有多说什么。我现在很后悔没有多问问他,哪怕一句为什么,可是这一切都已成了虚妄,让我痛到麻木,宁愿忘记。

小干爹走的那一天,天空蓝得发黑,云也消失得无影无踪。哀乐声声震耳,伴随着心脏一颤一颤。我和她都没有哭,人们都认为我们不懂事,可是又有谁知道痛到发抖窒息是连一滴眼泪都流下不来的。原来这些被我试图忘记的曾经是那么清晰,原来这些被尘封的伤口重新揭开还是一如既往地窒息,甚至致命。我是这么的残忍,以为忘了就可以回到从前,但是她呢,从那之后我再也没有听到一句"爹爹",她掩饰着,涂抹着,妄想遮盖左心房巨大的窟窿。我们都是这么的可笑,笑着闹着,眼泪在心里流着。

整个高中,我和她在一起的日子寥寥无几,现在细细回想,除了我们在学校里偶然遇到后匆匆一笑,基本再无交集。我没有让小干爹放心,我没有那么值得信任和托付。她在高中读的是理科班,而我选择了文科班,我想这样会离小干爹更近一些,因为他也是文科生。她的相貌遗传小干爹多一点,都是国字脸,不过,她的脸更尖一些,倒更像宽一点的瓜子脸。她的墨眉和小干爹的一样,在眉骨上倒吊着,总是抹不平的深壑也有几分小干爹的味道。学文科的我渐渐在追随小干爹的脚步中迷失,我思想着他的思想,领悟着他的领悟,遗憾着他的遗憾。不知道从什么时候开始,我忘了写下每天对小干爹的想念;也不知道从什么时候开始,我取下了挂在书桌上的照片,照片上的小干爹还是那样抱着我和她。阳光穿过人山人海恋上他的发,一点一点却像是白了头。小干爹的头发是黑的,一直都是,哪怕在生命的终点都没有染上岁月的颜色。

她是在高二的时候鼻梁上多了一副眼镜吧,我也忘了从什么时候开始,我和她逐渐成为平行线。无意间在做课间操时瞥到她,我记起她对小干爹说过:戴眼镜会变呆、变丑,看来她倒是真的忘了。她的瞳仁深锁在悲伤里,涣散的眼神让我无法接通与她相交的隧道。逆流成河的悲伤也恰如其分地淹没了我的囚牢,逃不掉也躲不掉。我知道我们已经回不到当初了。高考放榜那天,她看着榜首的名字不喜不忧,少了一个人分享,连欢乐也是不完整的。我也是自私的,连拥她入怀的勇气都没有。她是个爱美的人儿,可是后来我从未见她穿过别的颜色,黑色、黑色、黑色……充斥着她的生活。我呢,自欺欺人,衣橱里清一色的白,白得瘆人,白得触目惊心。明明想要忘记,但习惯总会出卖自己。

她还好吗?家里还是原来的样子吗?那张桌子是不是还在呢?土黄的颜色是我选的,圆形的样式则是她选的,钱是小干爹出的。那张桌子是专门留给我和她堆积木的,我们搭了一层一层又一层,好像永远不会倒。但是它却塌了,从底部崩溃了,一塌糊涂。那些积木零零散散的,也不见了踪迹;那个拱形的积木的顶再也没有机会把它放上去。以前,我和她都对那个拱形的顶无能为力,怎么也不能将它放好。我记得她还很生气地咬了它一口,将牙印深深地刻在了那里,刻上了纯真无畏。那个拱形的积木早已随风消逝在日子里。我后悔了,后悔没有牵起她的手伴她喜忧,我和她是这么固执,固执得错过了一日又一日,如果明天还能停留,给我机会让我挽救。

小干爹真的已经走了好久,我想我不应辜负左心房的责任。明天启程,即使路途遥远,我也要告诉她许久不见。许久不见,我从未离开,以后共喜同忧。

寻梦的种子

蒋涵逸

夜,寒冷,漫长。雪,肆虐,狂躁。于茫茫雪海,于混沌黑夜,寻找,寻找,找寻属于自己的那一抹景色。挨过寒冬,迎来荣春,种子开始躁动不安地破土而出。

风起的时候,蒲公英的种子要远行了。远行的包裹,在种子刚生出柔嫩的翅膀时,蒲公英妈妈就准备好了。当不解人意的离别风吹来,依依不舍的种子终究要启航。种子越飞越远,心里越来越伤感,可他不能留恋,就像鸟儿学会了飞翔就要离开那温暖的怀抱,去寻找属于自己的天堂,在蓝天中演绎自己的精彩。

风带着他,他带着梦想在空中寻找,寻找一处乐土。他看见了一条条笔直的沥青路,路旁高楼耸入天际;他闻到太阳炙烤地面的焦味,有着小小的欢喜。他越过了座座挺拔苍翠的青山,拂过泛着涟漪的幽幽绿水,轻触到溪水的凉意,有了淡淡的忧愁。继而风停了,他也停止了自己的脚步,落在陌生的田间。他感到失落,因为这里只有他一个种子。风走了,他静静地望着这不能改变的一切,沉默,不知如何是好。种子的本能使他融化在大地的怀抱,成为大地的一分子,细根没入地底,与泥土交织。一个种子默默生根、成长,承受着无情地肆虐的暴雨的洗刷,忍受着不灭地燃烧着的烈日的暴晒,独行的寂寞与残酷的环境相互打压着他。他是如此心力交瘁,如此不肯放弃,闭着眼,受着考验,默数着时间的流逝。

温柔的雨水降临在这偏僻的田地间,为种子带来喜讯,轻轻告诉他:是时候长大了。慵懒的阳光的影子洒落在他身前,激励着他生长。时间悄悄流转,他已经历练成为一株成熟的蒲公英。迎来曾经的旧友,风依旧是风,只是他不再是那幼小的、胆小的种子了。他挺了挺身躯，精神抖擞，远远地望见风从田间吹过，捎来秋天的气息，掀起了层层麦浪，那一片片的金黄是收获的喜悦。他感受到了空中弥漫着的甜甜的清香，远方藤蔓上红绿交错，散发出瓜熟的芬芳。他的面容刻上了沧桑，稚嫩的种子开始萌生，一如当年的他怀揣着梦远行。

小王子喜爱玫瑰花，说如果有人钟爱着一朵独一无二盛开在浩瀚星海里的花，那么，当他抬头仰望繁星时，便会心满意足。而他告诉自己："我心爱的花在那里，在那颗遥远的星球上。"蒲公英向往着远方，选择早早地离开温床，去追寻自己的梦，去开拓自己的美好，于黑夜中寻找光明，于雪海中踏出道路，就算经历风雨雷电，就算半路夭折，也不后悔自己最初的选择。那么，这样一个寻梦的蒲公英的种子就是幸福的，是足以令人钦佩的。

寻鸟启事

计　鹿

本人于 2014 年 6 月 24 日晚丢失一只松鸦。松鸦，中型鸟类，体长 28—35 厘米。全身羽毛多数为褐色，翅、尾为黑，翅膀有蓝白格花纹，翅短尾长。顶有羽冠，遇刺激时会竖起……

提笔才想起，不见你已经快两年了。相对于你陪伴我的十九年来说，这还不及九分之一，但我已经感到寂寞了。想起最后那几日见到的还是渐渐萎靡的你，我突然就意识到，其实生命就像一朵花的凋零，过得飞快。

还记得家里都说，你和我差不多大。那我出生时，你应该也破壳了。反正从我识人记事开始，我的生命里便有了你的存在。十九年里，你大部分时间是在外婆家那个方方的阳台上。每次来外婆家，不知着了什么魔，我总是匆匆和长辈们问好后就直奔阳台来看你，看你圆溜溜的蓝眼睛，看你柔软又有美好曲线的颈部，看你偶尔张开翅膀而显露的绚丽且不寻常的蓝白色花纹。常常都是我在自说自话，你极少来理会我。但是，每当我藏在纱门后不着急出现在你面前时，你却早早地跳到靠近纱门那侧的笼底，头顶的软毛轻抵着笼子，歪着脑袋使劲儿瞅我。每每这个时候，我总是心生柔软，你的眼睛是如此的清澈干净。而现在，我又能到哪里再找一只像你这样可爱的小东西呢？

自认为是你最好的伙伴,但我不能像外公外婆和父亲那样得到你的亲近,心里总有淡淡的不甘。明明是我和你待在一起的时间多一些;明明是我经常破例喂你最喜欢的面包虫;也明明是我总是扮丑来逗你。你几乎都不会对着我兴奋地转来转去,不会发出小小的、亲昵的“啾啾”声。我只能自嘲地将其归结为同辈间的随意。不过,狡黠如你,每当我手里捏着面包虫时,你便双眼直直地靠过来,冲我轻轻地叫,怕这时候是谄媚讨好居多了吧?父亲和我总爱逗你,因为一旦有吃的东西进入你的视野,你就会一直盯着那样东西。我捏着往右,你就会跟着往右;我往左,你就往左。说到吃,你该是杂食类的动物吧?什么都喜欢尝,所以我也常搞来些稀奇的吃食,比如荸荠、红果子什么的。好吃,你就一点儿不剩;不好吃,你倒也给点面子,不紧不慢地啄两下之后,再衔起丢到笼底的便盆里。

小时候我学说话是在外婆家,机缘巧合之下,你也跟着学会了人话,模仿的声音还带着孩子气,娇娇软软的。外婆现在还会反复讲起,说你叫的声音逼真到让别人家都误以为真的是家里的小孩子在喊人。真的好想,好想再听一次你娇软的声音。记忆里的暑假都少不了你。夏日午后,电风扇“哗哗哗”地转,混合着蝉声和外公浅浅的鼾声,一切都这么催人入睡。但这个时候,你却是最清醒的,也是最兴奋的,把阳台当成了自己的舞台,什么“爸爸”“阿婆”“阿鸟儿”,几乎把所有会叫的轮番叫上十来回,乐此不疲。只是我进了初中后就不太有时间来教你说话,或许是生分了吧,所以后来我偶尔心血来潮再教你,重复了一遍又一遍,你还是瞪着眼,平静地看着我,不叫一声。

我以为一年一年就会这样过去,无忧无虑,但就像外公说的,十几年了,你年纪也很大了,特别是脚爪变得不是很有力气了。你每每被笼底的金属丝勾住,一被勾住你又拼命往上扑腾,经常折腾得奄奄一息。记得有次放学回到家,在玄关就听见阳台上“啪啦啪啦”的声音,跑过去才发现你的脚爪又被勾住了,脑袋则濒死般虚弱地搁在你平时站的那根粗木杆上,一身羽毛凌乱地贴伏着身子。我来不及放下背包,马上带好手套,小心地将手伸进笼子,先轻轻地把你勾住的脚爪弄出来,再轻轻一托,你才勉强跳上木杆。你一副瑟瑟的样子,连脑袋也缩进翅膀里,团成一个球,胸前的羽毛抖动着,透露出你惊魂未定的心。如果可以,真的希望你能慢些老去。

我以为,你至少能陪我过了高考。事实是,你真的只陪我过了高考。最后那几天，你已经吃不进任何硬食了，只能吃一点点黄瓜。那时，我内心极度懊恼，懊恼自己怎么不在之前多拍些你的照片或者视频，把美好的记忆保留下来。最后，我只能趁你还算清醒的时候给你拍照，拍的时候，你已经分不清东西了，天真地把手机当作吃的东西，一直好奇地探着头想叼住，眼睛一如小时候那样清澈纯真。

最后那天，我记得很清楚，是6月24日晚上7点10分左右。在那个傍晚，你已经立不起来了，只能匍匐着，眼睛也不再有神地睁着了，父亲也说你可能等不到明天就要走了。我就一直坐在阳台的门槛上，默默地看着你，没有开灯，等夕阳渐渐隐没在夜色里。我在期待，或许你能坚持到明天，却也希望你能马上解脱。但一瞬间，我就不再想任何其他事情了，像是做了一场十九年的梦终于要醒来，又或者是跑了十九年的马拉松终于要到达终点。我“啪”地将灯打开，小心地把你捧在手上，凑近你，和你呼吸同一立方的空气。那几分钟，在白色的灯光下，我感受到你的生命在急促的呼吸间挣扎。没有呻吟，没有扑腾，只是在生命最后一刻，你奋力睁开了眼，像是终于冲破云间的初升朝阳，竭力地看着我，却又转为夕阳，虚弱而颓败地鸣了一声。然后，是你的万籁俱寂，和我的失声痛哭。

直到现在，我对那个埋葬你的地方依旧抱着不敢去但又想和你待一会儿的复杂心态，因为你已经离去，但你又仿佛就在那里。去年清明，和父母散步，走着走着，我们就走到了那里。我没有停下来，父亲和母亲也没有，但是，沿着绿道走了有一百米的样子，我还是猛地回头，选择回去。

什么样的感情，能让一个人在十九年这样长的时间里保持着某种喜欢而不会改变？不管是人类，还是动物朋友，在一起久了，自然而然就会有感情。付出了真心，便是真感情，双方都会牢牢记住。

养小动物，从来都不是件容易的事。它和我们一样，会欢喜，会难过。我们要投入自己的心，去关爱它，去担忧它，去照料它。它还小的时候，彼此之间当然充满的是美好珍贵的记忆；而当它老去，记忆和爱的重量就会不断地堆积，越是接近最后一刻，就越不能接受，也越发想要天长地久。等到那一刻终于来临，内心会生出一种累，是和照料它而生出的累完全不同的一种累。但自始至终，我们依旧会感激遇到你们，在生命的花期里，带给我们温柔，带给我们感动，也带给我们心痛。

无论是你在的时候,还是你已经不在的时候,我总爱揣测你的想法,思考你喜不喜欢这样,或者讨不讨厌那样,但一切都不可知。我只能自私地认为你和我是一样的想法。曾经看到这样一段话:

我的猫生并不长,也许只有十年,但是我依然感谢我的猫生里遇见了他们,那样温柔待我的两个人。

我短暂的猫生里,将与你们长相伴。

我会一直看着你们幸福,用我这短暂也珍贵的一生,记录你们的时光,参与你们不为人知的幸福,直到我闭眼的那一刻。

为什么要做人呢?

我想做一只猫,你高兴的时候我陪你高兴,我可以撒娇,可以打滚,可以卖萌。你不高兴的时候我会陪你不高兴,我可以给你擦眼泪,可以逗你开心,可以静静地陪着你。

我的世界很小,小到只有这个幸福的家庭,小到你们就是我的一切。

但是我拥有着,被珍惜着,就是最简单的幸福。

从我出生起,我和你们的命运便相连。

等我陪伴你们,这一生都用来珍惜这宝贵时光。

而我闭眼时,请永远记得我,记得我曾活在你的生命里,参与你的喜怒哀乐。

我所要的不多,只需要你们短暂的回忆里有我的存在,能伴着你们老去,便是我这一生的荣宠。

当我成为一抔黄土,故人,你还在。

啊,快两年了,故人的确还在,而故人也依旧会固执地想起你,或许在晴天,或许在雨天,可能在云端,也可能在林间。所以,我写下这则寻鸟启事,希望有谁能帮帮我,帮我找回那个你,帮我永远记着你。

故乡，深情依旧

陈洪英

许久以前，我不是很懂什么是故乡，不懂故乡在何处又是怎样一种情感的沉淀。

“旅馆寒灯独不眠，客心何事转凄然”，我读着，吟着，似又不能体会到高适作客他乡的乡愁。再后来，读到“露从今夜白，月是故乡明”，这里的故乡，诗人将情感寄予珠玑，愁思跃然纸上，在时间、空间中传递。诗文里，情思、乡思最是沉，最是重。而月恰成了最好的寄托，是诗人让月赋予最深的情感。时隔千百年再读，也是极致深沉。

故乡在某些时候，又超越其本身的含义，成为情感、内心，甚至思考的寄托与来源。湘西是沈从文的故乡，那里有青绿的山、在河边等待的翠翠和大黄狗，那是意识里形成的极致的美的存在，更是文化寄予的长久不衰之地。加勒比海地区是诗人沃尔科特的故乡，他一生都在用自己的诗句，记录殖民者的掠夺、压榨。他既肯定了殖民者赋予加勒比地区草木以名字，又时刻提醒岛民不要忘记被殖民的历史，以及由此造成的传统的断裂。苏童的故乡是枫杨树乡和香椿树街，前者是想象的故乡，后者是故乡父老移居落籍之所在，故乡是其深入作品内部的根植其中的无形的影子。故乡的气息、草木给它生养之人以无法磨灭的影响。

对现如今的我而言，故乡慢慢地显现出它真正的含义。故乡是那个在我梦里出现，我需要在路上奔波，一步一步朝它走近，才能到达的地方。那个我童年的所在、那个小小的方寸之地，那个我不曾常去的乡村，就是我的故乡。

故乡迷人的气息弥漫在空气中，雾气环绕着高山，若隐若现，像不小心闯入了仙境。搬一张矮板凳，靠在那灰暗古色的门板上，和外婆一起坐在老屋的侧门，静静地看着这些景致，一坐就是一上午。外婆的菜园子里的柑橘树，从橘子开花就在我们的“监视”之下，我们时时刻刻看着它，希望它长大，希望它小小的果实早日成为美味。一旦橘子皮开始变黄，我们就不顾劝阻地把它摘下，可最好的、最可口的却是午后从菜园子里归来的外婆藏在蔬菜里的那些。菜园子里全是宝物。沿着蜿蜒的小路走去，地势稍高处有板栗树两三棵，板栗成熟时，我们成群结队拾着,剥好放在嘴里,清脆的声音伴随着甜甜的味道发出,顿感无比欢愉。浅浅小溪,没有潺潺流水,只在雨季才能见到它真正的模样。小溪旁长着棵樱桃树,叶子很少,枝干和桃树很像,光溜溜的,上面又有些黑黑的点点,是小虫子的房子。樱桃很小,果实却很多,由最初的淡红变成鲜红,晶莹剔透,像一个个迷人的小灯笼,吃起来酸酸的、软软的。虽比不上今日培植的味道可口,但雨露的滋养,让它们具有大自然本来的味道。

我们住的房子,瓦片时常被风刮落,靠修理屋顶来维持生计的人这时便会来给我们的房子添砖加瓦。我们在那住了五年,我童年所有的美好全藏在那里,那里也的确是值得寄托童真、童年的一个好地方。舅舅一家住的地方,只有他们一户人家,他们守着鱼塘,养着鸡鸭牛羊,在花丛里养着蜜蜂,竹子茂密,树影婆娑。舅舅从他们的世外桃源回到老房子,我们才搬到另一幢更小的瓦房里。老房子是传统的家族式大房子,中间有一个大大的正厅,两边长长的房间里住着不同的人家。我们也住进里面,成为众人中的一个。

后来,我们一家人从外婆家离开,回到自己真正意义的家乡,父亲的家,我们的家。可是,热情背后无尽的利益驱使,笑容下藏着的些许嘲笑,让我不敢相信这就是真正的家乡,我把那个我长大的地方当作我的故乡。那里的淳朴、厚实、不可言喻的宁静,是我向往的再回不去的幻影。离开也让我原来的口音、方言被另一种方言取代。之后,我忙着长大,几乎将所有时间都贡献给学业,与故乡真正的重逢已是几年后。

可是,后来看到的只是邻居新建的高楼,那些飘着的云和雾气,被光滑洁白的墙面取代,土坯房独有的暗黄色已成为过去。板栗树还在,大概是寿命长、耐得住寂寞,即便没有我们这些孩子的生气,听鸟儿的啼叫也是可以打发孤独的,活得竟和以前一样。柑橘树上的每一个橘子都熟透了,滚落到地上,再没人迫不及待想让它成熟了。樱桃树在我们离开后一两年就枯萎了,枝干依然在,可再没长出新叶,开出粉红的小花,结出晶莹剔透的小樱桃。外公建的老房子,门关着,谁又会在意它的身体的好坏呢?外婆也住进了舅舅建的新房子。我们后来住的房子倒塌了,土坯和泥土混在一起,长满了杂草,那里的杂草因为土坯堆积的缘故,比别处更高。我站在这杂草前,回忆起房子矗立的样子和我们在这里艰苦但快乐的生活,顿觉周围寂静,默然无声。

当初和我一起在田间奔跑的人早就不在了,房子、菜园子也荒芜了。物非人亦非,时代变迁,有新的东西产生,自然有东西要消失。新陈代谢,自然规律,只是速度太快,让人回不过神来。

“当时明月在,曾照彩云归”,往昔已逝,故乡深情依旧。

坳下的春天

赵贤莲

徐霞客《游黄山记》中有言“下至山坳,暝色已合”。山坳即山间平地,可见“坳”已是指低洼的地方,那么坳下又是何意呢?据我所知,在离坳下十几里处还有一个名叫坳上的小村庄,“坳下”“坳上”,两个独具韵味的地名,它们从何而来?也许有特殊的含义,也许只是先人信笔一挥,便奠定这一方土地的名称。这些后人都无法得知,只是默默遵循老祖宗遗留下的传统。

坳下最让我牵挂的,除了闪着点点烛火的舞灯便是它别有风韵的春天了。

暖风熏着花的馥郁与草的清新迟迟地送到少女的面上。呵,这是如何甜蜜的滋味,好似一个夜阑醉酒的少年,脸上忽被美人雪白柔软的鹅毛扇子轻轻缓缓拂着一样舒服吧。灰褐色的天幕已经抹上一层粉蓝、一层蜜黄了。农户院子里的一棵白碧桃树正开着洁净妒雪的花,浸在日光里,吐出一种甜腻而耐人寻味的蜜香,招得一群蜜蜂及黄色翅膀的小蝴蝶发狂地绕着花乱飞,翅膀扇动的嗡嗡声好似在高傲地炫耀自己传播花粉的功绩。砖铺的院子里,砖缝里满生鹅黄色的嫩草儿,带有江南妙龄女子偶调梦中情人的娇羞。

坳下的春,总是容易让人陷入缥缈的梦境,而打破美梦的总是小鸟的啁啾鸣啭,活像朝雾濡湿了翠绿的树木,让人的头脑也经历一番清洗,脑海没有任何杂念。鸟雀的啼鸣跟着不相识的春风,和着放牛人的吆喝声,直冲进坳下人的耳中,成为最简单质朴的原生态乐章。在我的印象中,坳下人的“牛功夫”(驾驭耕牛的本领)确实好,鞭子从不着牛身,犁过的田里,翻卷的黑泥犹如一页页的书,光滑发亮,细腻柔润,均匀整齐,给人一气呵成、行云流水、收放自如的感觉。“牛功夫”的重头戏不在犁而在“滚”,只见农民脚踩中间为圆形六叶扇的滚板,左手牵牛绳,右手执鞭,大喝一声,牛便“哒哒哒”往前走,田里的水“哗哗”溅起一片此起彼伏的水帘,令这一方小水田竟有无垠大海波涛翻滚的气势。任你如何“兴风作浪”,农民岿然不动,威风凛凛,让土地臣服,磨去棱角,变成下种的平地。

坳下的春,除了有娴静、淡雅的妙龄女子的骄矜风度,还有热情奔放的舞场女郎的妖娆妩媚。

几间黄土屋上升起的雪白炊烟,顺着春风,直冲云霄。屋后山坡那一片将整个天空都染成血红的啼血杜鹃,那红,带有一股摄人心魄的诡异魔力,仿佛要将你拽入血红的旋涡,诡谲、妖冶却又迷人。如果淅淅沥沥地下起小雨了,花丛被微风撼动,娇嫩的花蕊被雨水打湿,犹如着一袭红衣的美人出浴图,更显柔媚可怜了,还时时透出一种不知是花香、叶香或者土香的醉人的气味。

竹自古被赋予了坚贞、清高等品质,而坳下的竹却在狡黠中透出几丝媚态来。到了春天,竹根在地下乱窜,到处跑笋,有时冷不防在什么人的院子,或者菜园,或者猪栏里,冒出粗大的笋来。有时春风吹落洁白如雪的梧桐花,竹总是得意地簪在自己头上,仿佛一个游春的贵妇,穿着葱翠色的衣裳,头上满簪着花朵,扭着婀娜的身段,显露她特有的风姿,这是村口那棵百年神树垂涎的体态。

坳下的春,融温婉和妩媚于一体,一半是水,一半是火,水火相融。

江南听雨

胡明翠

江南的春天总是和雨结缘,淅淅沥沥,连绵不绝。水汽笼罩间,一切都似真似幻。看着玻璃上的水珠,隐隐约约间,我看到一个老人颤颤巍巍地在家门口叫小姑娘回家吃饭的身影。那老人,就是我阿公。

江南的城多是青石黑瓦白墙,小巷临水而居,阿公就住在那里。春天的江南,随时都会下雨,声声如梦,仿佛连梦也淌在雨里。这滴答的雨声构成了我所有的童年。

记忆里,阿公在雨天总爱在天井边摆两把竹椅,徐徐地喝茶听雨。

阿公,你在干吗?

听雨。

雨有什么好听的?

傻孩子，雨声里有你阿婆啊。

对于阿婆，我只模模糊糊地记得她牵着不知几岁的我撑着油纸伞在青石小巷旁采丁香，而阿公总在门口对着我们微笑。阿公很少说起阿婆，只在痛饮后哼着小曲，哼着“梨花一枝春带雨，半煨美酒半相思……”后来从妈妈的口中得知，那个爱着丁香、爱着雨的老人，在我尚不知生死的年纪便永远地在春雨里离开了我，离开了阿公。从此，阿公爱雨更甚了，把丁香花也移到了天井边。

雨天的孩童因为无法外出发泄多余的精力总是变得顽劣，不经意间总会伤大人的心。无法出去自由玩耍受伤的小心脏，看着这开得娇艳的花格外来气，总觉得它是在嘲笑我。

一切都和我作对！哼！

看我怎么收拾你！

这株无辜的花草便承受着我所有的怒气。看着已是半死不活的花，我终于解了气，怀着胜利的心情去吃饭了。第二天，院子里多了一个小小的土包，它是昨天丁香的墓地。看着阿公痴痴地望着它，悔恨将我的心撕得四分五裂。

后来，父母调动工作，我也离开了我的故乡——江南，可我总记得“小楼一夜听春雨，深巷明朝卖杏花”；记得杏花里的江南，蔷薇开得正艳；记得丁香里的江南，小荷才露尖尖角；记得雨声里的江南，有一只寂寞的老猫；记得临水映花处的人家里，一位老人正酣然入睡，旁边的小姑娘，正拨弄着刚采的丁香。

“老来多健忘，唯不忘相思”，每当我读到这句诗的时候，总想起阿公听雨时的如痴如醉。有时，雨声成了阿公的催眠曲，看着他弯弯的嘴角，我知道他一定是梦见了丁香一般打着油纸伞的阿婆。

阿公始终保持着放两把竹椅在天井听雨的习惯，直到丁香谢的那个雨天。那两把竹椅，也永远地存进了记忆。

突然我多少有些明白刘希夷说的“年年岁岁花相似，岁岁年年人不同”的情境了。在外求学多年，我终和我的江南走散了。后来，我路过江南，瞥见它江花胜火、春水如蓝，一如当年，可我却不再是当年的小丫头了。远处的苏堤上不知是谁在唱着相思，哀怨婉转；杏花村头，春雨泛滥，淋湿了所有的回忆。

雨下得正酣，琅琅的书声又起。在模糊的视野里，我隐隐约约间又看见阿公坐在竹椅上徐徐地喝着茶听着雨。

艾草青团

殷小梅

春天伴随着滴滴答答的伴奏闪亮登场了。那如牛毛般缠绵的细雨,滋润了大地的每一寸肌肤。春天来了,它是那角落里的小草悄悄探出了头,是池塘边的柳树偷偷换上了新装,是家中蒸锅里的艾米果散发出淡淡的清香……

每年春天,家乡的土地里生长着的艾草最先感觉到春的气息。初春之时,天气还非常寒冷,大地上已经泛出了点点绿斑。那在寒风细雨中挺立的小草便是艾草了。每年艾草都像是报春的使者,迫不及待地告诉人们:“春天来了,是时候准备采摘艾草做艾米果了!”人们还躲在屋里的时候,艾草就在点点细雨的滋润下慢慢生长。等到它长到寸把来高时,人们就会背上篓子把它采摘回来。采摘艾草是很有讲究的。首先,艾草不可连根拔起。再者,不能采到杂草。这样做出来的艾米果才好吃。其实对于我来说,采艾草是一种极其有趣的体验。小时候,我最爱跟着哥哥姐姐一起去采艾草,一来是因为好玩,二来是享受做艾米果的过程。长大以后,我偶尔也会看到,在宽广的田野上,人们披着蓑衣戴着笠,佝偻着身子在采艾草,在蒙蒙细雨中与大自然合而为一。

艾草采摘回来以后,要做的就是把艾叶中的泥土和杂草清理干净,紧接着就是把水烧开。煮艾草的时候用的一定是木柴,这样才能留住艾草的清香,才能体味到原生态的味道。火候也是非常重要的,火候没把握好,煮出来的艾草就不佳。家里每一次做艾米果的时候,添柴看火的任务便落在了我的肩上。我负责把握火候,母亲则要煮好艾草,准备好糯米粉。煮好艾草之后先要把水沥干,然后与糯米粉和在一起。和粉委实是个技术活儿,既要把艾草和粉和均匀,又要把握好松软程度,太稀了或太硬了都不行。与此同时,还要准备好馅料。艾米果的馅儿也是很重要的一部分,馅儿调得不好,包出来的艾米果自然也就没有那么美味了。艾米果的馅儿和艾草一样都讲究一个“鲜”字。家乡的人们世代与这片土地朝夕相处,当然明白什么最好吃,什么季节、哪个地方会有什么美味。在春雨和东风的滋润下,一个个春笋破土而出,于是人们就把它从竹林中挖回来与艾草相配。当完成这些程序之后,最开心的莫过于和家人围坐在一起包艾米果了。这时候,家里无论是大人还是小孩,都会参与进来。一家人在一起包艾米果的时候是温馨而又融洽的,幸福写在了每一个人的脸上。

艾米果完全包好后,可清蒸,可油炸。清蒸当然好,但是要当天吃完。油炸也是极棒的,它可以把艾草的味道发挥到极致。艾草是一种清火散热的植物,所以油炸上火的问题也就不用担心了。开心的事情要是能和他人分享那就更开心了。每次做好了艾米果,父母总是要邀请叔叔伯伯和邻居们一起来品尝。一大家子人围坐在一起吃艾米果,其乐融融,春天的味道也一起随着笑声融进了心田。

大自然是大方的,它总是可以在不经意间给我们带来许多礼物。艾草和春笋长了一年又一年,每次回到家乡的怀抱里,每当吃到艾米果,我便能感觉出那是家乡的味道,是春天的味道。家乡的人们世代与这片土地为邻,在享受着大自然馈赠的同时,也会心存感恩。大自然和家乡的人们好像有一种说不出来的默契,在日月星辰的交替中,学会了友好相处。

映　山　红

陈玉洁

一

中国的南方仿佛到处都是这样的小村:没有书里的小桥流水,没有故事中的青瓦白墙,更没有话本中的才子佳人,有的只是几处泥房,几片土瓦,阡陌来来往往的村妇和老农。

女孩子就生活在这样的小村里。她的父亲是村中酒坊的老板,她的生活总是弥漫着酒曲在微醺的空气中发酵的甜香。女孩子是典型的南方姑娘,细长的眉眼,细瘦的身材,细细的嗓音,有着宛如村边流水一样细腻绵长的女儿心思。

她没有念过什么书,所以总是日复一日地待在自家的木制阁楼上,坐在陪伴了她许多岁月的老织布机旁。她听着上了年岁的老织机的“吱呀吱呀”声,望着远处隐约可见的群山和山上一处处星星点点的绯红,想着心中那个俊朗的少年,脸上不由飞上几抹红云……

女孩子心里那个男孩子是村子东边一户富裕农家的小儿子。在女孩子还很小的时候,村子里年纪相仿的孩子对性别只有懵懵懂懂的概念,于是在大人干农活、做生意时,总是打成一片,共同玩耍。田间地头,林间草地,哪里都有孩子们嬉戏奔跑的身影。

在女孩子七岁那年的清明,她跟着父母、族人一起上山祭祖。南方的山间,蔓延生长着不尽的灌木,在一片碧绿的清新间,总是点缀着几簇鲜艳的映山红,为这翠峰增添不少柔媚。春天的水汽总是弥漫在山间,沾湿了所有人的衣角。而在大人们忙着除草、烧纸钱的时候,女孩子便跟着哥哥姐姐们一起跑到山间去摘映山红。等到祭祖的时候,几个小孩呼啦啦地往坟墓上插映山红的花枝,真是说不出的好看,也给人一种说不清的慰藉。

可是女孩子毕竟年纪小,山间的路坑坑洼洼的,于是总是被不耐烦的哥哥姐姐们落在后头。远远地看着前面的哥哥姐姐,再瞧瞧四周山间陌生的场景,女孩子心里又急又怕,不觉加快了自己的脚步,眼泪已经盈满了眼眶。这个时候,突然女孩子被脚下突出的石块绊住了,扑通一声重重地摔在地上。“疼……”女孩子低头看了看,手上磨破了一大块皮,鲜红的血液缓缓渗出,就像是沾了一手映山红的花汁。再抬头,早已经不见哥哥姐姐们的影子,女孩子毕竟只有七岁,于是耐不住疼和怕,坐在地上哭了起来。

“嘿,这有个小丫头。”忽然听到有人说话,她抬起头,泪眼蒙眬中,一个十来岁的小哥哥正弯腰看着她。“你是酒坊伯伯家的小姑娘吧,怎么一个人坐在这哭?”男孩子忽然看到了女孩子手上的伤,“原来是不小心跌着了,没事,我帮你看看。”男孩子把女孩子牵起,帮她拍掉了衣服上沾染的泥巴和灰尘,掏出挂在腰间的水壶,轻轻地帮她冲洗伤口。“小丫头,你走得这么急,是要去做什么?我先送你去找你爹娘吧。”可是女孩子轻轻地摇了摇头:“我……我要花……”

“花?你说的是映山红?”男孩子略一思索,“行,我带你去吧!”正要牵起女孩子,女孩子忽觉站不起来。“怎么了?怕不是摔着腿了。唉,算了,还是我背你去吧。”

于是山路上,一个不大的男孩子有些吃力地背着一个不大的女孩子,两旁的映山红仿佛开得更鲜艳了。男孩子一路走,一路招呼着女孩子摘路旁的映山红。“真是不明白你们女孩子,花有什么好的,空好看,又不能填肚子,摘下来不久就蔫了。”虽然这样嘀咕着,但他还是神色温柔地配合女孩子摘映山红,“不过,你知道吗,映山红是可以吃的。”

“真的吗?”女孩子满脸狐疑。

“那当然是真的啦,我就经常摘来吃,酸酸甜甜的,味道很不错。”

于是女孩子将信将疑地摘下一片花瓣,放进口中,小心地咀嚼着。汁水在嘴里炸开,先是一阵酸,酸得人直皱眉,再是一阵甜,甜得让人忍不住笑起来。

“怎么样,我没骗你吧? 花摘够了没有? 我送你去找你爹娘好不好?”

女孩子点了点头,将头埋在男孩子背上,嘴角泛出一丝笑,嘴唇上带着粉红的花汁,心里远比花瓣还要甜。

找到了爹娘,免不了又是一阵数落。女孩子心中有些委屈,又有些得意,为那山间的一个秘密与有些懵懂的心……

二

自那次之后,女孩子在村里玩耍的时候,总是有意无意地见到他。当你没有注意到一个人的时候,他于你也许只是一个路人、一个背景,可当你注意到他的时候,逃避不及,世界里仿佛全是他。男孩子每回看到女孩子,便欣然邀请她加入他的孩子大军,女孩子也总是半扭捏半欣喜地点点头。

时光就这样在孩子们的奔跑与嬉闹中悄然流逝。女孩子在岁月的打磨下已然长成了亭亭玉立的大姑娘,标准的鹅蛋脸,颊上两抹健康的红晕,像是早春山间最嫩的杜鹃,一双细长的眉眼,总是潋滟着青春的风情。柔顺的头发在耳旁盘了两根麻花,落在稍显单薄的肩上。这时,女孩子也不再和男孩子们玩耍打闹了,纵使清明的时候在山间遇到男孩子,也只是微微颔首,便轻轻地走开。

但女孩子心中的那个念想却越发强烈了。

清明后没多久,有媒婆上门说亲,对象是同村米店老板的儿子,也是个壮实的青年。母亲偷偷拉过她在门后咬耳朵,征求她的意愿,她只是轻轻地摇了摇头。母亲再问,她便急出泪来:“娘,我不要嫁人。”

母亲有些无奈,匆匆打发了媒婆。“不嫁人哪能行,女孩子都是要嫁人的。”

女孩子默不作声,心中却忽然浮现出那个他。

吃晚饭的时候,母亲向父亲提起这件事,父亲也只是笑着望了她一眼。“丫头也长大啦,都到了嫁人的年纪啦,爸爸也老喽。”接着,父亲转头看向母亲,“咱们村有哪些不错的男孩子,我们好好替丫头挑挑。”

“爹!”女孩子几分娇嗔,几分羞恼,“不许拿我开玩笑。”

"好好好,丫头大了,有自己的想法啦,阿爹不说了,不说了。"

那天的玩笑,家人似乎都没放在心上,但它像一根柳枝,搅乱了女孩子心底的一池春水。

过了不久,父亲托女孩子帮忙送点东西去村子东边的刘大叔家。女孩子依言,揣着怀中的布包,走在村中的黄泥小道上,可是不巧,行至半路,突然下起雨来。女孩子望望四周,也没什么遮蔽之处,心想索性淋个痛快,便不顾一切地跑了起来。步子重重地踏在地上,泥点溅在裤脚上。

一不留神,女孩子一个踉跄,扑倒在了泥水中。她擦了擦衣服上的泥水,有些懊恼。"还好东西没有弄脏。"她安慰自己。

忽然,她感到有人接近。"你怎么了?"

是他！女孩子有些委屈,为什么总是在自己狼狈的时候见到他呢?

"我没事,就是不小心摔着了。"女孩子道。

"怎么总是这样不小心？小时候是这样,现在还是啊。"男孩子笑着,伸手拿出一块汗巾,递给她。

"谢谢。"她还是不敢抬眼看他。

"你要去哪里吗？拿着这一大包东西。"

"爹爹托我把这个拿给刘大叔,不想半路上下起雨来,然后我就摔倒了。"

"那这样吧,我陪你把东西送到刘大叔那,再送你回来吧。"

"不用了,这样太麻烦你了,你还有事情要做吧。"

"不碍事,不碍事。你这样我也不放心,还是让我陪你去吧。"

于是,男孩子便陪着女孩子,从村子这头走到那头,又从那头走回这头。女孩子恍惚了,仿佛自己还是那个什么都不懂的女孩子,而男孩子,还是山间那个陪着她任性、陪着她摘映山红的小哥哥。

那天夜里,女孩子在口袋里找到了那条脏了的汗巾,悄悄地拿到外头去洗。路过父母房间时,她听见父亲对母亲说:"我看今天送丫头回来的那个小伙子就不错,你也留意留意,看看人家成家了没有。"

女孩子忽然像被人窥破了心事似的,急忙逃到院子里。

水是冰凉的,脸上却是火辣辣的。她一边洗着汗巾,一边情不自禁地笑。

三

过了几日,汗巾干了。女孩子一个人跑上山,想看看还有没有未谢的映山红。可已经是暮春晚景,林花谢了春红,时光无情,总是太匆匆。女孩子找了许久,也只是满目青葱。

终于,她还是在高处找到了最后一株晚开的花,像是一位被遗留在时光中的美人,被上苍截留住了这份美丽。女孩子小心翼翼地摘下一大把,放在了篮子里,里面还有那条汗巾和一些糕点。

于是,她满怀期待和羞涩,向小村的东边走去。

到了男孩子的家,她敲了敲门。果不其然,男孩子看着女孩子,眼里满是惊讶。

“你怎么来了? 快进来坐,快进来坐。”

“那个,我是来还你汗巾的。那天,谢谢你了。”女孩子羞怯地把篮子向前一递。

“哦,没事。其实汗巾你也不用还的,也不值什么钱,还劳烦你大老远地跑一趟。”男孩子摸摸头,笑得很爽朗。

“那,那我先走了,还是谢谢你了。”于是,她飞快地逃离了男孩子的家。

女孩子走后,男孩子打开了篮子,忽然就愣住了。篮子里是一小束新采的杜鹃花,娇艳的花瓣还沾着露水。

自那日匆匆逃回家后,女孩子就感觉像是种下了一颗不知名的种子,不知道那土里究竟会长出花朵,还是结出苦果,期待又煎熬。可是,她迟迟没有收到男孩子的消息与回应。

一天,父亲回家的时候,向女孩子转达了男孩子的话——他约她在村头的老樟树下见面。

女孩子走在路上,半是欣喜,半是忐忑。她远远地看见了男孩子,他身姿挺拔,像是早春里拔高的杨树。

“你来了?”

“嗯。”

“那天,我看见那些映山红了。”

“嗯。”女孩子忐忑着。

“其实我也很喜欢你。”

“啊!”女孩子被这突如其来的惊喜砸蒙了。

“但是,对不起,我就要走了,就要离开村子了。”

“为什么？你要去哪里?”女孩子有些委屈,有些懵懂。

“嗯,前几天我进城的时候,听说日本人打进中国来了,我要去参军,或者去外面看一看也好。我不想一直待在这里,想去看看外面广阔的天地。”男孩子对未来充满憧憬。

“小村不大吗?”女孩子还有些不甘心。

男孩子看着女孩子,她是那样天真懵懂,以至于他怕他会因为她而留下来。

“那你还回来吗?”女孩子带着微微的哭腔。

“也许很快就回来,也许永远也不会回来了。所以,你还是不要等我了,你应该去找一个更值得你爱的男人托付你的一生。”

“可是,我喜欢你呀!”女孩子终究是哭着跑掉了。突如其来的惊喜,伴随着突如其来的悲伤。来之时的那些绮思美梦,破碎了一地。

女孩子跑到山间放声哭泣,泪眼中,那株映山红也凋零在了葱茏里。

后来,女孩子听人说男孩子走了。

再后来,媒人又上门来说亲。女孩子最终还是答应了这门亲事。

第二年的春天,漫山遍野的映山红开了,也到了女孩子出嫁的日子。

她无论如何都没有想到,去年那个还幻想着恋爱的姑娘今年已经要嫁作人妇。她也看过那个即将成为她丈夫的人,他很好,也很爱她,可是,再也没有人可以代替心中的那个男孩子。

成婚的前一天,女孩子一个人跑到山上摘了映山红。花还是那样鲜妍美好,仿若青春,人却再没有了赏花的心境。

那一天,女孩子手中捧着一大束映山红坐进了花轿,入眼皆是红:映山红红得似火,花轿红得耀眼,盖头同样也是一片鲜红。女孩子在轿子里摇摇晃晃,心也摇摇晃晃,她不知道这条路的前方又会通向哪里,而自己的幸福又在何方,只余映山红在山间肆意开放……

故乡的场畔

张秋犁

故乡真小，小得只盛得下两个字。

——题记

每个从故乡走出去的人，记忆中都有故乡的背影吧，或远或近，或浓或淡，不经意间总会牵扯出很多情怀。轻轻推开心灵深锁的那扇门，循着时光划过的痕迹，于记忆的深处寻找被风吹皱的童年往事，那萦绕心间的是夕阳西下袅袅升起的炊烟、门前屋后的残砖断瓦、枯黄的稻草和柴木……山间故乡，一张张熟悉的面孔，一个个已逝去的身影，都是心底深深的依恋。

尤其对于那些远离故土、身处异乡的人来说，尽管前方的路繁花似锦、阳光明媚，可是，他们老是禁不住以同一姿态去回望，回望那段或许青涩灰暗或许甜蜜忧伤的路程，回望那段魂牵梦绕却永远回不去的时光，那片麦田，那个池塘，那片安宁的土地，和那片土地上生活的人们。不管走向何方，不管走了多远，故乡的悠悠岁月永远是游子们心中挥之不去的记忆。

我的故乡是渭北平原上一个很普通的村庄，那里没有山，也没有水，记忆中有两条水渠安静地从村旁绕过，还有无边无际的青翠的麦田和高得没有尽头的大豆秸秆。每到冬天，从远处就可以看到屋顶上袅袅的炊烟。那里民风淳朴，人们生活悠闲而清静，没有都市的繁华与喧闹，也没有朝九晚五的匆忙，总透着一种自在悠闲的淡淡韵味，却是故乡独有的味道。

在我的记忆中，家乡的人们把打麦场叫场畔，场畔就在住的屋子后面，几家共用一块场畔。这里是乡村一年四季最忙碌的地方，宽阔的场畔周围堆积着大大小小的麦垛。场畔是村庄人气最旺的地方，这里除了交通便利之外，最主要的还是离住的地方比较近，村民们都喜欢聚集在场畔谈天说地、谈古论今，有时吃饭也在场畔上。他们把简单的快乐留在这里，春种秋收，年复一年。

那时我们还有忙假、秋假之说，每到放忙假的时间，就是村民一年之中最忙碌的时候。场畔就是村民的战场，一年的收成都要在那几天见真章，淳朴的村民把梦想种植在希望的田野上，把收获的喜悦留在喧闹的场畔上。

大忙季节,场畔上演着一场又一场紧张繁忙的大戏。清早起来先“摊场”,把收割回来的小麦,在场院中间均匀地摊开晾晒。晌午还要“翻场”几次,把底下的小麦翻腾到上面,让太阳充分晒干,利于脱粒。刚开始是用滚盘碾,每天人跟在滚盘后面,不知转上多少圈,才进行翻场,然后再碾。这样反复几遍后便开始收场。收场的时候,全家人一起出动,这也是最累的时候。碾场是一道道烦琐而复杂的工序,劳动强度特别大,天还没亮人们就得早起干活,不到天黑回不了家。后来,有人买了手扶拖拉机,用手扶拖拉机碾,比用滚盘轻松了许多,但人的劳动强度还是很大。

每年碾场完毕,场畔的四周便堆满了麦垛。我们一帮小孩通常在场畔学骑自行车。那时的我们个头还不高,还不能坐在座垫上骑车,就从自行车大梁下面把腿伸过去踩在踏板上练习,经常会连人带车一起摔倒。还好,每次都摔倒在麦垛旁,感觉不到疼痛。就这样,我们每天下午去练习,便也学会了骑自行车,有时逢年过节走亲戚,也可以骑车带家人走很长一段路。

故乡的场畔,是我儿时的乐园;故乡的场畔,记载着我童年的欢乐。直到今天,我仰望星空的时候,好像还是背靠着麦垛,置身于月光明媚的场畔上。我是一个十分怀旧的人,虽然我已经远离了村庄,远离了故乡的场畔,但心里永远忘不了那片多情的土地,忘不了那片带给我欢乐的场畔。乡村是我的根,故乡的场畔就是我生命的摇篮。

故乡,永远与童年相连,而童年是我们永远回不去的,却一直都在意的那份情怀。儿时的那片土地和岁月,给了我们最初的成长,给了生命最初的疼痛和忧伤,使我的血液里永远流着故乡泥土的气息。丝丝萦绕的乡情,是我永远无法挣脱的牵绊。

啼血的一片红

孙　兰

奈何桥上,钩刀绊住双脚,尖锐铜管刺穿喉咙,而我,始终没有喝下孟婆汤,因为,我害怕再也记不起你的模样。

前世,我们就像开在忘川边上的彼岸花,有叶无花,有花无叶。我向往来生，却又始终没有勇气抹掉前世的记忆。“今生，我们爱得凄苦，恩准我不用喝下孟婆汤，却要在忘川河里忍受万般折磨，如若一千年以后，我还记得你的模样，就可以到三生石上等你，一同去往人间。”我深爱着你，等上一千年又何妨，我深爱着你，一千年的折磨又怎样。我放弃了投生，毫不犹豫地跳进了忘川河，鲜红的河水渗透入我的躯体，犹如万千的针刺进每一寸肌肤，疼痛难忍。我蜷缩在河中，全身的刺痛感阵阵袭来。我渐渐失去了意识，仿佛肉体正在被一块一块撕扯着，仿佛有万千个魔鬼在一口口吞噬着我的躯体，可那记忆深处的你，唤起了我的唯一脉息。我告诉自己，一千年很快，一千年以后，我们会迎来我们的幸福。一年又一年，我忍受着百般煎熬。有一天，你来到了这里，而我，却不能叫你，只能默默地看着你。我看见你扬起头，闭上眼睛，那时那刻，你是在想我吗？你是不是也和曾经的我一样，不愿意忘记我们的过往？我多么害怕你喝下忘情水，忘了我们的曾经，忘了那刻骨铭心的誓言。可是，我又怕你和我一样，受尽煎熬……

最终，你走了，我好想知道，在奈何桥上，你最后的记忆被抹去之前，你想到的是什么，那最后出现在你脑海中的人影儿会是我吗？我用了千年的苦难折磨，换回我们的记忆，我只愿你来生，还依稀记得曾经有个人和你看夕阳、盼日出。如今，我在忘川河上，看你转世投生，千百年来，我始终没有忘却你的模样，我把所有的苦痛化作相思的泪水，一颗一颗滴进忘川河，泪水也变了颜色，我误以为是忘川河染红了我的泪腺，却不知是千年的相思已将我吞没。一千年以后，我还是不是你深爱的人？

所有的期盼，在你跳下忘川河的那一刻都化为乌有。那一刻，我以为你是为了寻我，我以为你始终没有忘记我这薄命的红尘女子，你却为了另一个人，将自己葬身苦海。你愿意忍受常人无法忍受的煎熬，我用千年的等待，却不及她对你的半点深情，我前世为你而舍命，如今却备受折磨。我能忍受刺骨钻心之痛，却忍不了这种笑话般的结局。千年的等待，我到底成了什么？我千疮百孔，身体早已被掏空，也许，这样的支离破碎，才是我最好的归宿。我哭尽风花雪月，你却始终没有一刻为我回眸。苍天为何如此，为何如此捉弄我这苦命的人儿？

千年的等待，等不回那苦苦思念的人儿；千年的折磨，换不回已经不属于我的心。也许，一切早已注定，只是我还在苦苦地做垂死挣扎。愿来生，不再受尽人世间的折磨,脱胎换骨,免去凡人的世俗之心。千年泪,哭尽我一生的期盼,最后也是竹篮打水。我祈求佛祖:来生,别再让我成人。佛祖怜我,见我如此忠贞不渝,遂千年之后,把我化为人间一朵名为杜鹃花的植物。我知道,那鲜红得快要滴出血的花朵,即是我千年的泪水;那满身的青绿叶子,是我在忘川河里受尽的苦难。来生,我终于,我终于自由自在,不再被世俗牵绊;我终于看破红尘;我终于……一个新的世界,只在属于我自己的季节,开出我的花。除了属于自己的季节,我便默默地安静地待在不起眼的篱笆下、山坡上、小路边。前世,我万般取悦别人;今生,我成了人们眼里最美的风景。人们爱我的花,说我开得热烈;人们爱我的叶,说我不蔓不枝。可谁又知道,火红的热烈下,那曾饱经折磨的千年之痛。今生,我要用我的花瓣,开尽一世繁华。每到属于我的季节,漫山遍野的红,红得发亮,红得让人心疼。于是,人们起了一个名字:映山红。

当爱成了痛,当等待被辜负,当一切期盼都被搁浅,原谅我千疮百孔的心,再也经不起蹉跎。滚滚红尘,生死轮回,我也不会再去留恋,不会再去寻你,因为,此生我只想做一株映山红,隔离一切世俗的纷争,默默地花谢花开!

“杜鹃花”也曾有情

邓　青

“春天又来了！今年开的花比往年都要好看上三分,好看,真好看！特别是那一株紫红色的,美,真美!”氤氲在耳旁的呢喃,唤起了我那搁浅太久的灵魂,冬夜刺骨的寒霜,将我的身躯践踏得支离破碎,身体片片快要离开枝头,想挣扎着绽放最后一场绚丽,无奈所有的美好碎落在了人间。回忆在慢慢冲破禁锢,记忆重组的流星划过星辰,渐渐迷离的眼,一切仿佛回到过去那时候她还在的样子。

我是映山红,也总有人叫我杜鹃花,我不知道是什么时候来到了这个叫“井大”的地方,我也不知道什么时候我会沉睡,我的世界一片混沌。这时候的我只是棵不起眼的嫩草,每天迷迷糊糊地醒来,然后迷迷糊糊地又沉睡过去,我不知道时间的流逝,也不知道什么是白天和夜晚,但我知道照顾我的人是一个清秀的女孩。她总是喜欢用带满老茧的手轻轻拂过我的枝叶,有时候也会用拇指和中指的指尖在我的叶子上相互摩擦而使我颤抖，甚至有时候会低下头用鼻尖轻触我的头，微弱的日光总是在此时从她身上淡淡地流下来，落在我的身旁，仿佛天使头上悬挂的光环一般，纯洁又刺眼。她每日定时给我浇完水以后，就坐在旁边的土黄色的地包上，目不转睛地盯着一个方方正正的小东西，日日如此。等到我完全清醒过来的时候，我已经完全看不到春天的影子，只有让我热到发软的温度。

完全没有揪住春天尾巴的我，就这样慌张地迎来了夏天。其实炎热的夏天和寒冷的冬天对于花草来说，是生命中难以迈过的坎。而这时，我也快被炙热的火球烤干了，我只能耷拉着脑袋，用最后的水分来抗争炎热的天气，只有到了傍晚，我才能获得救赎，因为在此时我就能获得当天缺失的水分。汲取的水分散发到身体各个枝干处，最后大部分留存于根茎部位，以保证我的枝干有充足的水分。不仅如此，我还能看到她浇完水在我旁边雀跃，挥舞着双手哼着不知名的乐曲，陶醉其中。我就这样度过了整个夏天和秋天，但是我不知道从什么时候开始，我生病了。我的枝叶刚开始只是出现淡黄色的圆形小斑点，然后就逐渐呈不规则扩散，最后转变成淡红褐色，中部呈暗褐色，我的叶子慢慢地开始脱落，小黑点密密麻麻地爬满了我的叶子。我好害怕，但当我看见她皱起的眉头时，心里着实欢喜，我知道她在担心我。刚开始时，我还能摇动我的枝叶，告诉她我没事，但最后我连抬起头的力气都没有了，慢慢地沉睡过去。在梦里，我恍惚看见一个身影在我的面前扫着落叶，然后传来一阵阵的暖意，还给我喷了一种刺鼻的液体，让我很不舒服。没过多久，我身上的小黑点渐渐没有了，那些黑色的叶子也随之脱落了。我从沉睡中苏醒，映入眼帘的是她那双水汪汪的大眼睛。她好开心，像个三岁的孩子。我伸了伸腰，新的绿叶慢慢地从枝丫冒了出来，我无声地欢呼着，但凛冽的寒风似乎容不下任何欢乐，向我扇了一巴掌。我又发抖地缩起脑袋，看了看周围，慢慢安静，然后沉睡了过去！不知道过了多久，梦中一直有一个人，逗弄着我的枝丫，挠得我直痒痒。

“春天到了！”一阵吵闹的声音传来。我缓缓从沉睡中醒来，伸长了脑袋去看看春天的样子，整个枝丫随着我的拉伸在慢慢地长高。没过几天，我的新家被女孩从盆里移到了土黄色的大地上去，我的根茎一挨着大地，便不断向深处蔓延。我的头高抬着，我要好好看看这个没有白色的大棚的天空。我要拥抱清风，我要拥抱阳光！我张开手，不断地生长，我的枝丫慢慢地长出了一个又一个花骨朵儿,我用绿色的枝叶托起这些小花骨朵儿,害怕它们因调皮掉落枝头!夜里,所有的动植物都在沉睡,而我在等待。对面的女孩睁大眼睛看着我,她也在等待吗?一朵,两朵,三朵……花开了!这是我第一次开花,惊喜的泪水滴落了,化成了枝叶上的露珠。

清晨的露珠总是映着别样的红,满地的山花把剩余的地面铺满了!女孩来了,她又蹦又跳,大喊着:“我养的花开了,还是紫红色的。”所有人都围了过来,紧凑的眼神向我袭来,吓得我的枝叶都蔫了。他们还用一个黑色的盒子对着我,只听见“咔”的一声,就把我映进里面去了,而且映出来的我的样子很好看。旁边的女孩的笑也定格在那一瞬间,好看极了!

时间就这么过着,我在开花,她在笑,我在记录她的笑,她在欣赏我的花。过了很久,久到我忘记了我为什么会开花、为什么会落叶,但我依然很享受和她在一起的时光。她经常会陪我说话,我也会摆动着枝叶回应她。她说:“你看,我的头发也跟你一样快要掉光了,我得了病,活不了多久了。”那时候的我不懂,我认为病了就是像我们一样沉睡而已。

有一天,来了好多人,我听见了大地噼里啪啦震动的声音,连带着嘈杂的人声。来来去去的人影在我身边晃动,我听见了枝叶和花朵被折断的声音,我好生气!但我不知道如何去表达我的愤怒,只能使劲摇动着我的残枝和残花!我的意识渐渐开始模糊,身体感觉被万千毒虫吞噬。这时,女孩来了,她模糊轻盈的体态如空气般,让我无法抓住。她脸上的泪珠一滴又一滴地落在我的残躯上,疼痛让我失去了味觉,但我感受到了她的泪,有酸亦有苦……后来,没有后来了。她已经好久没来看过我了,身边的杂草已经快要淹没我的身躯,来不及转身道别,这场甜蜜就这样幻灭。昔日的美好,像一帧画面,在脑海里奢侈地掠过:我还记得,她的手拂过我美丽的花骨朵,她的拇指和中指在我的叶子上相互摩擦,她的鼻尖轻触着我的头……

后来,每年春天,我还是会努力开花。伴随着血红色花瓣的碎落,一场四季轮回的等待交织着爱的期盼。那个女孩儿,尽管千年轮回,我也在人海中寻你,用我的毕生,绽放最初的精彩,只等你款款而来……

把坚持请进生命里

韦晓凤

荀子云："锲而舍之，朽木不折；锲而不舍，金石可镂。"人生的漫漫长路，蜿蜒曲折，看似遥遥无期，但是不经意间便会转瞬即逝。我们如沙漠中的行人，寻找着生命的绿洲。但这绿洲，如虚无缥缈的海市蜃楼。人在沙漠中会迷失、会煎熬，但只要执着地坚持下去，就能找到那甜美的甘泉。

人生道路上走的每一步都不是精心策划的，我们也不可能神通广大到可以先知先觉，更多的是生命中偶然发生的小插曲、小意外。但是，我们可以决定每天要坚持做的事情，无论小插曲如何嚣张横行，只要内心的那股信念足够坚定，我们便能日复一日、年复一年，雷打不动地坚持做同一件事情！

每到夏天，校园里便出现了所谓的减肥军团，他们高举旗帜呐喊："六月不减肥，八月徒伤悲，十月灰溜溜，十二月胖成墩。"军团里面的每位小伙伴都立下了重誓，这个夏天势必要跟顽固的脂肪抗战到底，直到它们消失得无影无踪。于是，那段时间，校园田径场上、主干道上都是在与顽固脂肪做抗争的将士们，他们不畏酷暑、不惧风雨，每天晚上都严守"阵地"。我也加入了减肥军团，看着那么多坚持的背影，每天跟他们在田径场上挥汗如雨的感觉是何其舒畅愉悦。一个月后，田径场上的身影越来越少，没有硝烟的战争还在如火如荼地进行，可是却有很多人当了逃兵。从之前的斗志昂扬到如今的萎靡不振，或许是繁重的学业耽误了他们的步伐，或许是希望花费更多的时间和精力在恋人身上，又或许是经受不住外界的诱惑而内心不够坚定，很多人选择了中途放弃。他们当初信誓旦旦的豪言壮语此刻都烟消云散，像蒲公英一样飘散到各处。

我在跑步过程中遇到了一个志趣相投的跑友，每天我们都准时相约田径场，即使身边坚持的身影越来越少，但是我俩还是风雨无阻地坚持着。当然，有时候我们也会有小情绪出来捣乱，干扰我们的决心："每天跑步这么累，而且收效甚微。人家都放弃了，为什么我们还要坚持呢？"每次路过飘着香味的烧烤摊前，每次听到小贩们的叫卖声，每次瞧见奶茶店、甜品店里优哉游哉享受着美食的情侣们，头脑中的小恶魔就跑出来兴风作浪：放弃吧，今天暂时休息偷懒一下，现在就去大吃大喝一顿，吃饱了才有力气减肥。内心的小天使此时也会出来伸张正义:绝对不行,落下一天就会产生惰性,一定要每天都坚持下去,人生就像马拉松,只有坚持到最后的人,才能称为胜利者。最后,天使战胜了恶魔,我们拖着疲惫的身子坚持跑完了全程,跑到终点的那一刻浑身充满了一股正气凛然的气势。我渐渐喜欢上了那种感觉,喜欢在寂静空旷的田径场上健步疾驰,然后放空思想,抛开白天遇到的所有烦恼。我也喜欢在慢跑的过程中沉浸于与自己的心灵对话,我更喜欢跑完步之后静静地坐在台阶上享受片刻的闲暇。如果每天不去跑步,就会觉得心里有一个疙瘩,堵得慌。如今,跑步已经融入了我的生命,成为我每天的必需品,就与喝水、吃饭、睡觉一样,有着同样的地位。最后,跑友也因为各种原因放弃了,但是我还是坚持每天去跑步。这时候,内心深处有一股强大的信念支撑着我去坚持。这股坚持的信念已经完全融入了我的生命,渗透进我的骨髓。这股信念就那么安静美好地存在着,它不会大张旗鼓地对外炫耀,也不会不依不饶地嚣张跋扈,更不会随时间的推移而凭空消失。它就像人饿了要吃饭,困了要睡觉,每天到了跑步的时间点,我都会推开所有琐碎的事去享受跑步的快感。

在我们的成长道路上,也许让你做一件事情很简单,但是如果让你每天都坚持做一件事情就会很困难。坚持,看似简单,但做起来并不容易。刚开始坚持下去的确会有难度,但是只要你坚持一段时间,熬过了那段时期,当坚持成为一种习惯,这时候就代表这份坚持的信念融入了你的生命,渗透进你的骨髓,成为你生命的一部分。

雄鹰在忍受了艰难的试飞后,才得以搏击长空,飞翔自如,我们为它的坚强而钦佩;种子在度过漫长的黑暗后,才得以冲出土壤,沐浴阳光,我们为它的努力而崇敬;宇宙在容忍了星座裂变的痛苦后,才方显深邃之美,令人神往,我们为它的坚持而感动。在如初的美好青春年华,希望每个人都能把那股坚持的信念请进生命里来,把坚持融入生命,渗进骨髓。

老　烟

胡逸菲

这厢是窗外春天的雾岚正在小城的上空氤氲着，黏稠，不化；那厢是床头僵直伫立的苍老背影，蹉跎了岁月。电话那头是奶奶充满依恋而又无助的哭诉，这头是父亲紧锁的眉头。

电话挂断了。

“倒了就算了，没人住也不会再有人住，春季多雨，老屋迟早是要倒的……”空气中萦绕的仍是父亲铿锵有力却又扎心带血的语调。或许，他企图用这种直截了当的语气淡化奶奶心头沉痛的无奈。

或许，奶奶的怅然若失，让父亲再也无法享受黎明的宁静，那心头油然而生的失意和落寞好似一袭华美的旗袍上爬满了虱子。他缓缓走向阳台，沉默地低着头，深邃而又惆怅地望着窗外掠过的车辆与渐行渐远的行人，僵硬地弯下右边的胳膊，拇指在烟头点了点，烟灰撒落一地。他深幽又绵长地吮吸了一口，烟雾缭绕了整个阳台。烟，燃烧着父亲的依恋，一根接一根，倾诉着思念。于我而言，也许一个人对一片土地的情感和认知，要到足够程度才会积淀到一定的宽度和厚度。

父亲此刻伫立良久，不语，伴着声声叹息和频频摇头，随烟雾盘旋，萦绕着眷恋和遗憾。他是在怀想吗？抑或是想起了他曾经告诉我的：奶奶家那幢已有七十多年历史的青墙瓦屋，封存了他们三代人的生命印记。那幢老屋，装满了破旧贫穷的光阴，装满了遍地灰尘的生活，装满了被现实熏黑的梦。烟，吞噬着父亲的心田，他忘不了老屋，更无法抹去对那片热土的眷恋，是因为老屋有着他即使走到天涯也抹不去的醇香记忆，故土在他心中种下了温润一生的精神种子。

或许，于父亲而言，面朝黄土背朝天的生活给予其心灵以莫大的安逸。粗壮满是生硬老茧的双手轻捧一抔热土，靠近鼻尖，嗅到熟悉的馨香，叩动的是灵魂深处的眷恋。这一辈子，只做一名忠诚的农民，背上背的是一把锄头和一轮明月，日出而作，日落而息。指尖划过一个个旺盛的生命力，脚下蹚过的是滚滚的河水，颤抖地抚摸、亲吻着大地，安详地扎根，恬静地发芽，扯着炊烟，攥着日落,按时从田野走回村庄……或许是心灵无法割舍的夙愿。然而,多少人能如愿以偿呢?又有多少人像父亲一样,双脚踩进了城市的泥沼,出脚也是两脚泥水。在父亲的生命里,城市的浮光掠影一一闪现,那些车水马龙如何,那些繁花似锦又如何,毕竟生活的尘埃高过了头颅。改革浪潮浩浩汤汤,那时,正值青春的父亲追随改革浪潮奔走在各种钢筋水泥之间。一间间平房被推倒,一块块土地被利用,取而代之的是一座热闹、繁华、喧嚣而又遥远的城市。大概,城市是离家的子女,而故乡则是固守的父母吧。

再点燃一根老烟,一缕落寞燃尽,碎进朦胧烟霭,随风寥落飘零。吐气呼吸间,幻想着曾经年少的自己沿着乡村古道的羊肠小径,看一看那个斜挎书包,和黑狗一起健步如飞的少年。被风吹皱了的童年充溢着糖果般甜甜的味道,一份阒静里是归去的夕阳,金黄的麦穗和田间相互寒暄的可亲的人儿,是自由,是恬静。回不去,抹不尽,一席泪。

再点燃最后一根烟,将乡愁轻轻咀嚼,频频的叹息和无望的眼神中依稀能体悟到父亲的哀愁与依恋。父亲的老屋是寂静的,这里没有风,只有贴着地皮的睡眠,在泥泞的土地上盛开着卑微的琐碎的花。那里静卧的是人类社会亘古不变的思乡之情,没有拆毁、重建的担忧,徒留记忆的年轮缓慢滋长。为什么我们一定要魂归故乡,因为"人类充满劳绩,但还诗意地栖居于大地之上"。

轻点一根老烟,最后一根,轻呷,燃不尽思念。

小村无风景

司瑞池

我走近一个小村,被初升的太阳抚摸把玩着的小村,温柔地站在那里,一动不动,就像我走时的样子。

我拖着行李箱,走在通向它的主干道上。一路都是树荫,又刚下过雨,我走得很是凉爽,无聊地左顾右盼,忽觉眼前的一切都是那么的新鲜可爱。笔直的树,多么挺拔帅气;弯曲的树也别有一番风味;就连枯死的树,我也迷恋它根部初生的灰白木耳的细小绒毛和褶皱;响亮的蝉声一点儿也不单调了,反而能听得出微妙的节奏;杂乱不齐的草地彰显着自由与生机……我好像从未真正认识过它，以前的我是以怎样的心态及眼光看它的呢？对于这片我生活了十八年的土地，我从未公正地看待它，我憧憬着书本中、电视中、想象中的繁荣都市和奢华光景。我汲取它的乳汁，却喊他人妈妈，毫不留情地背弃，心中却无一丝愧疚。我不回头地往前走，跟着我的虚荣心走向那虚无之境没有悔改。我讨厌头顶的艳阳，它是如此刺眼；我讨厌脚下的土地，它是如此风尘仆仆；我讨厌金色的麦田，因为它吹来灼热的麦浪；我讨厌叽叽喳喳的鸟儿，因为它总是不知愁苦……我把我的世界关进一场悲剧，我悲春伤秋，以为一切都不尽如人意。因为熟悉，所以在感知外在事物的时候总会加上自己的主观印象，厌恶或乏味。熟悉的地方没有风景，不是因为没有风景，而是因为缺少发现风景的眼睛。

走啊走啊，累了，我蹲在地上，看着脚下平整干净的水泥路。我想，我是真的太久没有回来了。记得以前这是一条泥巴路，晴天还好，只是灰尘多了些。哦不，当时全身都是灰扑扑的，又怎会在意这些尘埃呢？一到雨天，整条路泥泞不堪，到处都是湿滑的软泥，一脚踩下去非陷进去不可，不知多少次这样深一脚浅一脚地走过。如今想来，只是觉得可笑。“哎！丫头，蹲在这儿干啥呢，你是哪个村的？”“啊？”我抬起头，竟然是我爸的一位朋友，我对他还有点印象。他可能可还记得我：“欸，你不是老司他闺女吗，好些年没看见你了，听说你‘出去’了，这是要回家去吧。来，来，我跟你一块儿回，正好去跟你爸喝一杯。”听着这一连串好久不曾听到的乡音，我呆立着，点头。

我拖着行李跟在他后面，心绪早已飞远。他在前面说着近些年来农村的变化，激情高亢。他还说了些别的什么，我没有听清，只是兴奋褪去，心底深处渐渐钻出一丝不安，越来越惶恐，我竟有些害怕。

他仍在前面走，我看着他的脚后跟走，不一会儿就到了村东头，这是人家最多的地方，我家在最西头。一路走来，我才真正见到了它的变化，它新了很多，变化很大，我的脚步渐渐放慢了。村子真的不大，从东头走到西头也只用了十几分钟。看着不远处的白墙红门，记忆像波浪般涌来，不过这并没有阻挡我的脚步，我跑向那个地方，我心心念念了很久的地方，耳边有风的声音，仿佛还传来了儿时一起在门口玩耍的嬉笑声。

南国的呼吸

张莹丹

农历四月,来自春天的最后一阵微风吹过,初夏悄然而至。黏黏的汗水和空气里阳光的味道蔓延在北纬114.98°、东经27.12°的南国小城里。

贪婪的人啊,总是想独享6点的清晨,独自一人走在银杏环绕的柏油马路上,在叶与叶的缝隙里,看见阳光悄悄地溜进来。婆娑的光影,微风拂过的湖畔还有长满青苔的围墙,都在等今天的故事。带着一点点书卷气的少女最爱驻留湖心亭,碧绿的湖水,还有手里那本依旧不太明白的《逻辑学》。旁边路过一个扎着马尾辫的女孩,好想跑过去问她:你喜不喜欢碧绿的湖水,你手里是不是也有一本看不太明白的《逻辑学》。

人来人往的热闹终于唤醒了昏昏沉沉的午后,一个小时前还在食堂挤破头的姑娘们,已经补好了被一食堂饭菜蹭掉的口红。她们迈过九栋长长的阶梯,谈论着毕业的学姐们的学士服。你看阶梯上,她们笑得多开心,欤?怎么笑着笑着就哭了。我们总谈起那个遥遥无期的毕业季,那个时候我是不是也会穿着好看的学士服,站在九栋的阶梯上,笑着笑着就哭了。

阳光随着篮球场上越来越小的篮球声去了南半球,蝉鸣和蛙声越来越刺耳,夜跑的人们穿梭在校园的每一个角落里,110的巡逻车总让人觉得很安心。我最喜欢井大的夜晚,喜欢在银杏下看书,喜欢情人坡淡淡的青草香味,喜欢远远地看着挂在十栋上方的月亮。余温从启明星亮起的瞬间匆匆逃去,凉爽的晚风和夏桂的甜香飘过静谧的图书馆,捧着厚厚专业书的学子们总在心里问起:前程几何?命运几何?

走过春夏,走过晨昏,从栽满银杏的柏油马路到多少年都会迷路的十栋,井大的故事说也说不完。可是,没有人会是故事的永恒叙述者,从青葱走向成熟,大学的生活随着1到4的数字变换,安静无声地提醒着我们:亲爱的象牙塔呀,总有一天,我要离开你。那些离开的人儿,或许再看不到气派的新图书馆,也没办法再尝到食堂便宜好吃的饭菜。多年后,我也要离开你,我一定要走遍那些写满我故事的每一个角落,再尝一尝食堂的饭菜,再去五栋的教室安静地听完我的最后一课。

你看,南国的夏天来了,要不要跟我一起爬上红色的五栋,大大呼吸一口,向远处拖着行李的背影默默地祈祷:离开的人啊,你一定要记住这里的味道。

品井大四季,悟人生

布江艳

看过许多四季的美景,但我觉得井大校园里的美景是别具一格的。它不像其他地方那样,将春夏秋冬四季分得格外鲜明,但它又有其代表性的独特的四季之景。

万紫千红总是春。三月,春来了,万物复苏,春意盎然,就像“胜日寻芳泗水滨,无边光景一时新”两句诗所描绘的春景一样,百花齐放,美不胜收!同样,井大的春天也如期而至,虽然可能来得不算早,但还是给我们带来惊喜。

刚开学进校时,这里的春天并不明显,只感觉极其炎热,后来细心观察,春天真的来了。井大的春天,在我看来,有一种不同于别处的独特的美。这里有许多种类的花,不是说花的种类丰富,才感觉美,而是每一种花都能带给你不同的视觉体验和不一样的感觉。就拿玫瑰来说,一开始并未细看过,但有一天从楼下经过时,无意被玫瑰的花枝勾住,我转身一看,原来是星星点点、含苞待放的小玫瑰,颜色是丁香色,慢慢绽放,开得格外好,总能引得过路的学生和它来儿张合影,总能使人心情变好!还有一种迎新花,黄黄的颜色,很清秀,当它们像柳条一样,一根根垂于墙边时,错落有致,形成了天然的背景墙,又为井大添上一道亮丽的风景线。这里还有让你感受到纯洁和高雅的玉兰花。行走在林荫道上,看着一路纯白的玉兰花,偶尔来阵大风,仿佛置身花海之中。

在井大,下自习后在校园道路两旁慢慢散步,轻轻一嗅,总能闻到一阵淡淡的扑鼻清香,那是桂花的清香。或许你可能不信,但在这里,真会有一些你意想不到的惊喜。这儿的春,总能带给我不一样的感觉,最值得我去描绘和介绍的,那应该是井大的映山红了吧!虽然其他花也很美,但不能和映山红相媲美。它就像似火的骄阳,开得那么红、那么灿烂,给人一种积极奋进的感受。欣赏着映山红,像感受到了北京香山红叶一样,那一片火红,让人流连忘返。

这里的花开了,一片春意,一片生机,仿佛在暗示着井大学子,应该在这些美景的陪伴下努力学习,像这些争奇斗艳的花一样,绽放自己,证明自己,只为实现自己的价值。

有时,我们总没有时间驻足,去欣赏沿途的美景。当你放慢脚步,你会发现,花开了,景很美。其实,花在我们眼中,可能只是单纯的颜色不同的花,但在诗人眼中就是创作的源泉,在画家手中就是一幅自然画。让我们用心去感悟春天吧。

如果你认为井大只有春景的话,那就错了。让我们走进炎热的夏日,看看井大独特的夏景吧!这里的夏天极其炎热,但在校园内却能感到丝丝凉意,这是因为道路两旁栽有高大的树,树荫像一把天然的大伞将阳光和紫外线统统挡在了外面,而且当些许阳光投影在树上时,景色是那么迷人!

说到夏景,值得一提的就是井大的翠湖和湖心亭了。那里风景优美,夏天,你可以在湖边乘凉,时不时还可以和朋友拍上几张美美的照片,这是独属于井大的美!站在这里的九曲桥和园丁桥上,一阵凉爽的风吹过,看着波光粼粼的清澈湖面,感觉心情舒畅极了。

秋季,给我们的感觉一般是萧瑟、落寞,让人不禁会产生悲伤、凄清、冷寂之感!古代诗人常常喜欢以秋景入诗,借此抒发自己的苦闷之情。但在井大,你会看到不一样的秋景!在这里,你可以见证银杏的成长,可以闻到桂花飘香,还可以看到枫桐变红的样子。那是一种独特的美,是大自然的恩赐,我很幸运看到这份美。

秋的信使银杏迈着轻快的舞步来啦!她穿上美丽的舞衣,为我们展现了一段不一样的优美舞曲。初春时,她还穿着绿色的舞衣,挂满枝头。她努力练习,努力生长,只为能为我们跳出优美的舞曲。后来,她开始由绿变黄,经过一段时间之后,深秋时节,她开始了她的表演。大树为她鼓掌,风儿为她伴奏,她开始在空中曼舞,跳起了她努力练习的舞蹈。她很快乐,最后慢慢降落,做出最完美的谢幕。这就是她努力的结果,赢得了我们的掌声,告诉我们秋来了。看着银杏缓缓落下,走过树旁,你总忍不住想要去捡几片,看看哪片好,把它留下做标本。也许,你也会去拍几张照片作为留念!除了银杏,还有桂花,那种长着黄黄花瓣,小小一朵的桂花。看到它,你不会感到落寞;闻到它的香味,你会感到沁人心脾。看着满树的桂花,欣赏着它独特的美,你会感觉很舒心。当你慢慢走到桂树旁,闻着淡淡的桂香,无论你当时是心情烦躁,还是内心忧郁,都会获得一种沉淀,心情会慢慢变得不再苦闷。井大还有一种秋的代表,那就是枫桐,一种长得像枫树的植物,刚开始叶子是绿色的,后来慢慢变红,极具秋的特点和代表性。当你走在枫桐树下,看着红红的叶子,你感到的不会再是秋的凄清与萧瑟,你内心会是火热的,也是明朗的。

井大的秋,给我的感觉是向上,而不是苦涩。它有金黄的桂花和银杏,还有火红的枫桐,它代表着向上与收获,就像井大学子积极向上、生机勃发、拼搏进取的精神!这就是井大的秋!

冬天,给我们的感觉总是被大雪覆盖,到处一片白茫茫的景象,仿佛大地失去了生机一般。但在井大,你可以捕捉到不一样的冬景。高大挺拔的松柏,矗立在校园道路两旁,笔直地向上生长,活像一个斗士。冬天,你看到的不只是万物凋零,还有拼命生长的树木,这就是井大冬天的美。校园的松柏就像井大学子,不会因为惧怕严寒而放弃努力的机会,努力向上,无所畏惧!

看过井大的春夏秋冬,才明白它也有独特的美。它有绿意盎然的春景,有骄阳似火的夏景,有金黄璀璨的秋景,也有积极勃发的冬景!是的,在这里,你可以领略不一样的风采,可以有很多不一样的体验。也许你会说,你看过许多美景,这儿和其他美景也没有什么区别。但我想说,你可能错了,每一处风景都需要我们用心去体会,只有我们用心看过,才能体会其中的美!看着井大的风景,走过井大的四季,我们希望在这里既能学到知识,又能欣赏到美景,这也是我们努力的方向!

让我们用心去品味井大的四季之景吧,感受井大之美吧!

春风微凉,绿叶轻扬

黄文丽

清爽春风微微吹,嫩嫩绿叶轻轻扬,井大春色细细品。

春天,在古人的描述里,有感叹万物复苏的,如朱熹笔下的“胜日寻芳泗水滨,无边光景一时新”;有感慨春日出行的美妙感受的,如白居易笔下的“最爱湖东行不足,绿杨阴里白沙堤”;有借春伤怀的,如杜甫笔下的“国破山河在,城春草木深”。

一年四季,人有千感,我偏爱春季。与古人对它的感受不一样,我喜欢看返青的叶在春风里摇曳的姿态。

春天的风、春天的雨都是有灵性的,它们在短短的一星期,给一棵光秃秃的树穿上绿衣,使整棵树变得生机勃勃。

下着雨的星期二早晨,撑着雨伞回宿舍的路上经过好汉坡。好汉坡的两旁,银杏树错落有致地长着。无意间抬头,看到树枝上满是清新的绿叶,与昨天相比,长大了一些,纹路清晰了许多。

叶子上沾了些碎碎的雨滴,泛着晶莹的光,像是嵌了珍珠;叶面光滑柔软,似乎抹了素颜霜;叶脉清晰细腻,一条一条,无重叠;叶柄纤长柔润,承起整片叶。微风吹过,叶面随风轻扬,左右上下轻轻晃动,像是初入酒吧的少男少女,左顾右盼,不知所措;在背光一侧看,叶边勾勒出一道淡黄的弧形,更显曲线柔美优雅,像是被束缚的绿蝴蝶,是春风与绿色的融合美。在风中摇曳的不是叶,是一幅融在春景里的画。

时间过得可真快呀,转眼已在井大生活了四个季节,我感受到了不同季节的叶的变化:夏末的炎热,炙烤清新的叶;秋季的凉爽,染黄翠绿的叶;冬天的寒冷,冻落金黄的叶;春季的清爽,吹拂嫩叶,重现秀美。

最美春景,醉美“春井”。

阑　　珊

俞艳燕

(一)

我讨厌四月。

对于季节的更替来说,四月是一个节点:从春意盎然到夏日炎炎,这一路走来,四月扮演了“春意阑珊”的角色。它是不明亮的,起码在我如今生活的这个地方是这样。没有春花初绽的欣喜,没有绿树荫蔽的清凉。我在淅淅沥沥的雨声里,消磨对它的所有感受。

虽然每到雨天我便不愿出门,但无可否认、无法拒绝的是,我要上的课始终那么多,要爬的坡始终那么陡。

生活在别处。近来总是做这样一个梦:自己一个人游魂一样飘荡在街头。下一秒,镜头转换,我被父母、朋友送上一辆空无一人的小型公交车,车门紧闭的一瞬间,我急欲下车,用力拍击车门。车门外,以我父母、朋友为首的一群人,目光冷淡地看着公交车将我带走。梦里最令我惊讶的是,我走过的每一个十字路口,都有一根高耸入云的电线杆,多么蒙太奇的场景啊。

我翻阅弗洛伊德《梦的解析》,想找寻梦的来源,可惜无果。不知怎的,我想到简贞在《女儿红》里的字句:"'女儿红'历来指的是酒,旧时民间习俗,若生女儿,即酿酒贮藏,待出嫁时再取出宴客。……一个天生地养的女儿,就这么随着锣鼓队伍走过旷野去领取她的未知;那坛酒饮尽了,表示从此她是无父无母、无兄无弟的孤独者,要一片天,得靠自己去挣。"

其实何止女儿家呢,我们这些人,谁不是从小离家出走,茫茫人海里游。

(二)

从好的方面来看,"背后说人坏话"这种事情,一方面纾解了人们心中的压力,一方面又不至于让事态不可收拾,甚至还能在这一致对外的过程里,加深谈天者彼此的认同感。

遗憾的是,并不是所有人都清楚地认识到这一点。

被身边的人误解,心中的不甘与烦闷如夏日水边不断滋生的虫豸。轻描淡写的几句话,似乎就可以将这半年多来的相处悉数抹去。我不禁怅然,可又能如何呢?无奈的是,语言这东西,在表达爱意的时候如此无力;在表达伤害的时候,却又如此锋利。

我反复地问着自己,我想在这段关系里面求一个怎样的收尾。答案是没有的,只能走一步看一步。所谓朋友的意义,不过是锦上添花的热闹。每个人的内心都有深渊,有痛苦、回忆或者其他,始终只能自己临岸独立。与某些压力对峙时,我们不可能让旁人来参观这深渊。

所以,何必留恋,何必对对方寄予长久的期望。拥抱之后,一拍两散,彼此相忘。

以一个过路客的方式。

如果我再相信你一点就好了,我想。

如果你再相信我一点就好了,我也会这样想。

我相信,我们承受的那些不白之冤、那些莫名的责难总有一天会真相大白,总有一天别人会看到我们挥动着翅膀,认真而努力地飞翔的样子。也许人真的完全不在乎别人的想法,才会活得比较强大吧。

(三)

"就如荆棘鸟必须以血来换取歌喉,不能惯于寂寞的人,只怕也难以触及自己心里埋藏着的那个世界吧?"多少个深夜,室友皆已入睡,一个人坐在灯下奋笔疾书,字斟句酌。四月是一个容易让人懈怠的月份,我会把策划推到第二天写,会把作品反复删改,直到面目全非。

我只是不敢再轻易地托付全部,很多花了心血、心心念念的东西到最后依然是镜花水月。生命是一团欲望,不能满足便痛苦,满足便无聊。再貌似坚定的理想与意志之后,都是未被填补的虚无。

亲朋好友总是时不时发来一些心灵鸡汤,其实我真的已经对"毒鸡汤"无动于衷了。什么"有梦想就去做,因为你再也不会比现在更年轻"的话令人倒胃口。说句心里话,这些能给我什么呢?除了虚伪到令人作呕外,甚至不能给我一丝慰藉。

理想的生活是不被上一秒牵挂,不为下一秒担忧。遗憾的是,这样的生活离我太远。我会为了一份策划担心,担心会不会因为格式不对、内容不对、字体不对而被打回来;我会为一份稿件担心,担心称呼对不对,措辞恰不恰当,标点、分段是否正确;我会为每一场考试担心,担心普通话测试能不能过二甲,计算机能不能过二级,所有科目能不能一次通过。

我是个彻头彻尾的俗人,怕听见批评的声音,尽管清楚地知道自己有多少不足。我站在云层中战战兢兢,不知道预想中的坠落会在哪一刻来临,为眼前能抓住的一切盲目欣喜,却又害怕有朝一日落得身无长物的结局。

我终究也只是这样一个我吗?

(四)

在四月的尾声,我得知浙江学考选考的成绩出来了。彼时,回忆一瞬间被拉扯:四月里枝叶茂盛的香樟和其他我叫不出名字的花树,每天吃完午饭都要走的通往图书馆的小路，涂了绿色油漆的篮球场，正对学校南大门的高大的鲁迅雕像，张贴在每幢教学楼一楼的荣誉榜……

曾经，亲手写过千百个“鲁迅中学”，隔一行写下我的名字。一转眼，我已从那里毕业十数月了。

走得太远，希望还有一个地方让我回去。那些一直待在高中美好时光里仿佛不会衰老的人，那些简单的天马行空的故事，已经画上了句点。毕业后好像没有再回过鲁中，近来总有一种冲动，抛开一切，不管不顾，我想买一张回绍兴的车票，回鲁中看看。有些人，等我暑假回去，他们已经毕业，各奔东西。而离开了共同的母校，我好像没有理由再与他们会面。可能以后他们只会一直静默地躺在我的联系人列表里，再也不会产生新的聊天记录，尽管很多曾是和我要好到能分享情感问题的人。

是时光把我们拉得这么近，也是时光把我们分到了天与海的两边。

我不得不喟叹时光轻而易举地改变。它将一把刻刀使得炉火纯青，很多都不再是记忆里最初的样子。时间将我们每一个人的面容轻轻改写，直到沿路都看不见来时的踪迹。

我拼命地搜寻着过去。念旧，是因为现实不顺利。

想当年我也曾撒娇使性，到今朝哪怕我不信前尘。

（五）

风撩干花瓣的香，雨压碎眉骨的霜。

我亦阑珊，将四月风光入殓。

背起行囊

文　柯

孩提时的我，行囊是空的，因此而轻松，那时的我很幸福；而步入大学的我，行囊被塞得越来越满、越来越重，不是悲伤而是感触较多。

我独自一人背着鼓鼓的书包、拖着笨重的行李箱来到这座陌生的城市，开始长达四年的求学期。背起行囊，行走远方。

每年当太阳到达黄经165度时,为白露节气,这时人们就会明显地感觉到炎热的夏天已过,而凉爽的秋天已经到来了。但是那天烈日高照,沉重的行李累得我出了一身汗。下了火车,陌生感只能让我跟着人群走向出站口。那时的我像一位上课目不转睛的小学生,不敢开半会儿小差。出站的旅客出于某种心理而急促地走着,走中带跑,我也被带动着快跑起来。还好路途不远,前方就是出站口。看着一群人穿着红色背心,我的目光也被吸引过去,看到学校新生志愿者手举井冈山大学的接待牌,心中有一股暖流流过。

坐上井冈山大学派来的大巴车,不一会儿,车突然停了,迷惑的我向窗外望去,觉得一切都很陌生。当我看到新生在家长的陪伴下走进大学校门,进入校园,我只得拎着大包小包,拉着行李往人群里钻。在学长的带领下,我一步步完成新生报到,走进了分配好的宿舍楼。那时得到帮助的我觉得很庆幸。

我轻轻地敲着宿舍门,门开了,又一个陌生的世界向我走来。我用微笑来表达我的友好,但令我惊讶的是,不止三个室友,而是加上我有八个人。里面有年长的叔叔阿姨,是室友的爸爸妈妈吧。当得知全程只有我一个人而没有父母作陪时,他们便对我赞不绝口。那时的我看到自己的独立,不知是欢喜还是悲哀,但现在在我看来,那是好的。独在异乡,乡愁是一张车票,隔着万水千山,依然令我心中暖融融的。因为没有父母的帮助,我只能什么都自己来。湿淋淋的抹布擦着桌上的灰尘,擦着擦着,我的眼眶也湿了。

来学校前,饭桌上没有了往日的欢声笑语,异常安静。吃完饭后,拒绝了妈妈的帮助,我回房间整理行李。那时的我脑袋一片空白,因为我害怕分别,只能选择放空自己。发车时间快要到了,我硬着头皮打开门,那“吱呀”一声把我惊醒。拖着行李箱,那“咕噜咕噜”的声音让我尴尬到害怕。爸爸妈妈此刻安静地坐在沙发上,门开的瞬间,他们就把目光投在了我身上,但我不敢去对视,我害怕分别会使我流泪,只能把行李往门外拉以表示我就要走了。父母刚要起身,我就立马说:“我已经叫好车了,就在楼下,不用送我,我先走了!”我加快脚步坐上出租车,心想:妈妈会不会哭?爸爸会不会责怪我不同意他送我去学校?透过车窗仰望天空,我突然想起海子的诗:天空一无所有,为何还要给我安慰。那一抹淡淡的蓝色抚平了我们茫然的心,说是茫然,一点儿不过分,我需要勇敢面对苍老、陌生、分离,需要勇敢面对这条见证我来来去去的路。

来学校后的第一次回家,在我看来,世界很迷人,但我得回家,因为家是我唯一的归宿！背起行囊，我要回家。

因离家而要回家，我深有体会。离家三百多公里，这是前所未有的距离。钱钟书先生在一篇叫《谈中国诗》的演讲中说："希腊神秘哲学家早说，人生不过是家居，出门，回家。……容许我们的身心在这茫茫漠漠的世界里有个安顿归宿，仿佛病人上了床，浪荡子回到家。出门旅行，目的还是要回家，否则不必牢记着旅途的印象。"在外求学，如同浪人不得归。心心念念的回家终于就要实现了，去火车站的脚步也在加快。

早早赶到车站，这几天的人总是很多，大包小包的行李，左右游走的密码箱，有的人在排队，有的人在张望，表情各异的脸上传达出各种情感，微笑着，沮丧着，麻木着。候车室里的人们拖着疲惫的身子，踮脚望着检票口，盼望着列车快点到来。终于有车次开始检票了，大家一窝蜂地往前冲，工作人员维持秩序的声音早已被淹没。我仔细瞧才能看出人与人的不同，仿佛他们的穿着也是一样的，室内灯光在每个人的身上涂了一层黄昏，传达了着急回乡的意义。

让我印象最深的算是一位中年妇女了。她行李箱很多，抱着孩子，拿着奶瓶。她留着中分发型，小眼睛，抬头纹很多。她歪着身子，靠在行李箱上小憩，显然已经习惯了这种等候。而此时她身后那位年轻女子早已按捺不住激动的心情，红色的外套在灯光的照耀下显得格外耀眼，头发干爽地扎在脑后，那高跟鞋在地板上摩擦的声音，急切却又无奈。你听，整个车站一片沸腾，喧闹声、叹息声、哭泣声、闲谈声……可是列车晚点的消息却像铁轨一样长，又一次延长了回家的路。此时，叹息声已经变成焦躁不安的谩骂声。很多求学者一只手拉着行李箱，另一只手点触着手机屏幕，我想他们是否在和同学朋友们得意地说：我要回家了，你回不回去呢？抑或是在与翘首企盼的家人联系何时上车何时到家，在向家人报平安吧！

于是我回想起同村老人们在儿孙外出时总爱念叨的一句话："要记着回家的路，要时常回家看看。"平常的话语蕴含着深深的希冀。人老了总会希望儿孙陪伴在身边，图个热闹；人老了总会想起脑海中的故乡。漂泊在外的老人惦记着要落叶归根，不愿做漂泊的浮萍，回家是心中唯一的念想。故乡是心头的一根刺，想着疼着，越疼越想。

风景再美，也比不上回家的温暖。归人体会不了过客的悲伤，过客匆匆，走在别人回家的路上，想着自己回家的路，马蹄掀起一路飞扬的尘土，落在过客心里,蒙上一层阴郁的哀伤。式微式微,胡不归?在外数年,我只想做一个归人,尽管是夜归人,也不愿做飘荡的游子无凭依、无踪迹,至少夜深时我知道在某一个地方有一盏灯为我而亮,有一条路在为我等待。踏上归途,坐上火车,回家的车已起程。这是一条我不知道的路,或许过了这条,再过一条,就到了终点。火车头“呼哧呼哧”地喘着粗气,像一头疲惫不堪的老牛,拖着十几节车厢,穿行在回家的路上。滚滚车轮碾过的不是铁轨,而是我回家的心。我坐在一个靠窗户的座位,欣赏着窗外掠过的景色,车窗上的雾气使得窗外的景物时而模糊时而清晰,但我归心似箭,深刻体会到了“遥望长安日俞近,千里归途心乘风”的心境。

我在出站口人群中急切地寻找着我的家人,心里如小鹿乱撞,却假装面无表情,以缓解期待的紧张。看到了,看到了,脚步开始加快,距离渐渐缩短,而后互相微笑着,手中的行李被接过。我害怕被触碰肢体,那熟悉与陌生不知道会相互碰撞出怎样的心情,会像电视剧里因许久未见而流出泪水,还是因许久不见而产生尴尬。我不知如何去把握这种心情,只能既来之则安之,率性而为。

我们都会背着行囊来回奔波,或许这就是人生,或许这也是一种选择!

龙　　潭

陈本钰

初夏的村庄,静谧而安详。村边的大榕树,翠绿欲滴,惹人垂涎。树荫穿过烈日,在矮墙上斑驳地摇晃,树叶伴着风儿发出窸窣声。空气中掺杂着大榕树的味道,格外清香。

母亲踩着凉鞋,挑着一担衣服走在我前面。这是一条弯曲的夹杂石子的泥泞小路,走起来并不那么舒服顺畅,显然母亲走得有些吃力。我开始有些厌烦了,自己往前跑。前方潺潺的流水声吸引了我。

这水,老乡们都管它叫龙潭,它没有潭那么宽,细长的水流倒像是一条小溪。

等我到潭边时,已经有好几个嬢嬢在洗东西了。我光着脚丫,跳到水中,水很凉,让我打了个冷战。我跑到这些正在洗衣服的嬢嬢中间去,在水中嬉闹玩耍。这些孃孃坐在岸边的石头上，裤腿衣袖挽得老高。洗衣服的，举着棒槌击打各色衣物；洗菜的，旁边放着一个篮子，一会儿弯腰，一会儿起身，动作熟练轻快。

她们虽然手上干着活，嘴上却没闲着，说着张家长、李家短。我只顾玩水，不曾理会。这时，我妈气喘吁吁地到了潭边。也加入了这场龙门阵中。

“你们都听说没？昨天王大孃要跳潭自杀呢。”这是张孃孃的声音。“我昨天听见声响了……”另一位孃孃说，“唉，你们说奇不奇怪，大晚上王大孃一个人跑到潭边来，好在被村主任路过看到，给劝住了。”李婶插话道：“要我说，肯定是这龙潭显灵让村主任来的。”“你还别说，这潭还真是有灵，前年别的村都干旱缺水，偏偏我们村水源不断，才保住了村里老老少少多少条性命啊。”这是我妈的声音，我看向她时，她已经停下活了，有些激动，“王大孃还是太可怜，找了这么个儿媳妇，把婆婆硬是逼来跳潭，还是老天有眼啊！好人不该落得这样的下场。”“是呀……”

我听着她们的谈话，把手伸到水里。这一股甘霖，澄澈清凉，源源不断地从地底涌上来，护佑着村庄。

晚上回家，我好奇地追着母亲问：“这龙潭真的会保佑我们村的人吗？”母亲看了我一眼，并没有回答我。我有些失望，母亲突然开口说：“这龙潭可是有灵的，我当初怀你的时候，因为家里没人，我没办法，就挺着大肚子到龙潭挑水，突然肚子疼得厉害，我差点痛晕过去，结果你猜怎么着？”我惊讶地看着母亲，使劲地摇了摇头。母亲接着说：“当时潭边就只有我一个人，不知为什么你张孃孃也来潭边，把我送医院了。平常你张孃孃不会这么早来潭边，偏偏那天起早来了潭边，还救了我。我觉得一定是龙潭的保佑。”我在旁边听得目瞪口呆。母亲笑着拍拍我，让我赶紧吃饭。我吃着饭，还想着这件事。

也不知道这个故事在我心里留存了多久，我也在龙潭的“护佑”下逐渐长大。寒来暑往，一晃十几年过去，儿时的回忆，像一盘沙，风吹过即逝。村里通了自来水，我也很久没有去龙潭边玩水了。

我离家在外地读大学，我好奇于各种山水美景，和同学四处旅游观光。一次，我们来到一个著名的AAAAA级景点。我们经过一个小潭，潭水清澈透明，微风拂过一阵清凉，顿时让我想起了家乡的龙潭。我放下东西，就开始脱鞋、挽裤脚，正打算跳进水里去。此时，同伴们惊讶地看着我，制止了我的行为。我这才恍然大悟，这不是龙潭，这里也不是老家。

暑假回家,母亲为我准备了很多饭菜,饭菜还是一样的可口。餐桌上,我对母亲说想去看看龙潭。母亲奇怪地看着我,但也没有阻止。

吃完饭,我牵着母亲的手,走过村边的大榕树,我很欣慰它还在。泥泞小路已经变成了水泥路,走得不用那么费劲了。我听到了水声,但似乎不那么潺潺了,像个老人发出的笨拙的声响。加快脚步,我看到了一堵墙和一堆黑色的粗大的水管。这些与龙潭格格不入的东西,强行进入我的眼帘,我有些难受。“咱们村建了一家矿泉水公司,这些是矿泉水公司修的。”没等我问,母亲先开口说,“现在这潭被围起来了,水被抽去做矿泉水,也不让我们再使用这水了。”我有些黯然,问:“龙潭还保佑我们村吗?”母亲望着我,没有回答。

大榕树依旧开花落叶,但少了潭水边嬉戏打闹的声响,也没有你我他话家常的声音。孩子长大了,村子变大了、变富裕了,不知这一切是不是因为龙潭的保佑?

养“蛙”

林文英

这一年,我 7 岁,成了一名“特务”。

“姐姐,姐姐,大雨要来了,爷爷奶奶叫你去帮忙呢!”我扑向躺在沙发上,跷着二郎腿,把眼睛贴在手机屏幕上的人使劲地摇晃道。

“哎呀,你怎么那么烦啊! 我正在给我的‘蛙儿子’准备晚餐和旅行用的行李,别烦我。”姐姐转身背对着我继续划动着手机。我爬上沙发,看到姐姐的屏幕里有一只小青蛙坐在桌前吃饭,而姐姐正在收割池塘里的四叶草给它置办东西。

“姐姐,爷爷说特大暴雨要来了,不赶紧去帮忙,后果很严重的。”我用手挡住她的屏幕,另一只手拽着她的衣角说道。

“有完没完了,真让人讨厌,能有多大的事儿,我家‘蛙儿子’难得在家,你别烦我,走开,走开!”说完,她转身盯着屏幕回房了。“砰”的一声,门重重地关上;“哒”的一声,门被反锁了。

我被这重重的关门声吓坏了,手足无措地站在门外,鼻子酸酸的,眼泪止不住地掉下来。姐姐不喜欢我,她更喜欢她的“蛙儿子”。我心想:我不能傻傻地站在这里哭，我要去帮爷爷的忙。伸手把眼泪擦干，我拔腿就跑，跌跌撞撞地向池塘跑去。天越来越昏暗了，一些小石子和沙子被风刮到我的脸上，刺痛的感觉在汗水的浇灌下更加真切……

“老婆子，这天不好了，暴雨就要来了，咱们的动作得更加利索了。”老头把粘满烂泥的手在裤子上揩了揩，伸手拽起绑在腰间泛黄的汗巾抹了抹脸上的汗水，把裤子往上撸了撸，用稻草固定好，又弯下腰开始忙活。

“老头子，我这右眼皮跳个不停，都说‘左眼跳财，右眼跳灾’，我这心里总是不踏实，怕是要出大事，要不咱们回去吧。钱是死的，人是活的，钱哪里赚得完？”老妇人缩了缩肩，怯生生地看了老头一眼。

“别瞎想，天要下雨，娘要嫁人，咱管不着，咱只要干好手里的活就好了。”老头用带有鼻音的声音愤愤地说道。

两人埋头干活，再没有说话声传来，偌大的天地只剩下呼呼的风声和呱呱的蛙声……

雨渐渐打到了我的脸上、身上，力度越来越大，风很大，有一种要把我吹走的感觉。终于来到了池塘边，隔着护栏，我看到了满池塘想要“突出重围”的青蛙，听到了气势磅礴的“呱呱”声。浑身湿透、气喘吁吁的爷爷奶奶正在和青蛙大战，严防死守，把它们抓进笼子里。

“囡囡，你姐呢？我还指望她把笼子运回家里去，这雨太大了，你还小，快找地方避避雨。”奶奶用手抹掉钻进眼里的雨，焦急地说道。

“奶奶，姐姐，姐姐她……”我低头绞着衣角说道。

“唉，娃大不由人啊，你快去避雨，别感冒了。”奶奶说完便低头继续忙活。

我知道，她不用听清我说的话就知道姐姐为啥没来。我站在岸边，看着上蹿下跳想要逃跑的青蛙，想起了爷爷奶奶起早贪黑养蛙的过往，从喂食到换水，事无巨细全部放在心尖尖上。现在好不容易蛙大了，可以换钱了，可它们竟要“突围”了。这些青蛙得意扬扬，呱呱大叫着从我身边蹦走。眼看着雨越下越大、水位越来越高，“逃兵”呼朋引伴地汇聚起来……不行，我要行动起来，加入这场战争。我小心翼翼地从围栏的空缺处钻入，跃跃欲试。然而下一秒，脚底一滑，眼前天旋地转，我掉进了池塘，黄泥水一股脑地涌入耳朵里、口腔里……我觉得自己的意识渐渐模糊，耳边还传来了奶奶的惊呼声……

等我醒来的时候，映入眼帘的是一个白色的世界，空气中充斥着消毒水的味道，耳朵里满是仪器发出的“嘀嘀”声响，我感觉自己的嗓子要冒火了。

“奶——奶,我要水。”我拍拍趴在我身边的人。“你醒了,要水是吗?我现在去拿。”说完,她急匆匆地走了。我看到了旁边病床上的人,他紧紧闭着双眼,好像睡着了。可是他怎么长得那么像爷爷呢?我心里很疑惑。不一会儿,奶奶回来了,端了水和热热的小米粥。我咕嘟咕嘟地喝完了一大杯水。“奶奶,为什么旁边的那个人长得好像爷爷啊。”我摸着奶奶的脸问。“就——只是像,你不要多想,好好养身体,医生伯伯说,你呛水了,还有轻微脑震荡,再睡会儿吧。”我乖乖地点了点沉重的脑袋,侧身躺着,把眼睛紧紧地闭上……过了许久,奶奶起身离开,我知道她以为我睡着了,然后有哭声传进了我的耳朵,还有喃喃自语的声音。“老头子,你总是不相信我说的话,我就说我的右眼皮一直跳,你看现在,一老一小都躺在这,你心心念念的蛙也全被雨打散,没剩下几只了。咱们终究是老了啊,不顶用了,养了一辈子的蛙,到头来发生了这样的事情,给孩子添麻烦。以前他们总劝我们不要干活了,跟着他们享享福,你总是说他们六兄妹小时候过得太苦了,心里有愧啊,想给他们每个人都置办些东西,表达自己的心意,赚够自己花的钱给他们减轻负担……唉,老头子啊,现在想想又有什么放不下的呢?儿孙自有儿孙福,你要是醒过来了,我们就放宽心来,好好地过自己的小日子,再也不为了钱而活,老头子啊……”

我不知道什么时候睡了过去,总觉得有人在摸着我的头,就像摸着一只毛茸茸的小狗。我睁开眼,看到了眼睛红红的姐姐。“姐,你怎么哭了?”我弱弱地问道。“小林子,是我错了,都怪我,都是我的错,我要是和你一起去帮忙,我要是放下手机,你也不会摔进池塘,爷爷也不会为了冲过来救你而一头撞在了石头上。我养什么‘蛙儿子’啊,我连你都没照顾好……”姐姐哽咽着。“姐,爷爷会不会有事啊?”我死死地盯着隔壁病床上空空的床铺说道。“爷爷被转移到重症监护室了,医生说可能会成植物人。”姐姐哭着说。我也跟着大哭了起来,这哭声中满是后悔、自责、关心、担心,飘了很远很远。

“你们别哭了,爷爷的事你们小孩子不用担心,我们不会放弃的,就算是变成植物人,我们几兄妹砸锅卖铁也会让你爷爷好好地活下去的。”叔叔拍拍姐姐的肩膀说。“不用担心,我们兄妹会一直守在你爷爷身边。”伯父说。后来具体的过程我已经记不清了,我只知道,爷爷的病床前始终有人紧紧地握着他的手,给他擦身体,为他做全身按摩,和他说以前的事情……护士姐姐说:“你爷爷娃真多,个个都有孝心。”奶奶说:“蛙没了,娃还在。老头子,你看你多幸运,还不快醒过来!”

“姐,你在干吗呢?”我通过视频问道。“小林子,我今天的手机使用时间是一个小时,你这都磨叽快一个小时了,不要玩手机,去看看爷爷奶奶在干吗,我挂了,看书去了。”“遵命,马上去。”我反手关掉视频就迈动小短腿跑去打探消息。自从爷爷出院后,姐姐就跟着爸妈一起住,她还强势地制定了家庭手机使用制度,手机沦为单一的通信工具,而我在老妈用尽十八般武艺也不能把我从爷爷奶奶身边拖走后,光荣地做起了刺探情报的工作,你可以称呼我为“特务”。爷爷出院后,大家组织了长达三个小时的会议,主要讨论如何安置二老,最后民主决定了“轮吃”和“自由吃”制度。所谓“轮吃”就是按兄妹的长幼排序,每个人轮流赡养老人几个月,大家可以不定期突击检查,甚至有了远程监视功能和投放特务的作战计划。我这个爷爷的小跟班自然是最佳人选,拥有令人羡慕的特权,跟着爷爷奶奶愉快地开启了家庭生活体验模式,吃东家的红烧肉,玩西家的玩具……而“自由吃”制度则是随二老心意,想去哪家就去哪家,待多久都行,要是在一家待了很久,其他人就会自发地把赡养费交给那家的主人,以便更好地照顾老人。

“嘀嘀嘀嘀”,小特务要开始发报了:

爷爷厌倦了每天被要求在家吃了睡、睡了吃的猪猪式生活,和楼下的王爷爷成了铁哥儿们,每天在棋盘上大战三百回合,两人还加入了社区老人活动中心组织的活动,打太极,打扑克,并且凭借小品演出,荣获了老人组文艺会演一等奖,近期准备向合唱事业发展。

奶奶则成了广场舞的领导,每天拖着音响,吸引了浩浩荡荡的广场舞队伍,据说近期还有电视台来采访呢……

“老头子,你快来,电视里说二孩政策出台了,孩子们又能生娃了,可得叫大家努把力啊!”

“你啊,养了半辈子蛙,养了一辈子娃,怎么还是放不下呢?娃们都有自己的想法,我们就过好自己的日子,让他们自己去折腾。生了娃咱们乐意带,不生的话,我们也乐得自在,你说呢?”

“你这老头子,思想咋说变就变呢?”奶奶无奈地摊摊手说道,然后研究起广场舞的动作来了。

“你这个动作不到位,我给你纠正下,你应该这样,对对对,这样才踩得准节拍。”爷爷摸了摸胡须,有模有样地说道。

“你这老头子啊……”

如家,非家,是家

胡燕鸿

那天,父亲离家出走了。他离开了,离开了那个似乎不属于我们的真正的家。

父亲走的时候,我正坐在房间里瑟瑟发抖,感到了未来的渺茫,更对生活感到绝望。这时候,愁容满面的姐姐走了进来,用颤颤巍巍的声音对我说道:“你别在这里坐着了,爸爸都离开家了。”我深深地叹了一口气,跟着姐姐走了出去,我们要去找父亲。我们走出去的时候,母亲正在大门口小心地张望着父亲远去的那条小马路。我清楚地明白,此刻母亲的内心是自责的,但是她不会放下面子去主动唤回父亲。

沿着门口的马路向右走了一公里左右,我们看到了父亲。他站在路边,背着一个蓝色书包,穿着黑皮鞋和一套还沾着些许水泥灰的衣裳。他没有继续往前走。跟着我们一起的弟弟对他说道:“爸爸,回去吧!妈妈她知道错了,你就不要和她计较了。”“我待在这个地方有什么意思,这不是我的家,我就是一个打工仔。”爸爸皱着眉头用手指着地面埋怨道。我落泪了,对父亲说:“你看,你们都是半百之人了,大家风风雨雨都过来了,不要因为这点小事情就争吵不休。妈妈说的也是气话,又不可能真的要你离开这里。”经过左劝右劝,父亲终于答应了我们的恳求。

看到父亲回来了,母亲也走回了屋子里,坐在沙发上,她红肿的眼睛里装满了泪水,却没有溢出来。父亲也在母亲对面的木沙发上坐了下来,他和母亲没有说话,但是他们的表情都显得很凝重,战争的硝烟又弥漫在整个屋子中了,也渗透在我的心中,让我喘不过气来。

夜幕降临,母亲直接回房间睡觉去了。我走到父亲身边,正准备劝父亲不要再和母亲吵了,只听父亲喃喃自语道:“哎!这个家啊,完蛋了。”我在父亲身边坐了下来,不经意间瞥了一眼他身旁的蓝色书包,那个书包是弟弟之前上学用的。父亲在离家收拾东西时,却发现找不到一个可以装行李的箱包,便只好将这小孩子背的书包拿来用了。其实我家虽不算富裕,但是也不至于穷到连买包的钱都没有,只是父亲平时太省吃俭用了。他从不主动给自己买衣服,出门会友时也是随便穿一件,更别说注重时尚了。这一刻,我既心酸又无奈,生活中的点点滴滴不断涌上心头。我跑到厕所,哭了,我似乎听到了雨滴落在我头发上发出的碰撞声。

我的父亲是从黔北大地来到珠三角打工的农民工,20 世纪 90 年代与我母亲相识并坠入爱河。母亲是当地的富家千金,她不顾所有人的反对,坚决与我父亲在一起,并一同回到黔北生活了十多年。虽然父母当初在一起是相爱的,但是母亲来黔北之后却没少受苦。由于她是外地人,不会说当地方言,也不会背背篓,不会做农村里的各种农活,因此常被人嘲笑。后来,母亲脱下高跟鞋,学会了上山砍柴、下山种地、担水回家。但她毕竟是一个女人,家里很多事还得靠父亲扛着。父亲是一个不辞辛苦的人,一辈子都在"做牛做马",勤勤恳恳,但是脾气非常暴躁,不管和谁闹矛盾,他都总爱用打架的方式来解决。于是,母亲也被他打过很多次,他总是边打边训斥。父亲总说母亲不讲理,而母亲认为自己没有错,这一辈子跟着父亲才是一个错误。但是她们之间的恩恩怨怨,从不为外人所知晓,我也从不向外人说起。后来,母亲的娘家人托人带来信函,要我们一家去广东生活,他们会暂时提供一所房子给我们住。这样一来可以减轻生活负担,把日子过得轻松些;二来可以给孩子们提供更优越的成长环境。于是,伴着一路南下的列车,穿过风景秀丽的桂林山水,再通过一片片浓密的香蕉林,我们终于来到了"城里"——珠三角的某个小镇上。从那时候起,这里就变成了我的"家",一个始终不能让我的心安稳的家。

从 20 世纪末跨越到 21 世纪初,从黔北大地来到珠三角,变换的是时空,不变的是时而风平浪静时而晴天霹雳的父亲母亲。这样的日子,持续了一年,两年,十年,二十年。吵闹声未曾停歇,在这样的吵闹声中,我们几个孩子也长大了。

回忆着回忆着,那一晚总算熬过去了,尽管我的心忐忑不安,彻夜不眠,但还好一切平安无事。似乎二十多年来,这个家在每一次争吵之后都会化险为夷。次日,父母对彼此说话的语气都变得很平和亲近,灿烂的阳光又填满了整个屋子。我即将离开家去他乡念书了,临走前,我在心中暗暗发誓:"我一定要争气,我要赚钱,我要买大大的房子。"火车上,母亲和我通了视频,我看到父亲用手电筒光对着母亲的耳朵,似乎在观察着什么。我很好奇他们在干吗,父亲回答我时,眼睛却始终盯着母亲的耳朵:"这个老太婆打的耳洞化脓了,我在给她涂酒精消炎。"从手机屏幕上我能看到,父亲满脸洋溢着幸福,母亲也很幸福。

我,也很幸福,幸福地笑了,嘴里哼着歌:"我爱你,我的家!"

小　说

吵　架

谢翠萍

（一）

南方的小镇,冬天异常阴冷。

徐老三的摩托车停在桥头。他没戴手套,搓着手,脖子瑟瑟地缩在前几年买的灰色棉袄里。大概是等得不耐烦了,他从口袋里扯出手机,拨通妻子的电话:“在哪里,怎么还不来?!”说完,他挂掉电话,从他站在桥头到挂掉电话也只过去了十来分钟。

这边正在买香烛的徐老三妻子已经急急地催还在纸上演算的老板娘:“快点啊！老板娘！我家那位在催了!”接过钱,陈香兰边走边数落到哪都盯着手机看的女儿。快到桥头,远远地便瞧见徐老三黑沉着脸,徐小春心里“咯噔”一下,感觉天要打雷了,不禁缩了缩脖子。徐老三劈头盖脸一通臭骂,他胸中汹涌的洪水终于找到了决堤口。

“鱼都快死了,还不抓紧点！一早就打电话给你,叫你早点回来杀鱼,磨磨蹭蹭的,现在都快11点了!”

陈香兰委屈地说:“我不是要等老四的顺风车嘛。他们本来就来得晚,我有什么办法!”

“那你刚才还去买什么香烛,县城不是可以买嘛,干吗要跑到镇里来买,县城那么多时间都不买,要特地跑到这里来买！这么大的人了,做事都不知道多想想,鱼都要死了!”

“谁会在县城买香烛带回来,在这里买多方便……”

徐老三的眼睛红得像要喷出火来。“你再说,信不信我踢你！你再跟我犟,自己搭车回去!”

刚刚坐上摩托车的陈香兰听言便干脆利落地下车,头也不回地走了。徐小春站在后面,大气都不敢出。她赶紧跟上她妈,强烈地感到她爸体内快要喷薄而出的岩浆被活生生地堵在了火山口。徐老三将车横在陈香兰前面,陈香兰看了一眼,无语,上车。

徐老三仍然按捺不住胸中的怒火,倘若不是骑着摩托车,估计他真就跟陈香兰打起来了。徐小春战战兢兢地坐在摩托车最后头,看见她妈夹在中间委屈的样子心疼极了。她终于憋不住了:“你们不要再吵了。有什么好吵的,这就是一件小事啊。”声音细软,却很有分量,吵架声戛然而止,只剩下擦面而过的风声。这天可真冷啊,灰扑扑的天空像极了很久没用的蚊帐。

徐小春的思绪飘到很久以前。印象中,以前爸爸妈妈也经常吵架,有时候还会动手。当然,她只见过他们两个动嘴皮子。不过,爸爸的样子可真吓人啊,仿佛再说一句就要将人撕成两半。她仍然记得小时候和同桌讨论未来的梦想时,同桌说长大后想嫁给像自己爸爸的人,她当时充满了惊恐。徐小春心想,她情愿嫁给班上那个鼻涕大王也不要嫁给像爸爸那样的人,那样得多伤心啊,天天都得哭鼻子。后来,她在语文考试时看到“你想成为一个什么样的人”的作文题目,徐小春愣住了,脑子里蓦然出现的竟是妈妈苦闷冷淡的脸。她想,至少不要成为像妈妈这样的人吧。

思绪被拉回现实,陈香兰和徐小春脚刚沾地,徐老三的摩托车就掉头走了。陈香兰将香烛提进房间,转头对徐小春说:“你爸真的是一个特别不好的人,不讲道理,从来都不知道体贴一下我……”从小到大,父母吵架的次数越来越少,冷战的时间越来越长,徐小春杵在原地不知道该说什么,只好转移话题:“妈,去看看鱼死了没吧。”

估计是天太冷着了凉的缘故,徐小春整晚都是听着妈妈的咳嗽声入睡的,断断续续的咳嗽声连着昏昏沉沉的梦,似乎连梦境都是微颤的。徐小春第二天起来便看见她妈黑黄的脸色,想必昨晚的咳嗽比梦里的更甚。

徐小春在心里叹了口气,问:“妈,你还好吧?”

“昨晚都咳死了,血都咳出来了。”

“妈,我叫老爸给你买药吃。”

“不用,家里还有感冒药。”

徐小春扫了一眼饭桌上的感冒灵颗粒说:“那有什么用啊,你虽然感冒但是会咳嗽啊!”

“没事,我先吃着。以前都是这样。”

“……”徐小春一句话堵在喉咙。

(二)

徐小春记得她上初中的时候,有一段时间她妈的身体特别不好,人瘦成了麻秆,小脸黑黄黑黄的,人也特脆弱,时不时回忆起过去便伤心落泪,抱怨命运。徐小春特别害怕她妈哭。她妈哭的时候,眼泪就像豆子一样滚落一地,她越劝反而越糟,前尘往事越滚越多。那时候她妈真就像一个受了委屈的小孩,仿佛被丢弃了一般,周围尽是些不理解她的人。那时候的徐小春一边心疼一边感慨人生是多么不容易,好歹她妈偶尔也像个洒脱可爱的农村中年妇女,现在坐在小板凳上不时地伤心抹泪,正是应了那句老话“身体是革命的本钱”。身体好了,生活才能健康向前。

徐小春是懂她妈的。一个人生病了,身边的人本应该多些关切,而最应该关心她妈就是徐老三。奈何徐老三是个大老粗,对外宽厚至诚,对自己的老婆孩子却少根筋,大概正应了那句“最粗暴的方式伤害的往往是最亲密的人”吧。陈香兰跟了徐老三半辈子也没真正享受到什么,苦头倒是吃了不少。刚嫁给徐老三的时候,家中一贫如洗。她与多有龃龉的婆婆共处一室,处处受气,挺着大肚子仍要挑水浇菜,刚出月子就要下地干活。她非但得不到丈夫的庇护体贴,反而徐老三经常因琐事与她吵架。后来,他们就出门打工了。打工的日子他们估计也经常吵架,因为徐小春经常可以听到祖父在电话里数落她爸。祖父每次挂掉电话就会唉声叹气,都不知道徐老三的脾气像谁。

自从徐小春的父母外出打工后,徐小春和他哥成了村里最早的留守儿童。徐小春从小爱跟着哥哥那伙人跑来跑去,去钓鱼,去捉鸟,去爬树……当然,高难度的活计她是做不来的。不过,她会将春天开得很艳的桃花带到学校去分给她的小伙伴,将夏天爬到树顶采摘到的最大最红的枇杷给祖父吃……夕阳总是很美,当伙伴们各自回到家的时候,徐小春总是喜欢站在家门前的树桩上望着远处蜿蜒的公路,看着夕阳一点一点地落下,心中涌起莫名的忧伤,大概是想妈妈了吧。很多年以后,正在教室里发呆的徐小春看着窗户外渐渐抹去的余晖,不觉想起以前夕阳西下时莫名的悲伤，突然觉得自己很有成为文艺女青年的潜质。人在某个特殊的情境，总爱胡思乱想。

明天又是新的一天，可是徐老三还是原来的那个徐老三，陈香兰也是原来的那个陈香兰。徐老三的宽厚实在与暴躁的脾气没有变，陈香兰善良隐忍、坚韧而又脆弱的性情没有变，只是矛盾潜藏在生活的细流里，遇见石头都能撞出惊心的浪花。

（三）

徐老三终于给儿子在县城买了一套房，去年刚过门的儿媳妇也给他生下了小孙女，胖嘟嘟的，格外像男孩儿。小孙女近日偶感风寒，按照陈香兰的说法应该是儿媳妇把小孩儿抱出去玩的时候没有戴帽子、裹毯子，所以着凉了。小孙女不停地咳嗽，咳得人心疼。陈香兰还在跟徐老三冷战，还在吃感冒灵颗粒，也在不停地咳。昨晚从农村家里坐摩托车到县城给小孙女看病，使得陈香兰的咳嗽又加重了。

一大早起来，陈香兰没吃早饭。徐小春叫她妈去吃饭，陈香兰只是摇摇头。徐小春没办法，只能自己吃。等徐小春吃完再去叫陈香兰吃早餐的时候，陈香兰不耐烦地说："我不吃，炒粉里面有鸡蛋。"

徐小春没听明白，有鸡蛋怎么了？

坐在沙发一旁的徐老三斥道："有鸡蛋怕什么？！"

陈香兰说："咳嗽风寒的人不能吃鸡蛋！"

"一点点怕什么！"

夹坐在中间的儿媳妇开口道："不好的，咳嗽的人吃鸡蛋——"

"你爸就是不盼着我好……我都咳出血来了。"

最后还是徐小春的哥哥带着陈香兰去了人民医院看病。回来时，徐小春问她妈严重不，陈香兰说："幸亏没事，医生说咳出血了还是要早点去看。"

徐小春觉得父母那一代的人有什么事、什么病总是藏在心里，他们的难处不会跟自己的孩子说，有时候生病就吃点药，不会专门去看医生。他们从来不体检，只要不是疼痛难忍，他们都当成小病小痛来看待。这就是她的父母，他们会当着孩子的面吵架，也会当着亲戚朋友的面数落自己的孩子；他们的教育很粗糙，言传身教的却是人最可贵的品质；他们不是最好的父母，却给予孩子力所能及的庇护。

生老病死,在世上一遭,总是留下很多属于自己的印记。徐小春觉得自己所求不多,但愿人长久,这样她就有机会领着徐老三、陈香兰去看看外面更广阔的世界了。

打　　算

项群珍

癌症病房。

女人低头坐在床上,不敢看他。

“你都知道了?”半晌,女人终于闷声问。

守在床前的人一脸平静,点了点头。

女人的手有些颤抖,头越来越低:“那,你怎么打算?”

譬如分手。

床前的人却说:“打算多买些吃的,不让你瘦。”

女人一愣。

那个人淡淡道:“戒指已经买了,再瘦尺寸就不合适了。”

秤

李玮璟

一九八〇年的一天晚上,天上的明月又圆又亮,月光透过那纸糊的窗户,照在江明的卧室。他咕噜咕噜地吸着水烟,泪水将化作明日清晨的露珠,叹息叹出了一缕烟雾。明天意味着什么?他不要明天,他只要时光暂停在今夜,月亮永远都是这么圆;他也不信什么有钱能使鬼推磨,但是这一切只有那一轮明月知道。

今夜,一阵狂风把他吹到明天的悬崖,只差一步,仅仅只差一步,他就会从诚信变为奸诈,从贫穷变为富裕。

原本的百年老字号,已经布满了蜘蛛网。他是否能重振家业、挑起重担呢?答应还是……

他害怕,他今晚不敢合上自己的眼睛,一合上也许意味着自己明天的堕落,自己、百年老字号……他不敢再想下去了。

他又咕噜咕噜地吸起了水烟,那深凹的两个眼珠一直望着桌前发出微弱光芒的蜡烛,那烛光映在眼珠里面,犹如心中的怒火点燃了眼珠里的干柴,在眼眸里燃烧着。他痛恨那个人无理的要求,但是他无可奈何。

他困倦了,双眼慢慢地合上,但耳边仍响着:江兄你好好考虑考虑,只要说答应二字,你就有……

他躺在床上翻来覆去,不知不觉就到了第二天清晨。公鸡刚叫过三声,就有人在外面敲门。

他意识到那个人来了,那个人也许拿着一个大袋子,来的时候装的是金钱,去的时候装的也许是江明的灵魂和百年老字号的声誉。

江明拉长了脸,迈着千斤重的脚步打开了木门,他再也不像昨天那样对那人礼貌友好,而是给了他一个白眼。

"进来!"江明十分傲慢,连一个请字都不想说。

那人面带微笑,那副丑恶的嘴脸跟昨天一模一样,他也不在意江明今天的态度,他也许知道江明现在还摇摆不定,但他自认为有百分之八十的把握让江明答应。

"江兄,想好了吧!你答应就可以了嘛!你的遭遇我们表示同情,但是……"

"你走,你来带走的不只是我一个人的灵魂而是我江家百年的声誉,给我走……"江明气愤地将茶杯摔在地上,"砰"的一声,茶杯粉身碎骨……他如果答应了,结局也许也是这样。

"我出资金,你出技术,只要你把秤砣里的铜丝换成铁丝,再把秤砣上的铁丝抠掉一点点。这事并不难办,再说这样的秤砣也有市场,到时候……你好好想想,需要合作的话再给我打电话,我等你的回复。"他把嗓门的分贝提高,走出了江家。

江明坐在椅子上,又咕噜咕噜地吸起了水烟,眉头紧锁。他掐指一算,吴民的资金正好可以让他重振家业。再说了,亏了本他也不用承担风险,赚了钱平

分。富翁,这时候,富翁两个字不断地在他耳边、脑海里出现……

现在还有什么诚信可言呢?百年老字号的屠蒲店的肉松用的还是猪肉吗?可是屠夫李还是那么富有啊!

金钱的诱惑让他跑到电话机旁拿起了电话,拨通了吴民的号码。电话里"嘟……嘟……"地响着,他的心"怦……怦……"地跳着,刚开始有些吻合,后来他的心跳越来越快……

忽然,他看到父亲、祖父在他眼前做着秤杆和秤砣。

"你去称一下,这个秤砣是不是两斤?"

"差不多,就少了一两……"

"不行,一两要害多少人啊!重做,我们江家讲的是诚信,以后你要铭记:诚信是秤杆,秤砣是良心。"

江明将电话狠狠地摔在地上,只听到电话里传来"喂——喂——"的声音。

卖树风波

张秋犁

小陈村的严峻家门前有棵香樟树,粗壮高大,十分惹眼。这天,有位姓冯的树贩子来到了严峻家,在树前端详了好久,进门便问:"你是这树的主人吧,你这树卖不卖?八百块钱,我买了。"严峻摇摇头:"不卖!"按理说,买树的人没怎么压价,这价钱勉强可以接受了。严峻之所以不卖,是因为他心里有想法。原来,严峻打听到,他家门前要修路。他想,路从他门前过,那棵树肯定碍事,到时即使砍根树枝,也得给些补偿什么的。这几年,征地、拆房,严峻一点儿光也没沾上,媳妇整日里不给他好脸色,说他窝囊,他正窝着一肚子火呢。这样的机会还能白白错过?说不定媳妇会对我百依百顺呢。他在心里窃喜着。

事与愿违,路从他家门前修了,但那棵大树毫发未损,修的路刻意绕开了大树,连根树枝都没砍。严峻不解,便问修路的人:"你们铺路咋从俺家树边上绕过去了呢?这样路都不直了。"戴黄色帽子的小张笑笑说:"不这么铺,你这树咋办?"严峻答道:"树碍事,那你就砍了去吧。"小张说:"砍树?现在谁还敢砍啊?赔偿的事,你懂的……"就在这个时候,那个姓冯的树贩子又上门来了,进门就说："老哥，想好没有，你那棵树一千块钱卖不卖？"严峻摇摇头："不卖！"姓冯的嘿嘿一笑道："不卖，到时你可别后悔哟！"严峻愤愤道："一棵树不卖，我有什么后悔的。"姓冯的悄声道："话可别这么说，知道不，前几天西庄刮起了龙卷风，有户人家的大树倒下砸了邻居的屋顶，你知道赔了多少钱？四万呀！"严峻一听，差点儿叫出声来："妈呀，这么多呀！"

姓冯的走了，严峻再也坐不住了。他来到大门外，看着那棵长在街巷里的树，越看心里越打鼓：现在正是刮大风的季节，万一哪天这里也刮了龙卷风……严峻不敢想下去了。

晚上，严峻悄悄来到了村主任老林家里，问道："林主任，咱村是不是准备整修街巷，要硬化成水泥路？"老林道："你是在想你门外那棵大树吧。"严峻点点头："为了给村里解决难题，我想提前把树砍了，不知村里给多少补偿？"老林沉思了一会儿说道："你现在要砍，补偿不会多，我做主的话，只能给你两百块钱的补偿，这还要征得村委其他人的同意。"严峻一听，撇嘴道："就这么点呀，我还以为怎么也得给个三五千呢。"这时，老林岔开话题道："哎，我说老严，不知你注意到没有，这几天咱这里又要变天了，天气预报说，台风要来了……"

回到家里，严峻和媳妇商量了一下，媳妇怒火冲天，大骂村主任不是东西。骂归骂，但是人在屋檐下，不得不低头。她说："现在不给他们一点好处，他们是不会帮我们的忙了。这样，明天我把咱家那两只下蛋的母鸡给他送过去，再买几瓶好酒。"严峻觉得媳妇说得有理，就答应了。

第二天，严峻和媳妇拿着东西来到村主任的家里。老林看到他们手里的东西，脸立刻沉了下来："你看，你们这是干什么，拿回去。"他边说边把严峻往门外撵。

严峻抵住门说："主任，您看，我那树的赔偿能不能多一点。"

"这是有规定的，怎么多？三百块钱最多了。"老林说。

"三百块钱，这么少，要我们玩呢。"严峻媳妇开口道。

老林说："你们先不要急，要不我再和他们商量一下，你们先回去等我的好消息。"

严峻夫妇悻悻地离开了老林家。

找村委砍树才给三百块！严峻受了刺激，回去就给树贩子打了电话，说他这树立刻就卖。第二天，姓冯的应约而来，见面却说："老哥，你这树要卖，我只能给你六百块了……”严峻一听急了眼:“前几天你还说一千呢,怎么……”姓冯的说:“再过几个月,我还一千块收你的,可是现在不行了。知道为什么吗?西庄那一带被大风刮倒的树我还砍不完哩……”严峻一听,叹了口气,一下闭了嘴。

晚上,姓冯的给村主任老林打电话:“林主任,树砍了,六百块搞定了他,替你拔掉了这个钉子户,你得怎么谢我呀?”老林笑呵呵答道:“有机会我请你……”接着,老林又给小张打电话:“严峻家的那棵树砍了,你把路重新弄一下……”

山　鬼

谢紫雯

正午时分,日头毒辣,天空中没有一丝云彩,阵阵热浪仿佛要将时空扭曲。

蜿蜒的黄土小路尽头出现三个人影,为首的那个书生模样,年方弱冠,身姿挺拔,气度不凡。书生身后,是一年迈老仆和一圆脸书童。三人风尘仆仆,显然是经过了长途跋涉,面容有些许憔悴。

“少爷,少爷,咱们歇一歇吧!”那小书童背着书箱走了许久山路,早就气喘吁吁。书生望了望那似乎没有尽头的崎岖小路,点头应允。三人寻一阴凉处坐下,小书童拿出水囊:“少爷,喝些水吧!”书生接过水囊却不喝,只怔怔地望着一直延伸的小路。“少爷,眼下已经是如此境况了,多想无益,还是想想将来怎么办吧……”老仆上前劝道。书生喃喃:“难道,我做错了吗?”

原来,这书生姓管,名自清,字其琛,自幼父母双亡,是兄嫂将其养大。兄嫂见幼弟自小聪明,便请了位有名的先生悉心教导。他苦读数载,也没有辜负兄嫂的期望,十七岁便入朝为官。他本前途无量,却因为人耿直、刚正不阿,被朝中奸臣怀恨在心,多番陷害,最终君王一纸诏书将他贬去苍梧。

苍梧为偏远蛮荒之地,这一去,想再回郢都就不容易了。管自清空有满腹才华却无处施展,自然郁郁寡欢。这小路蜿蜒,一直延伸到密林中,如他今后不知将走向何方的人生。他向来心性坚韧,暗暗下定决心,即使是蛮荒之地,也要施展自己所长,为百姓做一番实事。

管自清正要起身，忽然听见身后一声惊叫，慌忙回头，却见小书童倒在了血泊中，旁边站着一个拿着大刀的虬髯大汉。管自清吓得跌坐在地，他强自镇定道："你是何人？若要财物，尽管拿去，缘何要无端害人性命！"那大汉咧嘴一笑："我要你那几两银子做什么？要怪就怪你做人不小心，有人花钱来买你的命。"

眼见明晃晃的大刀劈头砍来，管自清惊得闭上了眼睛。"少爷，快跑！"管自清定睛一看，原来是老仆抱住了大汉的双腿。"张伯……"管自清怔住了。"少爷！快跑啊！"老仆凄厉的声音让管自清一激灵，他双目含泪，跌跌撞撞向密林深处跑去。

苍梧地形崎岖，密林遍布，传言林中常有野兽出没，人迹罕至，危机四伏。大汉暗恨刚才动作不够利索，让人跑了，加快速度在林中搜寻。

管自清跌跌撞撞向前跑，突然脚下一个趔趄，重重摔在草丛中。正当他捂着脚踝想要站起身时，亮光一闪，鬓边一缕发丝悠悠飘落，那大汉已举刀向他砍来。管自清心知自己此次是无法逃脱了，也不挣扎，只是恨自己一腔热血已成空，兄嫂恩情不得报答。然而大刀迟迟未落，管自清微微睁开双眼，哪里还有大汉的影子，只有一个全身覆盖着黑毛的庞大的怪物，正咧着嘴冲他笑。管自清自小熟读诗书，十指不沾阳春水，哪里见过如此情形，一时惊惧交加，竟晕了过去。

不知过了多少时辰，管自清猛然醒来，发现自己身处一个山洞中。想起自己晕倒前看见的那只面目骇人的怪物，管自清强撑着下了石床，打算逃出这片密林。才出山洞，周围便出现许多形似牛、通体灰黑、独脚红眼的怪物慢慢向他逼近。管自清这才想起这深山密林的种种传说，暗恼自己太过鲁莽。忽然一阵风袭来，他只觉眼前一花，腰间一痛，发现自己又回到了山洞中，那骇人的怪物正直勾勾地盯着自己。少顷，那怪物起身，拿过一只烧鸡向管自清扔去，喉间发出含糊的声音："吃……吃……"管自清双眸一亮，顾不得害怕，追问："你会说话？你能否送我下山？"那怪物却没有回应。

一晃数日，管自清发现那怪物能听懂自己的话，也不曾伤害他，还不知去哪弄了几件衣服回来给他，便也不再害怕，还颇为自得地为它取了个诨名。"阿黑，阿黑！"管自清叫道，却未得到回应，转头看去，却见那怪物正看着自己出神。那怪物一直生活在这山中，与山精树怪为伍，灵智未开，却感觉到管自清和它们都不一样，就好像偶尔看见晨间在溪边喝水的小鹿，吸引着它的目光。它想让他永远和自己待在山洞里。管自清无奈,过去推推它:“我说,你此次下山,能否帮我带些这个回来?”说着,他用木棍在地上画出书和纸笔的形状。怪物定睛看了看,转身出去了。

管自清在洞中来回踱步等那怪物回来。他也曾想过逃走,可还是放弃,不是不敢,而是不能。自己独身一人万万没有可能平安走出这片密林。不多时,怪物果然带回了书和纸笔。此后,管自清开始借由书里的故事来教怪物说话,教它人情世故,希望它早开灵智,放自己回去。那怪物也渐渐能和管自清对话,它会带他去看林间的飞瀑,去看月夜的萤火,去林中最高的树上摘灵花,会在微风吹拂的午后,对他说喜欢……但只要管自清提到离开,那怪物就装作听不懂,不理他。管自清无奈,指着灵花说:“不,你不喜欢我。你喜欢灵花,就会把他摘下来带回山洞,日日观赏把玩,然而这并非真正的喜欢。我喜欢它,我会常常过来观赏它,我会担心烈日晒伤了它,会担心狂风吹折了它,可我绝不会摘下它。”怪物大惊:“我……我不懂。”“你又不是人,自然不懂!”管自清嗤道。“你教我,你教我,我就会了!”怪物大声争辩。管自清也生气了:“等哪日你放我走,你就懂了!”“不……不……不!”怪物瞪着他,口中不断重复。

又一日,怪物自山下归来,看着管自清欲言又止。管自清暗自惊奇,这怪物竟也有了烦恼?片刻,那怪物靠过去,问他:“丑是什么?”管自清了然,定是它今日去了镇上,听见行人议论它丑,索性开始教它何为美丑,告诉它爱美之心人皆有之。怪物追问道:“美,就喜欢?”“这样说也无不可,世人总是喜爱美好的事物。”管自清回答。怪物又缠着他问什么是美,管自清见自己说的亭亭玉立、明眸皓齿、温文尔雅、仪表堂堂等词,它都一副迷惑的样子,便索性拿起笔画了一男一女两幅丹青。

是夜,管自清坐在溪边,想着远在郢都的兄嫂,想着自己没有按时到达苍梧府衙会不会已经有人接替了自己,想着自己看不见的未来……突然,听见一阵窸窸窣窣的声音,他转头望去,只见草丛中走出一位袅袅婷婷的少女,剪水双瞳,樱桃小嘴,婀娜多姿,只是那双眼在月光下隐隐透出妖异的红色。管自清突然觉得自己的心猛烈地跳动了一下。那少女轻轻柔柔地走来,对管自清说道:“我这样,是美吗?”管自清喃喃称是。那少女又问:“你说世人皆爱美,那你喜欢我吗?”管自清却慌乱地避开了。

日复一日,那怪物发现管自清虽然不排斥自己,但也未对自己表示亲近,发呆出神的时间越发频繁，仿佛是藏在平和底下的一种漠然。怪物慌了神，不知如何是好。这日，管自清给怪物讲到“赵钱孙李，周吴郑王”，告诉它，姓名是一个人的代号，怪物指了指自己。“你也想要名字？”管自清问。它点点头。忆起那晚初见怪物幻化成少女模样的情形，管自清便说：“那你今后就唤作清漪吧。”清漪点点头，深深地看他一眼，眼神中似乎透出说不出的哀伤。管自清突然眼前一黑，晕了过去，再醒来时，却发现自己身处大街。一队衙役跑过来：“阁下可是管自清，管大人？”“正是。”“大人！终于找到您了！所幸您没事！”管自清茫然环顾四周，若不是手中握着一朵灵花，还以为自己刚从一场荒诞的梦中惊醒。

生活走上正轨，管自清在苍梧府衙上了任，每天忙着为这蛮荒之地的百姓做些实事，唯一不寻常的是，卧房中不时出现的野花和奇石。管自清和清漪虽未见面，但也有了心照不宣的小秘密。夜间无事，管自清也偶尔会看着灵花，想起清漪那笨拙又热烈的喜欢。他暗想，自己只道喜欢是“窈窕淑女，君子好逑”，是“执子之手，与子偕老”，却如何能否定清漪笨拙的喜欢呢？可是，人和山精树怪怎么能在一起呢？

这日，管自清正在处理公务，仆从跌跌撞撞地跑进来，边跑边说：“大人！郢都传来消息，您兄长得了重病，如今已卧床不起！”手中公文落在地上，管自清愣怔了一会儿，跑回卧房收拾东西，招呼仆从准备马车回郢都。正要离开苍梧，却听车外有人唤自己的名字。他探出头去，见清漪站在车外，双眸含泪，口中一直重复：“我喜欢你……我喜欢你啊……”管自清想说什么，又想起兄长的病情，顿了顿，说：“你等我，兄长病好了，我便回来找你！”说完，他命人驾车赶路。清漪追着马车，可车越来越远，她无法离开。马车出了苍梧地界，依然能听见清漪凄惶的哭声……

此后，清漪日日在城门处等，可管自清终生未回苍梧。

多年过去，苍梧渐渐流传起能在雨夜听见山上隐约传来“怨公子兮怅忘归，君思我兮不得闲”这样声音的传言。

苍梧有传说：苍梧多怪，有怪山鬼，随物赋形，凝山林精气，通万物之性。

浮生戏子,杯中烟火,心头大雪

李 萍

一

张岱做了一个很长的梦。

那是十二月的西湖,美得让人难以聚焦。偌大的西湖包裹住幽蓝的天空,仿佛是要藏住湖底绽放的烟火。远处云天,近处山水,雪从天而降,寥寥几笔,满世界就极其写意。像张岱张老汉这样的纨绔公子爷,放在以前,肯定得拍手大叫一声:“好,是技术活,当赏。”

可张老汉硬是愣神了。

但见他目光涣散,茫然地往远处白茫茫的大雾处看去。大雾中翻滚着的,是风甫吹过深深庭院的沙沙声,是俏脸微红的丫鬟眼底的情意,是鲜衣怒马时舒展的眉眼和嘴角的邪笑,是华灯初上时如梦般迷离的烟火,是纤纤素手剥开金黄橘子的一瓣又一瓣,是温绿茶叶在白水中的一浮和一沉。

就到这里吧。张岱喃喃地对自己说。

他忽然想起,以前也有一个年轻人,喜欢在人潮的拥挤和推搡中,远远地看那台上武生的唱念做打,跟着叫好。

然后在人潮退散之后,等夜凉雨骤风疏,静静地坐在台下,合上眼睛,听三两戏子“咿咿呀呀”。

那时候的自己,总是听到台上一个声都从喉咙里蹦不出来才作罢。

张老汉啊,张老汉。

张岱微抬起头,也如当年一样缓缓闭眼,向前方冰雪搭建的舞台张开双手。

他在心里对自己轻声说,来吧。

二

这世上同时沾有繁华和悲凉的事物有三:其一为烟火,于最繁盛时悲怆,美好烧成心头灰;其二为戏子,开场惊艳,台上就是一生,落幕之后,往往戏我难分;其三为雪,落下即天地无声,前尘往事,都看个究竟。

上元时节的钱塘华灯初上，夜市的灯火跳动着，让人有些恍惚。一位穿着雪白直襟长袍、腰间挂着古朴墨玉的公子爷，左手半掀开船帘，正伸出头，望向岸上熙熙攘攘的人群。

“粽子，粽子，别犹抱琵琶半遮面了，赶紧出来，要放烟花了！”

“你急什么。还有，是烟火。”

“嘿嘿，我就知道粽子你是不会错过今年的烟花的，哦不，应该说每年的你都不会错过。”

“是烟火。”

“……”

“虎子啊，知道为什么你们叫烟花，我偏偏要叫烟火吗？你看，就像这过往船只挂在船头的灯，华美而又绚丽，但燃尽就没有了。烟花也是，开放的时候像笑起来的花，可是人们的目光只是放在一朵又一朵唯美的烟花上。他们不知道，前一秒、这一秒和下一秒，无数花朵绽放即是死亡。所以我宁愿叫它烟火。花会零落成泥，火不会。它一直在心里。其实我比谁都更清楚，烟火是美，也是眼泪。嘘，你听。”

张大公子举起食指放在嘴边，示意虎子噤声。

抬头望去，只见漫天烟火，不可言说。

三

暮春时节，烟雨初醒的村庄。

私塾里传来一阵又一阵琅琅的读书声，褪去倦意的新蝉时不时喊着“知了知了”，村头追逐炊烟的土狗不停汪汪狂吠，村口垂柳嫩芽上挂着的风铃摇摇晃晃，叮当叮当叮当……

私塾里稍微年长的学生问先生：“先生先生，孔老夫子说，十五岁有志于学，到七十岁就可以从心所欲不逾矩了，是不是啊？”

姓张却不知名号的中年儒生，笑着摸了摸提问学生的头：“傻孩子，孔夫子他老人家是圣人，这样的境界对你们来说太过遥远了。你们呢，保持着随心所欲的热情和好奇心就好了，时间和你的心会告诉你们，怎样才是不逾矩。”

“先生，那什么是圣人啊？”

“嗯……圣人就是……在这样温暖和煦的日子里，喜欢在河里洗澡，在岸上吹吹风,然后一路哼着歌回来的人。”儒生指了指窗外。

“哈哈哈哈……”

“那先生是圣人吗?”

“我老喽,洗不动喽。”发根悄然半白的儒生摊了摊手。

“先生先生,孔老夫子说没有神仙和妖魔鬼怪,是吗?”绰号“捣蛋鬼”的学生支着脑袋看向儒生。

“不是没有,是他老人家不说。孩子们,这世界上,有的人似仙,有的人如妖,有的人像魔,有的人亦鬼,有的人干脆就是怪了。妖魔鬼怪仙,是你们心里的人。你们心里别人是怎样的,他就是怎样的。”中年儒生站直了身子,整了整素净的旧青衫,转头望向窗外,话却没有断,“先生这些年,仙虽见得不多,妖魔鬼怪却见过不少。但先生觉得这些都不值得深究。最让先生难忘的啊,是多年前深幽湛蓝的天空,是上元佳节钱塘上空笑得烂漫的烟火,是西湖深不见底的雪意,是自由自在来往南北的风,是被人遗忘的一个朝代,和那个朝代的人。”

没有转身,没有下文,平常调皮的孩童也出奇的安静。

窗外有北雁迟归。

窗内有先生不归。

四

纨绔张公子,资深败家子。

中年钝秀才,暮年死老怪。

又叫瞌睡汉,文章有点酸。

学不成书,学不成剑,学不成文章,

还想节义无双。

到头来,精光光啊精光光……

一群孩童唱着不知来头的街头童谣,蹦蹦跳跳地穿过依然繁华的闹市,和拄着拐杖的张老汉擦肩而过。

张老汉听着咿咿呀呀的童声,不由得会心一笑。

说起这个住在快园的张老汉,附近居民都觉得他是个怪老头。

每次有戏班唱《韩蕲王金山及长江大战》时,张老汉便拄着他那根古意盎然的拐杖,前往凑热闹。

每次唱《冰山记》时，也是这个张老汉，等人潮散去，一个人在台下听落幕的二胡声。

张老汉还喜欢去金山寺给那个刚上山的小和尚讲故事。

这天小和尚摸了摸他的光头说："老头老头，师父给我讲了个故事，我讲给你听吧。"

不等老头回话，小和尚便接着说道："师父说那是好多年前的事了，大概是那年的中秋节，天色已经很晚了。大部分人已睡下，只有我师父打着瞌睡在守夜。师父说这时突然来了一帮人，二话不说就在佛殿前唱起了戏，师父被吵醒，于是跑去看。结果看着看着，呵欠和喷嚏就一起打出来了。你说好笑不好笑啊。"

"挺好笑的。"老汉挠了挠头。

"是啊，我说好笑，师父还打我。师父说遗憾的是当时太困，没看清楚那个搞恶作剧的是谁。"

"哈哈哈哈！"张老汉乐开了花，弯下腰捧着肚子，时不时抬手抹去眼角不知是笑还是哭的泪。

许久，张老汉站起身，拍了拍小和尚的光头。

"我该走啦，小和尚。"

小和尚抬起头，望着老汉远去的背影，竟发现其中有几分师父说的人间烟火中的佛韵。

而张老汉哼着那首"纨绔张公子，资深败家子……"越走越远，远到像是隔了好多场烟火的距离。

浮生戏子是你，杯中烟火是你，心头大雪也是你。

五

西湖，冬。

湖面上的雾气散去不少，但还残存几分朦胧的余韵。湖面中心，有小亭一座。从山高处往下望，像极了落子天元的那颗棋子。亭中有热气和酒香夹杂，热酒的壶子却早已冷却。眉清目秀的小厮候在一旁，等待着主人的一声归去。

这时摇橹船工厚重悠扬的声音从湖面上传来：

"公子，该醒了。"

拉　　票

兰荣秀

市政府举办“人民公仆”的评选活动,推荐了 20 名候选人,然后公布在网上让群众投票,产生第一、二、三名“好公仆”。

活动进行了一个星期,市长抽出时间坐在电脑前,打算先摸摸情况。当然,二十位候选人的得票参差不齐,得票最多的是交通局的李局长,一万三千多票;民政局钱局长紧随其后,一万两千多票。市长看着点头微笑。他顺着名次往下看,直接拉到最后面几位。他突然眉头紧锁,最后一名是关中村的村支书丁某,选票挂零。

为了了解情况,市长决定微服出访。他走出办公大楼,拦了一辆出租车,出去了解情况。

车开到了梅村境内,出租车看到交警的手势停了下来。还没等交警说话,他自觉地拿起手机在交警面前晃了晃:“今天已经投过了。”

交警瞥了他一眼:“明天记得投,就只有三天了。”

车继续往前开,市长好奇地问:“师傅,这是什么情况?”

司机一脸无奈地说:交通局局长被列为“人民公仆”的候选人,为了确保当选,局长要求交通部门的出租司机每天给他投票,不投票的驾照扣一分,坚持每天投票的可以免除之前扣的分。此刻,市长脸都绿了,心里嘀咕着:“这不是胡闹嘛!”他强压住火气,要求出租车马上掉头回去。

坐在办公室中,市长苦思冥想,是不是就不应该评选所谓的公仆。他突然想起了没有得票的丁支书,便让秘书打电话给他,特意叮嘱他要来参加“人民公仆”的颁奖典礼。秘书一个电话打过去,许久才有人接听,是一个清脆的女性声音:“你哪位啊,我们书记睡着了。”

此刻,市长更是火冒三丈,他红着脸就等着把颁奖典礼办成批斗大会。

第二天早上八点,颁奖典礼在体育场举行,场内围满了看热闹的群众,二十位候选人坐成一排。典礼开始了,伴随着颁奖音乐,市政府办公室主任宣布:第一名是交通局的李局长,第二名是民政局的钱局长……这时,市长的脸色变得异常严肃,他站起来走到台子中央,打断了主任的宣布,朝大家深深地鞠了一个躬。

“首先我自己检讨一下，我刚到市里，想通过这次投票来增进对干部的了解，不过我犯了形式主义错误，下面有请一万多票的李局长说说你的票从何而来。”

李局长支吾了半天，他拉票的事终于暴露于众目睽睽之下。市长接着说：“当然，还有得零票的关中村丁书记，你也来解释一下。”台下顿时议论纷纷。丁书记向前走了两步，他想把手自然垂放在身体两侧，似乎又觉得不舒服；想双手紧扣放于胸前，脚上做着稍息的动作，但身体又不自觉地扭动。那手足无措的样子，像极了一个犯了错的孩子。

“你能解释一下为什么你们村三千多村民，却没有一个人选你吗？”丁书记皱着眉头不说话，市长更加火冒三丈，“打电话给你，你竟然在睡觉，我觉得你这个书记要重新考虑。”

村民七嘴八舌，纷纷涌上来，一致同意把村支书撤掉。丁书记苦着脸，不知如何是好。终于，有一个村民代表上台，市长亲切地说：“我没有为你们安排一个称职的书记，真是抱歉，接下来我会积极关注你们村。”代表发言道：“我同意撤掉我们的村支书。这些年来，丁书记为我们村付出了太多。我们关中村土地贫瘠，常年水灾，丁书记家里原本有点积蓄，可是他把钱都投在村里的河道修理上了，他妻子因为忍受不了，和他离婚了。就在昨天，连下好几天雨，丁书记在河堤上连续奋战了十多个小时，我们逼着他休息，他才下了河堤……后来市政府来电话了，我们担心吵醒他，所以才主动接了电话。所以，我们都希望换了这个书记，这样他才能好好地过自己的生活。”村民代表早已哽咽。

全场鸦雀无声，市长的眼眶红红的，他声音沙哑地说：“对不起，乡亲们，我不能答应你们的请求，这么好的书记我怎么能换。不过你们不要担心，下午我就会到关中村实地考察，彻底解决你们的问题！”

全场响起了热烈的掌声，经久不息。

窦　米

喻　敏

奶奶是本书。

这本书不是白纸黑字写出来的,也不是圣贤抑或先生教的。

奶奶这本书,怎么翻也翻不完。

七月的天,万里无云,飘着桂花忽明忽暗的香。安静的乡村格外美好,到处能听到牛叫狗吠,天空都高出地面好多。

我拉着行李箱,踏在回老家的路上。老家的路早修了,没有了泥泞,不像以前,行李箱碰到地上,就会发出"咯噔咯噔"难以忍受的声响。行李箱的轮子在路上摩擦,发出的声音是闷闷的。奶奶知道我回家,老早就盼着。

这个老人,每次都做一大桌的菜等着我。老远就看到奶奶杵在门口,左顾右盼。我跑过去抱着她,奶奶笑得合不拢嘴,脸上的肉都挤到了一块儿。

在老家这段时间,奶奶每天带着我上山找野菜,她说怕我在城里住久了,会忘记家乡的味道。她也会给我讲我小时候的趣事,说怕她老了就忘了,我小时候就成了空白。老人都是这样吗?把记忆深处的某样东西掏出来给年轻人看。

每次上山,她总得意地给我看她手里采到的野菜。风中的奶奶头发雪白,我走在她身后,看着她佝偻的身影晃来晃去,时刻要跌倒的样子,显然她的小脚已经支撑不起她的身体。奶奶一大把年纪了,还带着我过水井,穿竹林。

我和奶奶许久不见,每天晚上,奶奶都拉着我去院里乘凉。爷爷早已过世,奶奶七十多岁,一个人生活了二十来年,似乎爷爷去世的痛苦在她脸上不曾浮现,至少在我面前,她是微笑着的。爷爷在她的心里,也许就是一道伤疤,什么时候扯到就会隐隐作痛。因此,我也不常和她聊起爷爷。

奶奶瘦小的身子躺在摇椅里,椅子发出嘎吱嘎吱的声响。椅子像奶奶一样,摇摇晃晃,没有多少光景了。天上的月挂着,白天的疲惫让我生了困意。我努力地睁着眼,奶奶不停地给我讲,于是,我知道了她小时候村里面的事。她自顾自地讲,有时候连我什么时候进入了梦乡都不知道。

有个晚上,奶奶和我照样在院子里乘凉,晚风拂过,田里的蛙传来一声又一声的"呱呱",有几分亲和又有几分寂寞,远山的山头隐隐约约地浮现。

奶奶给我讲了一个故事，我是吃惊的。我开始不知道她为什么要讲，后来才知道。

奶奶讲的时候，眼睛望向天空，我不知道视力不好的奶奶是否能确认远方的星辰的位置。周围是银色的一片，瓦砾的轮廓在月色下清晰可见，好像有点雾，因为我从雾里看到了奶奶说的窦米。

一月的乡村，是安静的。空气，是新鲜的。

尽管这里有云贵高原的庇护，但还是避免不了一场大雪的来临。大雪下了好几天，瓦房上盖了一层厚厚的雪。

四面环山，一条泥马路从村庄由南向北穿插，倒像一把刀，活生生地插进心脏，只是没有鲜红的血流出。这条马路却因为独特的走向有了一个美丽的传说：曾经有一条美丽的青蛇在山里穿梭，形成了一条路。

山太多，外面的风吹不进来，里面的风吹不出去。只有一条泥巴路，通向什么地方不得而知。

一切都在沉睡，人也在沉睡，动物也在沉睡，只有藏在雪下的生命在悄悄生长。

刚过完年，走亲戚串门属于富人，窝在自家黑黢黢的灶台前点一把明火属于穷人。火苗蹿起来，隐约可见富人牙缝间咬出来的油汁。火苗摆弄着极妖娆的腰肢，把整个人都烤得红红的。

生命在大雪下面悄悄地孕育。

山尖的雪白得让人睁不开眼睛，烟雾缭绕于山尖，山像在云里浮起的城堡，让人想起了蒸笼里的馒头，可望而不可即。

坝子上的田地里满是积雪，一道道田坎把坝子分成了一块块，像豆腐箱里的豆腐。远处狗吠声传来，落满雪的树杈被声音振动，一下就断了，雪松松垮垮地掉了一地，在积雪上面又覆盖了一层。

窦米家就住在这里，她呼吸着这里的空气，有着黄土一样颜色的皮肤，光着脚丫子在地上跑了十来年。

窦米还在打瞌睡，窦米妈已经起床了。大冷天的，窦米妈穿着旧棉袄，窦贵华还在屋里贪睡。

窦米妈用干燥的唇在窦米脸上啄了一下，窦米像是受了惊，用手挠着窦米妈亲过的地方，长长的眼睫毛动了动。梦里的故事被人打扰了，她厌恶地将身子背过去。窦米妈趿着没有后跟的布鞋出来，窦米在屋里又睡着了。人在长身体的年龄，总是爱贪睡。

眼前的雪让窦米妈不禁打了个寒战，她嘴唇上的纹路拉扯着，她用舌头舔了舔，又用上唇抿了一下下唇：

“窦米爹，昨儿又不知道下了多大的雪。”

窦贵华翻了一个身，侧脸显出一副满不在意：“下就下吧。”

“我只是担心我那些蔬菜，可别冻坏了。”

窦米妈捋了捋衣角，跨过门槛，雪刚好在屋檐外堆砌，屋檐内还是干净的土，显出黑色。

窦米家前院是一片菜园，是用旧木头和破竹子围起来的，里面种了很多蔬菜，有白菜、胡萝卜、羊角菜。院边还有一株芍药，只是在雪地里看不出，只有等雪化了，芍药才会长出来。

窦米妈搬了条凳子出来，一边用篦梳梳着头发。头发干干的，梳子梳过，噼啪的声音传来，头发贴着衣服，像磁铁一样，不时有几根掉落在衣服上。窦米妈用她瘦瘦的手捡着身上的头发，左手右手这么一搓，头发便在手中打了个结，就像灶台里没有燃尽的火柴棍。她把打结的头发扔到了灶洞里，如果灶洞里有火的话，一定会有刺刺的声音，并发出一股难闻的气味。人身上最值钱可能也最不值钱东西，往往是最臭的。

窦米妈在厨房内忙着，把前几天的猪肉放在锅里。猪肉被锅里的沸水煮着，冒出了白色的泡沫。窦米妈盯着猪肉，生怕猪肉飞了。

窦米妈坐在灶台前，不停地往灶洞里添加柴火。她那双黑黑的、变形的手放在灶口烤着。火焰直往上蹿，烟熏得干涩的眼睛有点疼，眼角有了泪光，一闪一闪的。她赶快擦掉，大过年的，这是不吉利的。

窦米十一岁了，按当地的习俗，是该找个好的婆家了。同村的几个女孩子嫁出去都没有过上好日子，毕竟和别人的父母过日子，终究不如自己的亲。令窦米妈伤心的，不是窦米的出嫁问题，而是前几天，隔壁村的大地主赵有才来向窦米爹结亲家。窦米爹好喝酒，灌了几杯酒，就答应了这事。窦米妈知道了，她无法用书本上的知识来谈论窦米出嫁的问题，但她明白，这是规矩，只好独自难过。

地主有个儿子，是当地的小霸王，仗着他爹有点田产和一个有几分姿色的姨太太，便到处欺负别人。小霸王长得俊，个子比普通农户家的孩子高，大约是养尊处优的缘故。他不勤于读书，他爹赵有才拿他没办法，身边又有那么多长辈惯着，只好自作主张，为他讨个媳妇。说是媳妇，其实就是陪他玩而已。赵有才盘算着，等某天夫人想要个孙子了，随时可以抱现成的，一举两得。

那个时代的农村就是这样，大地主家的土地可以成片荒芜，而普通人家则无立锥之地；大地主家妻妾成群，普通人家吃了上顿没有下顿。有些人想尽一切方法进入学堂，有些人拿着先生的知识到处挥霍。窦米就是被他爹在酒桌上许给了赵年玉，成了赵年玉的妻子。

窦米妈在灶台前忙碌着，窦米跨过门槛出来，在柴火盆边坐着，痴痴地看着烟火中的母亲。窦米还年轻，自己嫁给了别人都不知道。母亲的脸上让她有琢磨不透的感觉，她也说不上来。

窦贵华起来了，衣服没有整理好就从黑黢黢的房门里出来。新年的第一天，他收起了平时打骂窦米妈的劲，盯着窦米看，窦米就像是他还没有搬进肚子的酒，越看越好看，他甚至觉得窦米身上散发着摄魂的酒香。

“爹，你咋了？”窦米看爹一直盯着自己看，便问。

窦贵华笑了笑，或者说笑里还带了点邪恶。他也不说话，嘴角一勾，就是笑。如果窦米不是习惯了窦贵华的笑，肯定会觉得脊背发凉。

窦米转身用高粱秆扫着地，干瘪的高粱米留了一些在地上，一撮一撮的，颇有美感。窦米蹲下身子捡着地上的高粱米，一蹦一跳的，如同有钱人家喂养的鸡在啄米。窦米妈看在眼里，忍不住鼻子一酸，赶紧用手捏着鼻子，狠狠地一擤，蛋清一样的鼻涕飞到了离灶台不远处的黄土上。

赵有才指使了一个小工来窦米家，给窦贵华打了声招呼，就算是提亲了。

进了二月，天气也好转了，窦米的小身材也在薄外衫中凸显出来。后天的营养不良并没有影响到先天的灵气，窦米还是乖巧玲珑的女孩子。

窦米知道了这事之后，先是哭了。她也不明白自己为什么哭，只是觉得应该哭，而且母亲在哭，她也就跟着哭了。后来她又笑了，因为小工偷偷告诉她，赵年玉家有糖果吃。小孩子，永远都抵不住糖果的诱惑，她哪里知道婚姻和糖是不挂钩的。

窦米妈闹心，一直闷着不和窦贵华说话。窦贵华还是那样，喝了点酒回来就在窦米妈身上撒野。一个无能的男人总喜欢在女人身上暴露本性。

窦米和其他女孩一样忙着做自己的嫁衣。对于一个农村的女孩来说,针线活不是一件难事,做一件嫁衣也不是难事,如何穿好自己手里做的嫁衣才是难事,这些都是窦米不知道的。其实她不需要懂,这对于她来说太难,但她又必须懂。

窦米学着做自己的嫁衣,窦米妈在旁边指点,时时刻刻都在注意着窦米,一针一线从窦米的手里到布上,窦米妈眼里深邃得看不到任何东西。窦米妈在窦米身边坐着,时常望出了神。

窦米利用闲暇的时间完成了自己的嫁衣。她在身前比画了一下,大小正合适。

结婚是件高兴的事情,大地主家的迎亲是风光的,全村的人都知道窦米嫁给了一个有钱人家。窦米年纪尚小,可也没人说窦米成了一个童养媳。全村人都来窦米家,平时窦米家是冷清的,窦贵华看着赵有才派人抬来的几大坛酒,乐得合不拢嘴,一个劲地向村里人敬酒。

窦米妈在房门里待着,看着外面热闹的场景,心里一阵凄凉,仿佛看到了当年的自己。窦米妈眼里的泪珠滚动着,眨一眨眼就会流出来。窦米妈咬咬牙,将泪水咽进肚里去。

外面热闹的场景令窦米感到害怕,她长这么大还是第一次看到这么多人聚集在她家院子里。她无法适应,也不敢探出头去看。

赵有才请来的媒婆阿一给窦米穿衣服,窦米将红布衫穿在身上,像一株红透的彼岸花。

“正好,这针脚真好,手可真巧。”

阿一一面说,一面转动着窦米的身子。阿一有五十来岁,穿着青色的衣服,衣服很干净。她个子不高,头上有很多白发,岁月在她脸上留下了很多皱纹。阿一是赵家的长工,男人死后一直在赵家,据说她也是个童养媳。

窦米的脸上泛起了一圈红晕,她赶紧拿手遮掩住。

“唉,可惜啊。”

阿一说着,唉声叹气地拿过窦米手里的篦梳,一下一下地往她头发上梳去,像梳在自己女儿头上那么认真。

窦米怎么懂?她只知道以后有糖吃,她还不晓得什么叫嫁鸡随鸡嫁狗随狗,还不知道有一大群人等着她去伺候,还不知道赵家的生存之道。

窦米转着圈，红布衫飞了起来，然后又安静地坐下来。阿一把红纸递给窦米，窦米拿着红纸在嘴唇上抿着，她感觉苦苦的，红色染到了洁白的牙齿上，真像雪地上留下了一摊血，红得吓人。

窦米妈进来了，眼球上布满了血丝，显然哭过。看着眼前的窦米，窦米妈把她又老又黑的变了形的手放在窦米头上。窦米妈托着窦米的肩膀，这是她出生后第一次和母亲拥抱，窦米扭捏着，明明想用手去抚一下母亲的背，手却僵直得抬不起来。窦米将手扣在母亲的肩膀上，眼泪止不住地往下流。窦米妈笑着说窦米离不开家，窦米莞尔一笑，如同森林里看见人类的小鹿。

外面的鞭炮响了，阿一催着窦米。窦米还在镜子前照着，听到阿一的催促，眼泪一下子又掉了下来。幸好房间里有点黑，母亲和阿一都没有看到她的眼泪。

院子前有一顶花轿，虽然不是很新，但将窦米的身体放里面是没有多大问题的。两个抬轿的轿夫在院子里和大家喝酒，听到鞭炮声，轿夫赶紧放下了大碗，知道时辰到了。

窦贵华已经烂醉如泥了，一个人趔趔撞撞地冲进屋里，看着泪眼婆娑的母女俩吼道："哭哭哭，有啥好哭的！"

窦贵华大声嚷嚷着，极其厌恶窦米母女，恨不得她俩一起嫁到赵有才家。

阿一扶着窦米出了门，刚才还强忍着的窦米，哇的一声哭了出来。院里的男人也不惊讶，像是见惯了这样的场面，继续喝酒，继续谈笑风生，说一些自己怎样在家里对待女人的粗话，硬是把音量提高了几个分贝。倒是有几个小脚女人，忍不住也抹起了眼泪。

窦米终究是个孩子，哭得那叫一个惨，旁边的人听了都心疼。她嘴唇上的口红在鼻涕的稀释下在脸上化开了，如同烂掉的红苹果。窦米妈在屋内听见窦米的哭声，几度想冲出来大喊"我不嫁女儿了"，但她始终没有出去。她的头发凌乱了，脸涨得通红，泪水爬满了整张脸，黑黑的屋子吞食了她颤抖的身体。

窦米走了，带着她的肉体去了赵有才家。窦米妈也整天魂不守舍的，习惯了窦米在家总呼唤自己的声音。窦米妈守着家里的酒鬼，酒鬼喝了酒就开始折磨人。以前被打时，有窦米在身边，虽然窦米会被窦贵华一巴掌甩开，摔到某个家具上，但一个人的痛苦两个人承受总比一个人承受要好得多。窦米妈时常幻想着窦米还在身边，醒过来又清醒地知道窦米去了赵有才家，她更愿意活在想象里。

窦米嫁过去的那一天,赵年玉在家里欺负一个下人,故意刁难下人把灰里的黄豆给捡起来。那天是窦米第一次见到赵年玉,也是赵年玉第一次见到窦米。赵年玉的野性,窦米是无法控制的。窦米初见赵年玉就有一种恐惧,好像某些事物你天生就怕一样。她不拿他当丈夫,她也不知道一个妻子在白天和夜里该做什么事。她胆怯地站在赵年玉的身边。

赵年玉还在欺负着身边的下人,似乎大婚之人不是他一样。窦米在旁边看着他,赵年玉高出她一个头,穿着新的布鞋,身上的长衫也是新的,环扣着,一直扣到颈脖子。窦米有点忐忑不安,想避开赵年玉,但她对赵年玉家不熟悉,也不知道该往哪边走。

“老爷,他们来了。”

一个穿着水白的旧长衫的管家哈着腰说。

一屋子的麻将牌碰撞得稀里哗啦响。

“带她过来。”牌桌上一个胖男人说。

“来了,老爷。”管家很识趣地出去叫窦米。

麻将牌的声音令窦米的心脏颤动,它所能承受的负荷已经达到极限了。

窦米红着脸,低着头用余光瞟着牌桌上的人。刚才说话的那个男人戴着黑色的圆边帽,手指上戴着一个自己没有见过的翠绿的东西,那玩意儿将男人的手指挤出了一坨肉。男人坐在一把朱砂红的木椅上,肚子鼓得像青蛙一样,还穿了件很宽松的衣服,袖口在牌桌上拂来拂去。窦米注意到了他下巴尖尖的,脸上有一道疤,肉是横着长的,看起来丑恶至极。如果没有猜错的话,这人就是老爷,赵年玉的爹,自己的公公。

赵有才旁边坐着一个穿着长衫的女人,很妖娆,手指细细的,指甲没有剪,有点黑,胸前还绣了一个字。窦米没有认出来,她没有上过学,只能在心里模仿着那个字的笔画。女人的头发是束起来的,牙齿暗暗的,但不黄,说话时嘴角有点歪。从年龄看,她应该是赵有才的姨太太。因为她身边还有一个老一点的女人,第一印象有点像《红楼梦》里的王熙凤。

老一点的女人是赵年玉的母亲,很早就嫁给了赵有才,没有姓氏,下人都叫她赵夫人。赵夫人穿了件旧衣服,这让窦米一下子想到了自己的母亲。她梳着一个很古典的发型,用簪子将头发别起来,脸色也挺温和,只是岁月走过时像竹桠在地上扫过,在她眼角留下了几条鲜明的纹路。她的手放在牌桌上,没有姨太太的好看，但窦米认为这是美的。

“哟，就是她啊。”姨太太边搓着麻将边说着话，话里面满是挑逗，也暗含着讽刺，尖酸的话也只有她说得出来。姨太太的红嘴唇活了起来，如同一尾游鱼在扭动着身体。如果不是在打牌，窦米估计她会扭着腰来捏捏自己的小脸，再摸摸她的身子骨，扯扯她的头发。

房间的空气都在跳动，姨太太的笑声夹杂着麻将声扰乱着窦米的耳朵，让她很不自在。她一直低着头，玩弄着手指。

“阿一，带她回房。”坐在旁边的赵有才说话了，肚子一起一伏的，像睡在门口的看门狗的肚皮。赵有才和夫人、姨太太继续玩着麻将，也不看窦米。

赵夫人站了起来，踮着她的小脚过来，长衫在她身上摇来摇去，阿一急忙过去扶她一把。

赵夫人拉起窦米的手瞧了瞧，很满意地笑了。她让窦米转身，眼睛一盯上窦米那双大脚，脸色一下子就不好了。

“大姐，不带这么玩的吧。”姨太太在座位上用鄙夷的神气说着话，要不是赵有才在，赵夫人肯定要顶两句回去。但现在，她要保持一个正室的风度，以显示自己与下人不同。于是，她莞尔一笑，面露愧色，似乎在害怕姨太太看到窦米的大脚。

赵夫人随着窦米和阿一进了房间，赵年玉还在那发脾气，被赵夫人请回了屋内。

赵年玉看着窦米，窦米在黑木椅上坐着，一动不动，头低着，脚撒开着。赵夫人过来拉着她的手。

“这是你的丈夫，以后得好好伺候。”赵夫人说着，又叫赵年玉过来。

“嗯。”窦米娇羞地红了脸，方才见了赵年玉一面就觉得他不好相处。

赵年玉在旁边愣着，他又多了个玩伴，孩子的高兴是藏不住的。赵年玉过来拨弄着窦米的头发，窦米怔住了，没有反抗。

“阿一，去，准备新鞋和缎布。”

阿一转身就去了。一会儿就拿了东西回来。

窦米用余光看着阿一带来的东西和打量着自己的赵年玉。

赵年玉长得还算精致，两颗眼珠挺好看的，像黑夜里的星星。窦米的心抖动着，莫名的情愫在心里发芽。这种感觉，窦米在有生之年是不懂的。窦米母亲没有和她谈论过这种莫名其妙的感觉,也没有在母亲和父亲身上看到这种莫名其妙的感觉。

世间万物就是这样,相遇就是劫难。在对的时间遇到错的人,错的时间遇到对的人,在不懂得爱的年纪有了情。赵年玉也是这样,在不懂得爱的年纪与时代想要去保护一个人,而他也不知道,有些东西,除了大人,自己是没有办法保护与触碰的。

赵家大院里很是热闹,只不过这样的热闹是属于几个姨太太和赵有才的。麻将的碰撞声充斥着整个大院,掩盖了窦米的紧张。

窦米在屋内等着赵年玉的归来,赵年玉带来了一朵在后院摘的红花,调皮地别在窦米的发上。赵年玉为窦米脱下了衣服,扶着窦米颤抖的香肩,看着窦米没有发育成熟的胸脯,来自窗外的风从窗口钻进来吹熄了一切发光的东西。窦米在赵年玉不熟悉的动作下由一个少女变成了女人。

“少奶奶!”阿一在门外敲着门。

窦米还在睡梦中,没有睡醒。赵年玉裸着身子抱着窦米,窦米揉搓着眼睛爬起来,赶紧给阿一开门。站在阿一旁边的赵夫人把窦米吓了一跳。

赵夫人沉着脸,一脚踏进了屋内。

“阿一,给少奶奶裹脚。”

阿一拿来的新鞋和缎布还在桌上放着。

窦米在旁边打量着自己的大脚。大户人家就是奇怪,为什么要裹脚?窦米本想说几句话的,但没有说出口,在心里说了一遍。

赵年玉还在床上躺着,起来揉着眼睛,没睡醒的样子。

阿一让窦米坐在椅子上,阿一的手是粗糙的,窦米能感觉到这双手有点硌脚,像被家里带刺的柴棍划过一样。

“别那样轻,裹紧点。”赵夫人在旁边指使着阿一。

“是,夫人。”

阿一很听话地把先前裹在窦米脚上的布扯下来,又重新裹了上去,手一勒紧,窦米的眼泪都快出来了。她两手扶着椅子,都快把椅子给抓破了。忍不住叫了出来,头上在冒汗。

“阿一,你下去。”

赵年玉怒斥着,一把抢过阿一手里的缎布。

“别胡闹，年玉。”

赵夫人有些生气了，胸口一起一伏。几根碎发飘散在额头前，赵夫人用手将它们捋到耳根。

赵夫人让阿一继续，阿一又把布裹在窦米脚上。缎布像条蛇，在窦米脚上缠着，时刻要吞食她。

阿一又将裹好的脚塞到新鞋里。新鞋有点小，但阿一为很多人缠过脚，也清楚应该怎样把不合鞋的脚套到不合脚的鞋里去。窦米脸上的泪水像喷泉一样，额头上的汗珠也在滚落，这样的天，这样的大喜之日，这似乎有点不相称。

阿一扶着窦米去拜见赵有才，赵有才穿着大衣在堂屋坐着，肚子一起一伏，扣子眼看就要被肚子撑飞，姨太太在他对面喝着茶。

“哟，来了啊。”

姨太太说话一向这样，阴阳怪气，似乎所有的人都习惯了她这样的语气，也没有人和她计较。

窦米和赵年玉站着，赵有才见赵年玉有所收敛，心里暗自高兴。

“来，坐吧。”

赵夫人坐在赵有才的旁边，窦米和赵年玉坐在姨太太和赵夫人中间。

“哟，这都什么礼啊，刚来就坐下了。”

姨太太对着窦米说，赵夫人也知道，这分明是说给自己听的。赵有才还在为刚才的年玉有礼而高兴，压根不想去掺和赵夫人和姨太太的话题，在这方面，赵有才是很有心得的。

赵夫人端起杯茶，不紧不慢地喝。她的愤怒是不显现在脸上的，她内心深处的火山，只要姨太太剧烈摇动，终有一日要喷薄而出。因此，在这个家里，她要极力控制自己的情绪，下人都以为赵夫人是贤惠的，姨太太是火辣的。她只需要把最好的一面展现给赵有才，哪怕牺牲自己的面子。

“阿一，给少奶奶安排另一桌。”

窦米才坐下，还没动筷子就换了一桌。

阿一找人搬来了桌子，放在离他们不远的地方，窦米又踮着她的脚，蹒跚地过去，赵年玉也过去了。一大早，火药味就呛人耳鼻，窦米心里是害怕的，这些场面她以前没有看到过，母亲也没有和自己讲过。她有点后悔了，没有看到糖果，反而看到了恐惧，而且恐惧一直缠绕着她，挥之不去。

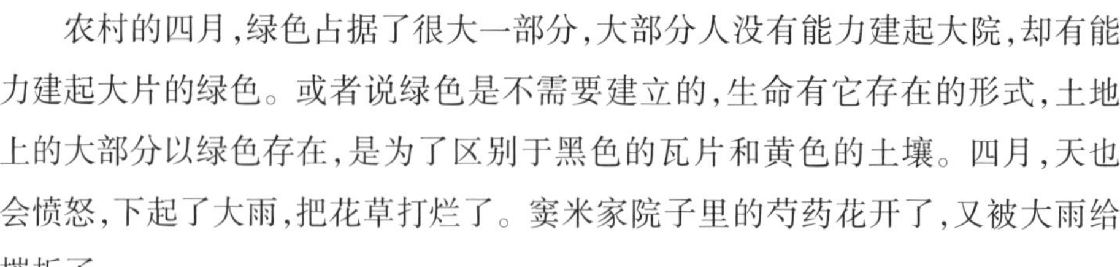

农村的四月,绿色占据了很大一部分,大部分人没有能力建起大院,却有能力建起大片的绿色。或者说绿色是不需要建立的,生命有它存在的形式,土地上的大部分以绿色存在,是为了区别于黑色的瓦片和黄色的土壤。四月,天也会愤怒,下起了大雨,把花草打烂了。窦米家院子里的芍药花开了,又被大雨给摧折了。

窦米的出嫁,窦贵华是得意的,农村人哪有闲工夫来谈论谁家的事,自己手里的工具都填不饱肚子,又怎会用不多的精力来做不关己的事。窦贵华爱在田地里说自己家窦米过得如何好,大伙都知道,窦米家屋子里的那几大坛酒是怎么回事,只是没有人来揭穿他而已。

窦贵华依旧爱喝酒,喝了依旧爱打人。

天气也真怪,前几天都是大太阳,这几天就是雨。雨下得很大,窦米妈一个人在家里,雨水顺着屋顶的缝隙滴落在屋内,屋内又黑又湿,窦米妈在门口看着,总也看不见窦贵华。雨越下越大,天上一会儿黑一会儿亮。

上天愤怒了,像人一样爆发出它的兽性,风也出来掺和,乌云一朵叠着一朵,闪电穿过云层,劈出一道道闪电,整个世界的颜色都变了。

窦米妈吓坏了,山洪把路上冲刷出一条条水沟,涨水了。屋檐上的水一直在流,从内往外看,就像一道水帘。

窦米妈不见窦贵华回来,猜想他在哪里喝酒,不由得担心起来。她就是这样,明知道过得不好,却依旧要和他过完一辈子。

窦米妈焦急地在屋内跺着脚,坐也不是站也不是。思忖再三,窦米妈穿着她的破鞋子出去了,雨太大,眼前的一切都是模糊的。窦米妈的头发湿透了,鞋子、衣服里全是水,可就是找不到窦贵华。她去了窦贵华平日爱去的那几家酒馆,都没有发现。

农村的下雨天是令人讨厌的,到处都是稀泥,草木都要睡一会儿觉,没工夫陪老天瞎折腾。

窦米妈在村里跑着找窦贵华,从李家祠堂经过。李家祠堂建在一个水塘边,只有一个不大的小木屋,平时是用来祭祖的。此时,山洪灌进水塘,水塘的水从周边较低的地方溢出来。很少有人到这里来,四周一片寂静。窦米妈看到水塘边有个人影,老远便喊着窦贵华的名字,但是雨声掩盖了窦米妈沙哑的声音,那人没有搭理她。她站定看了一会儿,确信那个人就是窦贵华,窦贵华喝多了酒，在雨里淋着。窦米妈跑过去，谁知道脚踩到了稀泥，猝不及防，一跟斗跌进了水塘。窦米妈在水势不断上涨的塘里挣扎着。不习水性的人总会输给水，水是温柔的，也是毒辣的。

窦米妈在水塘里喊着，挣扎了半天。窦贵华恍恍惚惚地坐着，雨越下越大，他扭头的一瞬间看见了窦米妈被水淹没。窦贵华要去救她，赶紧滑进水塘里。窦贵华此时是清醒的，他想去托起窦米妈的身体，但酒精在作怪，让他浑身上下使不上劲，最后也搭上了自己的生命。

雨停了，山洪还在向水塘里灌，塘里多了两具尸体，被水泡得发胀。尸体是村民路过时发现的。

村里人把窦米爹妈打捞上来，找人通知了窦米的婆家。

窦米听到这事时，是在爹妈死后的第三天。阿一正在给窦米穿鞋，裹着缎布的脚怎么也塞不进鞋去。窦米一脸的汗，像大院里的雨水一样。

赵夫人在正屋，窦米村的人来报信，赵夫人叫下人带窦米去正屋。窦米好不容易穿上了鞋，一颠一颠地走着，阿一在身边搀扶着。她还是不习惯这样走路，来赵年玉家多久她就受了多久的罪，一双小鞋把她漂亮的脚弄得走不了路了。脚的生长本就应符合自然规律，脚和土壤的接触是和谐的共存，而赵夫人活生生地把一双大脚禁锢在不合脚的鞋上。

“窦米，你回去看看，你爹妈淹死在水里了。”

赵夫人冷冷地说着，眼睛看着外面的雨，手自然地搭在椅子上，动了动手指头。

窦米震惊了，倒在地上，哇的一声哭了起来，眼泪鼻涕一大把。

阿一试图把窦米拉起来，拉了两下没有拉动，干脆就不拉了，自个儿在旁边也抹起了眼泪。窦米这孩子，怪可怜的。

阿一同窦米回了趟窦米家。路不是太远，走在回去的路上，窦米没有像当时离开时那样兴奋，疼痛蔓延到身体的每一个细胞，每一次疼痛都在证明，自己还活着。

如果不是亲眼看到自家父母的尸体躺在家里，窦米不会相信父母已经离开自己了。直到下葬的时候，窦米依旧认为爹妈是睡着了。窦米穿着黑衣服，哭得撕心裂肺，几度晕厥，旁边的人看着都心疼。

窦米安顿好父母的遗体就随阿一回去了。婆家人在催了，结婚没有多久，不能让死人的晦气带到家里。窦米还在伤心,就被带回赵家。

死亡会让人思考活着的意义,爹妈的离开让窦米一下子长大了。那几坛酒还在屋内摆着,窦米坚持认为,爹妈还没有离开,一直在她身边,只是以魂灵的方式存在。

窦米的身体在赵年玉暖乎乎的臂弯里成长,心智在双亲入土时开始成熟。

当一个人独自在这个社会上生存时,尽管有人爱着她、护着她,但其他势力会摧毁她的精神和灵魂。

窦米回来后一直高烧不退,赵年玉在身边陪着,这让赵夫人觉得恶心。一个男孩变成了男人就应该做男人该做的事,而不是成天守在一个女子身边,这让赵夫人怒火中烧。

窦米病了,好几天没有起床,虽然她已经是一个女人了,但她的年纪还是个孩子,连续的高烧和失去双亲的痛苦让窦米喘不过气来。

阿一在屋内照顾窦米,用热毛巾为她擦拭着身体,赵夫人进来了。

“夫人。”阿一叫了一声,又为窦米擦着。阿一知道,窦米是赵有才用几坛酒换来的,她心疼窦米,处处照顾着窦米。爹妈下葬那天,窦米一下子晕倒在坟前,是阿一扶她回来的。窦米在床上躺着,没有一个孩子应有的活力和朝气,头发是凌乱的。阿一一边用手捋着窦米汗湿的凌乱的头发,一边抹掉自己眼角流出的眼泪,她怕被赵夫人看见。

“好点了没?”赵夫人走过去,坐在床沿,看了看窦米,又起身,坐在了椅子上。

“哪能好啊,这么小,命苦啊。”阿一说着,像是在抱怨。

赵夫人若有所思地看着床上的窦米,起身离开了。房内只有阿一和病重的窦米。

窦米的身子一天不如一天,阿一私下对赵年玉说,要他去请个大夫来。赵年玉去了,可没有他父亲赵有才的批准,大夫是不会来的。

姨太太听说窦米病了,老在赵有才面前说“窦米太不吉利了,瘦成这样,看着真碍眼”。

大院里是孤寂、冷清的,除了麻将牌碰撞的声音和怒斥下人的声音。

窦米后来走了,去和她父母团聚了。那天下午,天边火红的晚霞把整个大地都染上了红色,土地像被血染过一样。草色在白天烈日的炙烤下都焦黄了。

天边的落日渐渐被大山吞噬，最后的一点光照着赵家大院，嘲笑它扼杀生命的悲凉。

窦米走的那个傍晚，赵夫人带了两个穿着奇怪的巫师，拿着纸和一些符印进来。他们光着膀子光着脚，膀子上还有奇怪的文身。窦米在床上躺着，嘴唇干裂，脸色苍白无力。

巫师边跳边敲着锣，香雾袅袅直上。他们在屋内折腾了很久才停下来。这晚的夜是安静的，赵家大院好久没有这么安静了，下人听到锣声从窦米屋传出来，平时和窦米接近过的人都忍不住掉眼泪。

巫师还在跳，还在念。

窦米睁开了眼睛，目光涣散了，嘴角挤出了笑容。她好久没有笑了，笑得有点儿僵硬，干裂的嘴唇流出了血，淡淡的血在嘴唇上很快又干了。她看着巫师，拳头紧紧地捏着。门外是赵夫人。

窦米盯着屋顶，那儿有她的父母，母亲依旧慈祥，父亲依旧爱打母亲，她家的柴火冒着火星。还有她家的院子，院子边上的芍药花，又开了。她仿佛看到了，那里有一片光，罩住了自己的身体。她极力张开双臂拥抱光，渴望把光给揽住，光偷走了窦米。

阿一为窦米整理遗体，见她身子发青，瘦得皮包骨，一双小脚已经溃烂，黏糊糊的，散发着臭气。阿一流泪了，眼泪滴在窦米的身上。

窦米终于解脱了。

奶奶平静地讲完窦米的故事，我们都沉默了。月光下，我看见奶奶闭着眼，眼角肯定有泪，睫毛一闪一闪的。奶奶均匀地呼吸着空气，似乎要把空气从鼻子顺着鼻腔吸进心脏，而不是肺里。我不敢呼吸，我甚至不能呼吸。

我心里的波浪一起一伏，奶奶不说话，我也没有说。就这样，远处的蛙声不断，只是村里的电灯一个接一个地灭了。

我们在院子里坐了好久，确实没有辜负那晚的月色。

英　雄

孙梦然

不论英雄变成怎样,英雄还是英雄。

“我叫吴英雄,曾经有段时间不是人。”我装作一脸凝重的样子望着坐在我对面闷头喝酒的铁柱缓缓说道。不知道为什么在这没有任何讲故事氛围的大雪纷飞的夜里我突然想讲出一段不知是不是梦的故事。

显然,“我不是人”这句话并没有激起铁柱多少兴趣。他只是在喝酒呛到后,边咳边像打量一个精神病患者一样打量着我,舌头打卷地说道:“是不是你喝酒喝傻了?”说着,他还不忘夹起一块牛肉放到嘴里大嚼着,眼睛继续专注地盯着面前冒着热气的烤串。

“你还记得去年这个时候吗?我不是被抢劫的给捅了吗?”

“怎么?想说你那英雄事迹?要不是你小子逞英雄,也不会在医院病床上昏迷了一个月。”

“那也是下着雪的一个晚上啊,我在外面吃完饭,冻得哆哆嗦嗦地往家里走,那天可真冷啊!你看那儿,看到那个路灯没?”铁柱顺着我指的方向看去,看了我一眼,示意我继续说下去。“我啊,经过路灯那儿的时候,看到有人在抢劫,被抢的还是个姑娘,二话没说就冲了过去。本想着飞起一脚然后上演一出英雄救美,没想到,成了狗熊被人给捅了。哈哈哈。”

这么说着,我又想到了那天。纷纷扬扬的雪不断从天空飘落下来,橘黄色昏暗的路灯倔强地照着地上堆积起来的一层厚厚的雪。小巷口,一个男人拿着刀对着瑟瑟发抖地拿着包的姑娘,逼迫她把包交出来。我就这么冲了过去和那几乎比我高了一个头的男人扭打在一起。打着打着,我感觉肚子有热乎乎的液体涌了出来,那男人看到我肚子上一片血红后,吓得把刀扔了向巷子深处跑去,姑娘的一声尖叫刺破了这寂静的夜空。我全身一软,隐约记得地上的雪似乎成了红色,不停下着的雪飘到了我的脸上、手上。姑娘跑到我的身边蹲下,拿出手机后我便在姑娘的哭声和远处传来的救护车的警报声中沉沉睡去。正想着,铁柱用他那粗糙的大手在我面前晃了晃:“你发啥呆呢?继续讲啊!”

“后来啊,当我再睁开眼的时候,我发现我在一个文具店里,成了一支钢笔,还是英雄牌的呢！当时心里那个激动啊，想着自己是不是穿越了，激动没几秒便蔫了，就算穿越也不能变成钢笔啊，变成钢笔啥都不能做啊。后来几天，我天天躺在橱窗里面看着街上车水马龙。刚躺着时觉得舒坦，可没几天就腻了，看着路人走路说话啥的，心里就跟猫挠似的，痒啊，可愣是动不了啊。”说着想着，我笑了起来，“对了，还有一天，我看到有个小偷在摸一个人的兜儿，当时我那暴脾气就上来了，真想飞起一脚踢倒那小偷……”

“可别做那英雄梦装啥英雄了，你也最多就想想。”

“然后过了几天吧，好像春天就快来了，那阳光晒在身上懒洋洋的，觉得一生都漫长了。我正享受着阳光，突然就感觉四周暗了下来，还没睁开眼睛就听见一个轻柔的女声：‘老板，帮我拿一下这支钢笔。’我睁开眼睛，看到姑娘那葱根般的手指指着我，那手可真是好看啊。我还没来得及高兴，就被文具店老板那粗糙的手拿起装进了盒子里，黑漆漆的，真是憋死我了。等再见到阳光的时候，我发现自己在一个病房里，看了眼躺在病床上的人我就蒙了，你知道是谁不？”我把筷子往桌子上一拍，看着铁柱。铁柱不紧不慢地拿起酒杯喝了口酒，慢悠悠地说：“我怎么知道你看见了谁，故事都编得这么扯。”“谁说我是编的了！床上的人是我你知道不，当时那心情啊，都没法描述，就跟看科幻电影似的……”

我把目光转向了棚子外面，雪停了，路上也没有几个行人，路灯明晃晃地照在了雪上，晃得我感觉这一场景似曾相识。“我就那样在病房的桌子上待了几天，看着病床上躺着的我听着医生护士的闲谈，还不忘做着白日梦：难道我成了睡王子，得有一个公主来把我唤醒……然后就听见来给我换吊瓶的护士的声音：‘也不知道他怎么就是不醒，生命体征什么的也都正常啊，恢复得也快，真是奇怪。’说着，护士摇了摇头出去了。然后，我就被一只手拿起来装进了包里。我看到是个姑娘要把我带走，心里还想着：难道我当时救的是她？说不定能成就一段美好姻缘呢，心里美的哟，都忘了当时的我还是支钢笔。”

“吴英雄，我看你是真喝多了，越讲越没谱了。”

我也没回应铁柱，准备继续讲下去，反正在酒精的作用下，他也记不清我今晚都讲了些什么，只会觉得是些酒后胡话罢了。“我被姑娘带回了家，她用我写了日记，大致就是什么救了她的人还没醒来之类，看来当时救她的人就是我。我心里高兴得已记不清日记的内容了，就记得最后那句话：‘不论英雄变成什么样，英雄总是英雄。’就在姑娘画上句号的那一刻，我昏了过去，再醒来的时候就发现自己躺在医院的病床上了。记得天刚蒙蒙亮,窗外的太阳正一点点地向上挪动,准备突破云层,树梢开始冒出新芽。愣了几秒,我就拔掉了手上的输液针头走出了医院,直接回了家。"

看着对面铁柱越发潮红的脸,我觉得这件事情还是一个冗长的梦吧。"吃完咱们就走吧。"我站起身,拍了拍铁柱的肩膀,走出了棚子。风还是很大,我把脖子往衣领里缩了缩,雪白的街道还没有行人的脚印,我毅然踏在了雪上,踏出了一串回家的脚印……

第二天醒得很早,我想了想,决定步行去上班。走到护城河的时候,我看到河边围满了看热闹的人群,原来是一个小孩失足落水了。我来不及脱掉上衣便跳了下去,拖扯着那个小孩游回了岸边。我爬上岸,坐在地上倒着耳朵里的水,一只葱根样的手递来了一块手帕,顺着手帕抬头望去,是那个买钢笔的姑娘……

管他是不是梦呢,我感觉昨夜堆在地上的雪都随着姑娘的微笑融化了,春天要来了……

"你好!"我伸出了手。

云 和 猫

葛雯琪

理发店里,一切都在有条不紊地运作着。有些年头的空调像午睡刚醒的老人,吐出不甚清新的冷气,从喉咙深处发出模糊的声响;发黄的水管偶尔漏下几滴水,落在洗手池发黄的白瓷砖上,"啪嗒啪嗒",像让人不愉快的钟表——深夜失眠时卧室里走动的秒针;剪刀与发丝摩擦的声音让云和想起了清晨风动竹林。吹风机的声音突兀地响起,像一场灾难袭击她的耳朵,即使戴上耳机也无济于事。

"小姑娘,到你了。""灾难"结束了,阿姨擦擦手向云和喊道。

"哦。"云和应了一声,走到椅子前坐了下来,阿姨给她系上洗得发白的蓝色罩衫,领口硌得脖子有些痒。

“要怎么剪呀，小姑娘？”

“剪到这里。”云和比了比耳后的位置。

“剪这么短？多可惜呀，都长这么长了，发质又这么好。”

“就这么短。”云和坚持。

“真这么短？”

“嗯。”

“那到时候剪完了你可别后悔啊。”

从右到左，头皮感到一阵轻松，云和闭着眼睛，耳边只有“咔嚓咔嚓”“啪嗒啪嗒”和老空调模糊的呓语。

“好了。”海绵擦过裸露的脖子，有些痒。云和睁开眼睛，看着镜子里的自己，有些发怔。

“哎呀，剪都剪了，看着看着就习惯了。”阿姨正在清扫地下的头发，长长的像海藻一样的头发现在失去了养分，慢慢干枯了。云和突然觉得后颈有些冷。

太阳正当空，就算走在树荫下也能感受到热浪的侵袭。云和身上很快流出汗来，额前和耳后细碎的头发已被浸湿，一绺一绺地贴在皮肤上，黏黏的，像黑色的软体动物。阳光好像能穿透树叶，她的后颈已经被晒红了一大片。

路边有家冷饮店，云和一下子就被门口的空调吸引住了目光。她正打算去店里凉快一下，却在玻璃门前看见了不可思议的一幕——玻璃上印出来的，分明就是一只猫的影子，她讨厌的竖着耳朵长着胡须的猫的影子。她慌乱地张口想说些什么，却听见“喵”的一声。

“醒醒，到你了……”云和从恍惚中醒来，记起自己是在一家发廊，因为顾客太多，所以她坐在沙发上等待时睡着了。

叫醒她的是一个年轻的女子，化着浓妆，头上好像顶了一盒彩虹糖。她将云和带到镜台前，灯光和对面的镜子明亮得让人觉得晃眼。

“怎么剪？”她一边摆弄着自己五颜六色的指甲，一边心不在焉地问道。

“剪到这里。”云和比了比耳后的位置。

“要烫吗？”

“不用了……”

“做个空气刘海吧，顺便染一下，你皮肤白，就染黄色吧。”五颜六色的女子心不在焉地看了云和一眼，然后开始用心地玩起了自己五颜六色的手机，脸上是轻佻暧昧的笑。

“不用了,剪掉就可以了。”

“现在哪还有人剪这种发型,多土呀……”发廊里嘈杂的声音从四面八方涌来,淹没了身边的声音,让人有些头疼。

“……然后再染一下,就这样吧,你先跟我过来洗个头。”五颜六色的女子蹬着高跟鞋,示意云和跟上。

云和盯着她清凉的背影看了几秒钟,然后选择忽视她的示意,拿起和各种各样的梳子放在一起的头绳,离开了发廊。

太阳正当空,就算走在树荫下也能感受到热浪的侵袭。云和擦了擦额头上的汗水,下意识地摸了摸被自己揉成一团的长发。路旁店家的玻璃门映出她的影子,云和舒了一口气,还好不是一只猫。

甘　　于

张香珍

他们彼此爱得深沉。在拥有短暂的浪漫之旅后,回到现实,却又显得那么平淡。她匆匆挽着他人的手走进婚姻;而他也不拦她,只送了她一对耳环。在那之后,他离婚了,却也只是望着她辗转于数次失败的婚姻。她先他一步走,他痛不欲生,收拾遗物时,留下了耳环,妈妈曾嘱咐:“把它送给你爱的人。”

记　　得

张冰洁

我十岁时,他将碗中的所有肉片夹给我,笑着对我说,记得要长大;我二十岁时,他将我上学的行李塞得满满的,笑着对我说,记得要好好照顾自己;我三十岁时,他把我婚礼的一切安排得妥妥当当,笑着对我说,记得要幸福;我四十岁时,他躺在病床上,紧紧地抓住我的手,很努力地微笑着说,记得你是我女儿。

伤　口

陈洪英

“昏迷不醒?”

“送来的时候满脸是血,胸前也被血浸湿。伤口在靠左耳的脖颈。”

“我正好见到了。”

“你见到什么了?”

“发生的一切。我看到那个人从右边的口袋拿出镜子。”

“他读到《奥克诺斯》中那句‘生命中几乎还没有允诺我们空间给将来会懂的温柔’。”

“对,他想起了深爱过的女子,他用刀把自己划伤。”

“他只是脖子起了红疹。至于血,是车祸留下的……”

“是吗?”

“是的,他是被车撞伤的,不是你说的那样……”

一个人穿着病服,从右边的口袋掏出镜子,和自己交谈。

旁边没有其他人。

医生说他是逃避症患者。

按　钮

刘佳敏

布朗面无表情地等待指挥官的命令,他的手垂在身子的两侧,随时准备按下红色按钮投放武器。

盯着眼前的按钮,樱桃一般的红色让他想起:女儿总是在笑之前微微抽动嘴唇上面那挺立秀气的小鼻子,然后像小狗一样扑过来;当她被窗外阳光吸引,又像蝴蝶一样在花园里自在飞舞;还有那搞怪可爱的鬼脸,只有在她感到幸福快乐时才会出现。或许,小姑娘们都是这么可爱。

“发射!”耳机里传来冰冷的声音,布朗的手指顿了半秒,接着立刻按下按钮。

龙 王 庙

朱同鑫

一

今年冬天像是不会下雪了。

乡下的空气虽然说不上好,但也不差,至少很多时候可以看到太阳。

香子前几天收到娘家家长青山的邀请函,邀请她去参加龙王庙修葺完成的开光仪式。

自从父亲去世后,香子已经有十五年不曾去过那座龙王庙了。

因为父亲的缘故,香子对这座庙总是抱有深深的厌恶,甚至还有些敌意。之前来这里是为了给父亲送午饭和晚饭。

本来香子想要拒绝,但是考虑到礼节与颜面的缘故,还是决定过来看看。

一木知道了这件事,想着自己同样也有十多年没有来这座庙了,便想要和母亲一同前来。

“我可以同您一块儿前去吗?”

香子没有立即回答,但是回答的时候却又充满了些许厌恶的语气。

“我们女人去烧香,男人去干什么呢?”

十九岁的一木已经不是当时的孩童,而是一个男人了,一木显然没有意识到这一点。

作为男性的一木遭到了这样的斥责,一时竟不知道说什么好。

不是母亲的语气有厌恶的味道,而是因为这个礼节本来就带有对男性厌恶的味道;或许不是这个礼节厌恶男性,而是男性不应该把精力放在这上面吧。

平复了自己慌乱的思绪,一木才说了句:“之前经常和外公在这里,很久不来了便想来看看,也到庙里看看外公。”

“你外公也是,守了二十多年的庙也不知道在守些什么,最后又留下了什么,就为了在庙里留下一张已经模糊不清的照片吗?”

说着说着,香子不禁眼里泛起了泪珠,呼吸也变得有些急促起来,但香子终究没有哭出来,只是拿手擤了下鼻涕,又洗了洗手。

一木不喜欢母亲这样的行为，同时又报以淡淡的同情。

或许这就是少女到妇女之后的变化，再也不能想哭的时候便毫无忌惮地哭了，也不那么在乎自己的举止是否优雅贤淑。

龙王庙里面的照片的确是一木外公仅有的一张照片。

香子的父亲夜里去世的时候，香子为了满足父亲的遗愿便没有火化，又怕第二天有人来看望的时候，发现香子父亲已经去世但没有火化而被举报，便在夜里悄悄埋了，没有留下遗照，甚至都不敢放声哭。

香子叹了口长气，把未梳理的头发都拨拉到了脑袋后面，颤动的嘴唇也平静下来。

"人终究是不应该只看到自己所在乎的，更应该看到在乎自己的。"

"哦，确实不应该。"

"你外公就是所谓的一叶障目不见泰山吧。"

"或许吧。"

听到未上完小学的母亲说出一个历史典故，一木着实有点惊讶。

一木并不认同外公是母亲所说的一叶障目的人，相反，他觉得像外公这种能坚守自己内心的人很崇高，随之一种人心不古的感觉也油然而生。

另一方面，一木想到如果自己的父母会如此，想必自己内心也定会不快吧。所以，他便也理解了香子的心情，没有反驳香子。

一木和香子沉默了许久，谁也不曾说话，也不看对方，仿佛陷入了各自的思维空间里，像是在追忆一些尘封已久的东西。

"或许这也是一种缘分吧。"

香子没有理会一木所说的，大概是没有听见。

说起来，人在思考的时候往往听不到旁边的人说些什么。

香子自顾自地说："当时你外公听说村子里要砸龙王，便在头天夜里悄悄把龙王背了出来，藏到自己家的红薯窖里。直到风波过去后，他才把龙王从红薯窖里请出来，之后你外公便在庙里度过了自己人生的最后十多年。"

香子的话语中充满了哀怨。哀的是自己的父亲竟将短暂人生的十多年用来做这样一件无意义的事情——守庙；怨的是自己的父亲为了一件如此无意义的事情竟很少顾及家里。

"这么说，现在的龙王塑身还是当年的了？"

"是的。"

"这也是件传奇啊。外公真是一个勇敢的人啊。"

"一个人与整个村子做斗争的确不容易。"

想到外公的行为,再想想自己只顾沉溺在许多理想中却没有勇气去尝试,一木不禁满心羞愧,另外又有一种焦虑感涌上心头。

不,不是焦虑,而是源自内心的谴责。

一木蹙了蹙自己的浓眉,许久才回过神来。

"可惜外公都没有活过六十五岁。"

"不然怎么说好人不长命。"

"也许是神灵怕外公吃苦,便让外公早早去享来世的福气了。"

"神灵怎么想的,我们又怎么能揣测呢?"

香子哽咽了几下,觉得有些口渴,便去泡茶喝了。

"你要喝茶吗?"

"不用了,您泡您自己的就成。"

一木依旧想着之前龙王塑身在红薯窖里渐渐暗淡的样子,现在开光大典又如此风风光光,几十年的起起落落不免使一木心中生出许多感伤。

同时一木尽量回忆着外公的样子,但外公走的时候,一木才四岁,所以怎么也想不起来,只残存了三个零星的碎片,像刻印一样死死印在心里:坐在庙门口发呆,在病床上呻吟,死后夜里被抬出去的样子。

有些尘封已久的事情,想也想不完全,忘也忘不掉,确实存在过而现在又不存在了,平白无故让人懊恼。

二

夜里月光朦胧,还可以辨明是一弯残月。

远方的河水和柳树也同样沉浸于一片朦胧之中,失去了原有的轮廓,连细微的回响也消失在来往的风中。

北方冬天的风是很大的。

一木又在夜里被梦惊醒,不由自主地回想起刚刚的梦,又听见附近宰猪场传来的阵阵哀号,心里不禁打了个寒战。

平复了一下思绪,一木关上灯准备睡觉,但夜里的漆黑使得一木内心充满了深深的恐惧感。于是，一木又打开了灯，但闭上眼同样是恐惧。

一木双眉紧锁，睁大了眼睛，像是在思考却不是在思考，只是在发呆，直到天亮。

白日里，昨晚的梦依旧深深地困扰着一木，更确切地说是一种恐惧感困扰着他。

人为什么对死亡恐惧呢？

一木想起在史铁生的《病隙碎笔》中曾谈到人害怕死亡并不是害怕死亡本身，只是害怕失去自己现在所拥有的东西。

纷杂的思绪倒被香子和岛三的吵架声理清了。

倒也不是什么大事，只是因为正好有人来拜访而香子却起晚了。

对于岛三和香子的争吵，一木早已习以为常，所以一直待在自己房间里没有出来。毕竟只有自己的家人更了解自己家里的事情嘛。

原本以为事情已经结束了，没想到午饭的时候岛三竟然扇了香子几巴掌，一木听到动静便赶了过来。

原想教训父亲岛三一顿，可母亲之前就经常叮嘱一木，无论什么时候做晚辈的都不能来教训长辈，于是一木便赶紧去找自己的爷爷仁二。

乡村的柏油路坑坑洼洼，像是人长痘后的脸，看了难免会有些不舒服。而仁二家所在那条胡同仍然是泥土路，一直没怎么变，只是少了两棵榆树。

从岛三家到仁二家来回大概需要十五分钟吧。

一木尽量保持面部的平静，并未步履匆匆，甚至刻意放慢脚步。想来，谁也不想让别人知道自己家的丑事。而在一木看来，这已经不仅仅是丑事了，更是一种落后的行径。

大概是一木太过敏感，把一次平常的夫妻打架当作家暴，或许这也是长久以来男尊女卑思想的一种条件反射吧。

仁二到一木家后，只剩香子在一旁哭泣，岛三已经出去了。

香子靠在墙上，蓬乱的头发、通红的眼睛和哽咽的哭声竟让仁二这样一位年近八十的老人不知说什么好。

一木在路上已经同仁二说明了事情的起因，仁二便没有多问，只是在一旁点起了烟。

直到烟燃尽，仁二才把烟蒂扔到烟灰缸里，一点儿烟丝也不剩。

虽然仁二自己在家从来不用烟灰缸,但是在别人家里还是要讲究的,所以总是很礼貌地把烟灰抖进烟灰缸里。

约莫过了半个小时,岛三回来了。可令人没想到的是,他是同香子的姐姐芦子一块儿来的。

仁二见芦子来了,便起身想要致歉,然而却什么也没说,只是脸上写满了歉意。

一木请芦子坐下,芦子并没有坐下,仁二也没有再坐下。倒是岛三也不顾长幼尊卑,一进来便坐了下来。

香子则在一旁抽泣着。

"您既然来了,就赶快把她领回去吧。"

"她做什么了?你就想把她赶回娘家去。"芦子有些气愤,用带有讥讽和埋怨的语气说,"你是不是认为我母亲病重,香子她无路可去了。"

岛三并没有回芦子的话,依旧感觉自己的所作所为是合情合理的。

"您见过哪个女人客人来了还没穿衣服吗?"

"那客人进你们寝室了吗?"

"这倒没有。"

"即便香子让人看见了她没穿衣服的样子,你也不能动手,何况明明什么事都没有,你偏做出这样的事情。"

"可也不能男人都起来了,她还不起床吧。"

芦子还没来得及反驳,香子便与岛三争论起来。

"那之前多少次都是我先起床,做好了早饭你才起床。"

"别说之前的事情,就说今天的这件事。"

"为什么不能说之前的呢?"

"因为以前的都过去了,你干吗还提它。"

"那今天的事情不终究也会过去吗?"

岛三依旧争辩着,仁二也不愿说什么,或是怕说错什么吧。仁二向来如此,宁愿不说话也不落人口实。

"跟他也说不清什么,过两天龙王庙开光,你应该会来吧。"芦子有些厌烦地说。

"会去的。"

“你也该多出来走走了,在家时间长了也难怪会有晦气。”

随后,芦子又训斥了岛三几句便离开了。

听了父亲和芦子的对话,一木对父亲和芦子同样抱有深深的厌恶。他感觉两个人的话都是对香子的一种禁锢,芦子的说法只不过是把香子从一个狭小的囚笼里放到了一个稍微大一点的囚笼里。

芦子是骑电动车来的,但并没有把车骑到一木家门口,而是停在了街道的转角处。

虽然芦子一直说不用送了,但是一木、香子和仁二还是把芦子送出了门,直到看着芦子离开才回去。

“那我也先回去了。”仁二便也回自己家了。

大概仁二也不想再面对这样的事情吧。

三

冬季的日子,天总是亮得很晚。

虽然定了闹钟,但是没等闹钟响,一木便醒了。

香子同样如此。

收拾完一些琐碎的家务,是时候去参加龙王庙开光庆典了,可香子依旧对如何前去踌躇不决,是应该走路过去还是应该骑车呢?

深思熟虑了一番后,最终,香子决定和一木走路过去。

虽然香子对那座庙并没有好感,但是不知怎的,总是认为不能失去了敬意,真是奇怪。

临走前,香子对岛三说:“中午我们就不回来了,午饭要么你就去外面吃吧。”

“不用管了。”岛三似乎对香子的叮嘱满不在乎。

对于岛三的满不在乎,香子并没有显现出一丝不快,多是已经习惯了这样的口吻。

要说大概也就半个小时的路程,在冬日里却变得似乎漫长了许多。

让人难受的并不是寒冷,而是大风。

数不尽的沙尘像无数迷失方向的人拥挤在寻找方向的道路上。香子和一木因为这样的天气而感到满心的不快。

香子用围巾裹住了整个头,只露出了眼睛以方便看路。一木却只能将下颚尽量瑟缩进衣领里。

冬日里,路上并没有什么行人。

香子和一木也没有说话,只想快点到庙里。

虽然这次主要是来参加庆典的,但香子和一木并没有先去庙里,而是先到了一木外婆家。说来确实应该如此,百善孝为先的缘故吧。

家里空无一人。

说空无一人也有些不妥,因为即使没有照顾的人,至少外婆依旧躺在床上。但大家习惯于这样的说法,一木也就习惯这么说了。

“怎么又是一个人也没有!”香子倒不是疑问,只是单纯的责怪,因为香子对自己大哥做这样的事情早已习以为常了。

“不知道舅舅会去哪里?”

“或许是去了庙里吧。”

“可也不能放任家里没有人啊。”一木既愤怒又有些厌恶。

“不许在外面说人家,哪里有晚辈说长辈的,更何况你又不是这家的人,外甥又如何能这样说呢?”

虽然满心不痛快,但是一木无话反驳。

一木外婆的情况似乎又差了些,她的眼睛已经由原来的淡蓝色变成了灰色,也失去了光泽,像是蒙上一层乌云,却丝毫没有要下雨的感觉。

一种无聊的感觉冲击着一木的思维,终于,一木走出了那间充满死亡气息的屋子。

可刚走出屋子,一种羞耻感却又直击他的心灵。幼时生活的地方,今日竟感觉无聊。

难道是因为屋子旧了? 可在一木眼里,这座房子还和记忆中是一个模样,只不过院里的石榴和月季全部凋落了。

真的没有变吗? 其实一木心里也不清楚,或许只是自己没有太在意吧。

最终,一木还是回到了屋子里。

不知怎的,在屋子里手机没有信号,一木只好在炕头烤火,不一会儿竟有了一丝困意。

恍惚间,芦子也过来了。芦子并没有嫁到外村,因而来去比较方便。

香子和芦子给一木外婆换上尿垫，又喂了点东西后便准备去庙里了。

出了胡同，向北转个弯直走便是龙王庙了，走路也就三分钟的时间。虽说古寺藏深山，可这座龙王庙就是处于这样一个嘈杂的环境之中。

庙前的柱子都换了，外围的墙也都重新修葺了，并用大理石雕了两个圆形的莲花图案。另外，庙前的牌匾也换了，“龍王廟”换成了“龙王庙”。

香子也注意到了这一点，大为诧异。

“怎么把牌匾换成了这个样子呢？”

“哦，现在都不用繁体字了嘛，自然都换成了简体字。”芦子似乎早就知道，所以一点儿也不感到诧异，“况且这样也好认嘛。”芦子似乎有些不以为意，甚至赞同这一做法。

“那也不能因此失去敬意啊。”

“怎么会因为几个字就失去了敬意呢？”

香子与芦子的想法不同，她不想和芦子争论，便把自己的想法都放在了心里。

一进庙里便有一股香火气扑鼻而来，让人有一种心旷神怡的感觉，一木很喜欢这种味道。

还没来得及在庙的四周看看，便碰到了香子家族的家长青山。

“很高兴你能来啊，原本我还以为你不回来了呢。”青山见了香子便上前来打招呼。

“既然收到了您的邀请，又是庙里的开光庆典，我无论如何都要来的。”香子回答的时候带有一种恭敬感。

“你们先去殿后的屋子休息一会儿吧，人都在里面呢，我还要在外面再忙一会儿，真是对不住了，待会儿才能招待你们。”

“哪里的话，那我们就不打扰您了。”

说完，芦子便去青山所说的屋子了，而一木和香子想在院子里转转。

香子知道青山所说的人是指那些守庙人的后代。

一木表示想自己看看，便和香子分开了。

在大殿前转悠，一木竟觉得自己的外公和门上的神荼十分相似。

“确实长得很像呢，真是神奇啊。”一木自言自语地感叹着。

时间仿佛过了很久，一木回到青山所说的屋子里，香子已经在里面坐下了。

一木被邀请坐下,表示谢意后,一木并没有坐,只觉得在这样的场合和自己的长辈坐在一起很不礼貌,便一直站在旁边聆听长辈们讲话。

长辈们拿着一本相册,那本相册保留了所有守庙人的照片,一木外公的照片自然也在里面,翻看相册也是在回忆自己先人的事迹。

“你能帮我给大家倒杯茶吗?”青山对香子说道。

“哦,”香子迟疑了一下,“可以。”

香子看到那个茶壶便觉得这是如此不可思议。

这个茶壶是父亲每天给红薯窖里的龙王换茶水的茶壶,后来整理父亲遗物的时候,香子的母亲便把这个茶壶交给了下一位守庙人。后来听说这个茶壶被不小心打碎了,香子的母亲还为此伤心了好久,没想到几十年后竟会再次出现在这里。

茶壶是黑色的,中部印了些白色的兰花,很是惹眼,像是漆黑的天空升起了一弯清冷的月。

茶壶上虽然多了些裂痕和修补的痕迹,却依旧很有味道。

“真是对不起,没有经过你们家同意便擅自把这个茶壶拿出来用了。”

“没事的。”香子端详了这只茶壶许久,“真没想到它还能保存得这么好。”

“本就是不平凡的东西,怎么能轻易就消失了呢?”

“我真的很感动呢。”

“那几年还真亏了这个茶壶呢。”

“可不是嘛。”许多人连声说道。

香子忐忑不安的心情持续了一整天。

庆典结束时,大家喝完了最后一杯茶便都要各自离去了。香子同青山道别后,又同芦子道别。

芦子因为家里有事便不去一木外婆家了,而香子和一木还要去外婆家里道别。

走到龙王庙大门时,一木注意到了一块石碑,碑头刻着“功德无量”,下面是为修葺龙王庙捐款的人的名字。一木一眼就注意到了“功德无量”是用《石门颂》技法刻出来的。一木用手抚摸着那几个字,很是享受,在笔画的流转中仿佛感受到了一种力量。

香子也在旁边站着,不过香子不是在欣赏,而只是在看有哪些人捐款。

正在欣赏的一木被一束强光晃得闭上了眼，再睁开眼时看到一排碎玻璃被水泥固定在墙头。一木很反感，总觉得庙宇之中不应该出现这样的东西。

既然觉得反感，一木便不想多留，准备去跟外婆打个招呼就回家了。

“我总觉得牌匾还是用繁体字好。”

香子在一旁嘟囔着，一木没有说什么。

到一木外婆家后，依旧是空无一人。

瓦

张佳雅

他又看到了她。

已经不知道是第几次看到她了，她安静地坐在窗前，微微颔首，眼睛注视着手里的书。浓密的黑发松松地散在肩上，她的耳郭白皙而柔美，仿佛是温润的玉做成的。她的脸颊丰满，鼻子端正。也许读到了可笑之处，她的嘴角微微上扬着，就像是一朵绽放的花儿。如果她微微侧头，还能看到两片嘴唇间珍珠般的白牙齿。她太美了。

这是他隔着雨帘看到的她。

南方的雨季总是漫长而惹人烦，屋子里充斥着沉闷的空气，有的桌腿上已经长出了斑斑点点的霉菌。外出总要打伞，而工作也不尽如人意。他勉强做着一名文员，整天写写东西，也赚不了几个钱，还要受那个脾气暴躁的老板的气。但是他不敢仅凭着一时意气就辞掉这份工作，尽管收入微薄。他无比热爱绘画，当他在学校的时候，他曾迷恋了它好多年。但如今，他还是要靠这份工作生活，他怕他的画技养活不了他，他向来对自己没什么信心。

“生活真是糟透了!”他总是这样想。

然而有一天，当他站在桌前抱怨这没休止的雨季时，他看到了对面窗边站着的那个女孩。女孩把手伸到窗外，接着从天空滴落的雨珠，雨水打湿了她的手和衣袖，但她似乎并不在意，甚至眯起眼睛享受着这份清凉。她笑起来天真的脸庞和弯弯的眼睛吸引了他。他的心怦怦直跳，他无法移开的视线让他知道，也许，他爱上了她。

接下来的日子里,每个雨天,他都会在窗前看到那个女孩。她有时候读书,有时候打开窗让雨珠调皮地跳到她身上,有时候她的眼睛也会有意无意地望向这边,好像在看他。这时的他心跳加速,甚至会脸红,他想是不是女孩也爱上了他?这使他更加坚定了自己的心,“我得跟她表白,我要告诉她我多爱她!”他冒出这样的想法,把自己也吓了一跳。他只感觉到浑身的血液在沸腾,毛孔也张开了,整个人精神焕发,好像决定了自己要干一件大事一样。这种感觉自从他决定学习绘画以来,就再也没有出现过。

后来的日子里,他每天都在筹划着这件事,工作的时候想,吃饭的时候想,就连上厕所的时候都在想。他想着那天穿什么衣服,梳什么发型,甚至连对话内容都在脑海中演练了好多遍。他还要买一束花,要紫色的郁金香,只有那样恬静的花才配得上她。他问到了她家的门牌号,设想了用哪只手敲门,哪只手拿花,还犹豫不决第一句话是“嗨,姑娘”还是直接说“我喜欢你”。一切都准备好了,等雨停了,他就去见她。

然而,雨停了,他再也没有看到她。

他本可以冲到她家,将自己的计划付诸行动。但一连好多天再没有看到那个女孩,他犹豫了。他觉得也许是自作多情罢了,是一时头脑发热罢了,那么美的女孩怎么会喜欢自己。自己没有帅气的脸庞,没有高薪的工作,怎么会有女孩喜欢自己。前些日子也许只是因为下雨,女孩无法出门,在家消磨时间罢了,她根本没有注意到自己。想到这里,他放弃了去敲女孩的门,关上了那扇窗户还拉上了窗帘,他总是这样对自己没信心。

“生活真是糟透了!”他心里想。

雨停了,生活恢复了原貌,他的日子还是不温不火地过着,整天做着自己不喜欢的工作,一边抱怨一边屈服。总之,无聊透了。

直到有一天,他下班回家时又看到了那个女孩。只见她在一辆大卡车前站着,看着司机把东西都抬到车上。原来她要搬走了,他失望极了,但仍然没有过去说上一句话。

又过了几天,他收到一封信,是女孩寄来的,但没有带来什么好消息。信上只写了一句话:“整个雨季我都为你打开窗户,可惜你始终没有勇气迈出那一步。”

“生活,真是糟透了……”他握着信怔怔地说。

父母爱情

郑梦雨

通宵加班的小王拖着疲惫的身子走进自己的房间。

已经许久没有睡觉的他，看见床就跟看见自己的情人那样，恨不得永不分开。作为一个杂志编辑，通宵加班似乎已经成为家常便饭。

刚躺下没多久，外面传来一阵找东西的声音，“乒乒乓乓”的。小王皱了皱眉，却并没有起身，而是翻了个身继续沉入梦乡。

恼人的声音忽然停下了，紧接着又是一声声强烈的砸门声撞击着小王的鼓膜，“砰砰砰砰”。小王烦躁地用被子包住头，试图隔绝这恼人的噪声。

“儿子，儿子，快起床了！钱包不见了，我的钱包不见了！你出来帮爸爸找找吧！”砸门声混杂着父亲的叫喊声不断传入小王耳中，赶跑了他的睡意。小王终于忍无可忍了，揉揉自己布满了红色血丝的眼睛，顶着乱糟糟的鸡窝头，大跨步地打开房门。

“爸，大清早的喊什么，大早上找钱包干什么？你年纪大了就该多休息，没事你就多睡会儿。”小王半眯着眼睛，语气十分恶劣。

“我要找钱包买菜呀。”老王一边找一边回话，“快快快，帮我找一下，刚刚还在的，怎么就找不到了呢？”

“爸，我昨天那么晚回来，还没睡多久。今天一大早你叫我起来就是为了找钱包买菜？”听到这个原因，小王瞬间整个人变得更加暴躁了，就像一头即将暴怒的狮子。但是对方是自己的父亲，他再生气也无可奈何，只好软了下来：“爸，现在还太早，菜市场都没开门呢，晚点我再去买菜行不行？”

老王眼里浮现出一丝愧疚，支支吾吾地嘟囔着什么，扭着衣角。小王有些恼怒地关上房门，扑倒在床上，如同一条渴死的鱼。

门外又传来了窸窸窣窣找东西的声音，但显然动作轻了许多，那声音却像轻烟一样笼罩在脑海，久久不能散去。

小王无奈地又一次打开门：“爸，你的钱包不是就在你手里吗？”找了许久，小王终于在父亲手中发现了那个不起眼的钱包。

“哦，瞧我这记性，钱包拿在手里还给忘了。还是儿子厉害。行，那你先去睡吧,我去买些菜就回来。”老王像个孩子一样,收拾了其他的东西后便打算出门了。

“爸,爸,爸!”小王急忙拉住父亲,“我和你一块儿去吧,我也挺久没去菜市场了,正好今天放假,我和你一起去看看有什么好吃的。我们爷俩今天买点好菜,喝两口。”小王不放心父亲独自一个人去菜市场。

“不行,今天不行!今天是个特殊的日子,等改天有空,我们再喝两口。”父亲有些调皮地眨了眨眼,拒绝了小王的提议就出门了。

特殊的日子?小王在脑海中想了想,难道是父亲的生日?不是,父亲的生日还有好久。难道是自己的生日?也不是,自己的生日早就过了。

小王没有办法,来不及收拾,随手拿起衣服往自己身上一套,悄悄地跟在了父亲的后面。

平时节俭的老王今天似乎格外的大方。鱼、肉、鸡、鸭,一样都不落下。

“老王,今天怎么那么大方,儿子高升了?”摊主们打趣。老王却只是笑笑,摆了摆手,买完菜就急匆匆地回了家。

看到父亲安全到家,小王松了一口气,放心地回到房间里继续补觉。

不知道睡了多久,当小王迷迷糊糊醒来的时候,一阵阵饭菜的香气丝丝缕缕地争先恐后地钻进他的鼻子,惹得他的肚子不争气地咕咕直叫。

揉揉眼睛,收拾完自己,小王走进客厅,饭桌上正摆着一盘油亮亮的红烧肉。小王眼睛一亮,等不及拿筷子,用手指一捏,就想尝一块。

“啪”,一双筷子敲在了小王的手背,吃痛的小王不得不放下那块红烧肉。“爸,我都饿了,我先尝一块,帮你试试味道。”小王讨好地向父亲撒娇。

“等你母亲回家再吃。”父亲一脸坚定地说。

母亲?小王愣了愣,他似乎意识到了什么,忽然安静下来,沉默地坐到一旁的凳子上。

是了,今天是母亲的生日,也是母亲的……小王觉得眼角似乎有什么液体要溢出来。

老王转身回到厨房继续做菜,眼角的余光却紧紧地盯着那一盘红烧肉,生怕儿子偷吃。

“你母亲是上海人,最喜欢吃鱼香肉丝了。”父亲一边洗菜一边絮絮叨叨地回忆着,“想当初,你母亲可是单位一枝花,好多优秀的男人都想追求她,那时我只是他们单位食堂的一个小厨子，我第一次见到你母亲的时候，给她打的菜就是我做的鱼香肉丝，后来她时常来，这一来二去……”

小王听着父亲的话，微微地勾起唇角，似乎想笑，却又蕴含着其他的滋味。

时间一分一秒地过去，父亲一看时间，急忙加快了动作。“你妈快下班了，儿子，快去把碗筷摆好，等你妈回来就开饭。”老王朝着小王吆喝着，又转身洗洗切切，忙碌去了。

做好最后一道菜，老王解下围裙，洗了洗手，又把桌子擦了擦，把菜端上桌子，用盖子盖了起来。“爸，盖着菜做什么？”

“傻，我要给你妈一个惊喜。”父亲瞪了小王一眼，“也要防止你偷吃。”

“你妈怎么还没回来，”父亲看了看钟，“今天是她的生日，不应该啊。难道是在加班？饭菜都快凉了。”父亲不知道在门口徘徊了多久。“不行，我去接她吧。”父亲说着就准备下楼去接母亲。

小王连忙拉住父亲：“爸……妈……妈……她今天要加班，要不我们先吃吧！”

“要加班呀，怪不得，那我们再等一会儿，今天是你妈的生日。我们不等她就开饭，她要不高兴的。”父亲搓了搓手。

“对了，你们年轻人生日喜欢送什么礼物？”父亲似乎想起来还没有买礼物。

“送花，那种红艳艳的玫瑰花。”

“她呀，就是喜欢浪漫，我还从没送过花给她，今天就再给她一个惊喜。”父亲拿上钱包，准备去楼下花店买束玫瑰。

“爸，我和你一块儿去吧。”

“不用，就对面楼下那个花店，我去去就回。”

小王倚在窗户边，看着父亲蹒跚的脚步。不一会儿，父亲抱了一大束玫瑰走出花店，脸上的笑容比天上的骄阳更刺痛小王的眼。

老王抱着花进门，把花小心翼翼地藏在了衣柜里，静静地站在门口，如同一尊雕塑。

小王看着父亲瘦削佝偻的背影，他一直以为父母那代人并不会存在爱情这种东西。成长、相亲、结婚、生子……柴米油盐的流水线下，有什么情愫那大概只是亲情，再有什么只怕也会淹没在长久的生活中。所谓婚姻，只是两个互相不算讨厌的人一起搭伙过日子而已。

可是今天,他觉得他错了,错得离谱。得了健忘症的年迈的父亲记得母亲的生日,但他却忘了母亲早已辞世十年!

“爸……妈已经……”望着孤独地站在门口的父亲,小王欲言又止。他在犹豫是否要告诉父亲这个真相,这个已经被他遗忘的真相。

“不用说了,我知道,其实我都知道。”老王的背影有一丝颤抖,“今天是她的生日,她一定会回来的,我等她回来。”

望着父亲执着的背影,小王似乎明白了爱情是什么样子:我什么都可以忘记,但是关于你的一切永远刻在心间,永不褪色。

文学评论

肢体语言讴歌的深情

——观音乐舞蹈史诗《井冈山》

印笑菲

这个世界上表达情感的方式有很多种：一段告白、一个眼神、一曲音律、一段舞蹈，都可以用来表达人的情感。总的来说，任何一种能让受众感知到我们想要传递的情绪的手法，都是一种表白的艺术语言。音乐舞蹈史诗《井冈山》全场并没有太多长篇大论的抒情告白，但是随着舞蹈演员们灵动的身躯和着音乐的节拍在我们眼前舒展跃动时，我们依然能够无比深刻地感受到那一片用肢体语言讴歌出的对党和民族的款款深情。

音乐舞蹈史诗《井冈山》是一场结合了歌剧和舞台剧的视听盛宴。其最大的特点之一就是选题的真实性。这些年来，很多颂扬党和民族光辉岁月的节目会不自觉地将表演主题层次一味地抬高放大，结果就成了对历史教科书的重新演习，缺乏了新意和接地气的生活气息。音乐舞蹈史诗《井冈山》成功地避免了这一点。在整场演出中，演员们不仅表演了井冈山会师、红色政权的诞生、小井红军医院等历史上的重大事件，还用丰富的肢体艺术语言向我们演绎了红军和当地淳朴居民的日常生活故事：有纳鞋底儿的姑娘们，有倒酒喝茶的老农，还有教会老百姓识字的红军女战士以及送儿参军的农村大娘。这些发生在那个不平凡年代的平凡生活故事，让观众更加真切地感受到血浓于水的深情，暖意油然而生。

除了选题，作为一场成功的舞台演出，外部场景环境的设置也是极为重要的。在《井冈山》中，灯光和喷雾的舞台效果无疑为整场演出锦上添花。我们都知道，不同色温的光线给人带来的感觉是不同的。例如在演出中，演绎面对危机和白色恐怖的场景时，整个舞台充斥着高色温的蓝色冷光，给人一种身临其境的压抑和冰冷的感觉,让我们的心也随着舞台人物的命运一起揪起;而在演绎英勇作战和战事大捷的场景时,整个舞台的光线就变成了红色的低色温光,给人一种振奋感和喜气洋洋的好心情,也让我们随着那个年代的洪流而热血沸腾。整场演出还恰到好处地使用了喷雾的舞台效果,使整个演出场景变得朦胧和扑朔迷离,顿时使观众有了一种浓浓的怀旧感并且营造出了一种往事如烟的唯美氛围。

当然,除去外部因素,要向观众们传递出整场演出想要表达出的情感,最重要的还是表演者们的肢体语言艺术。舞蹈系的女同学们灵巧婀娜的身段,男同学刚正不阿的气场无疑对此做了很好的诠释。然而,表演者真正打动我们的并不全是高超的技巧,而是他们对角色投入的真实情感。在整场演出中,最打动我的莫过于小井红军医院那一段:女主角在躺满"尸体"的地上踉踉跄跄地穿梭,她好几次抱起自己的爱人,抱起其他已经牺牲的战友。她呼喊他们,试图用体温唤醒他们,然而却于事无补。当时,女主角那满脸悲痛的神色深深地触动了我。那是一种发自内心的悲伤,没有丝毫的矫揉造作,演员的表演功底可见一斑。这个女孩一定是完全理解了这个角色,才能将其融入自己的内心,才能表达出相同的情感并深深地打动在场的我们。接下来一个巧妙的设计则更是让人拍案叫绝:只见变幻不定的灯光下,地上躺着的红军战士的"尸体"一个个站了起来,好像复活了一般。然而当主演的女孩奔上前去,用手指触碰到他们的那一刻,所有战士又纷纷倒下了。一目了然,我们明白了这是在演绎女孩的想象,或者说是一种期望:她期望战友们能活过来,她期望一切都没有发生,然而纷纷倒下的战士又打破了她的幻想。真实的表演,高超的剧情设计,让我们感同身受。其间我注意到,有几位老师也泪水涟涟。正是演员全身心地投入角色中和她高超的肢体语言表达艺术,才让我们竟能够让角色进入我们的内心,并且分担了角色的悲痛。这种肢体语言所讴歌的深情,甚至在某些方面超过了言语。

大爱无言,面对历史长河中这一段令我们有泪有笑、心潮澎湃的光辉岁月,音乐舞蹈史诗《井冈山》的表演者们用他们唯美的肢体语言向我们讴歌了一种永不磨灭的血浓于水的深情。耳边恢宏之乐犹在,合目灵动身影犹在。

音乐舞蹈史诗《井冈山》解读

许镇方

曹文轩说过:“美的力量绝不亚于思想的力量。一个再深刻的思想都可能变为常识,只有一个是永远不衰老的,那就是美。”音乐舞蹈史诗《井冈山》作为一部红色史诗巨作,不仅表现出了音乐美、舞蹈美,而且完美诠释了井冈山精神。这种精神之美,是永不衰老的。

音乐舞蹈史诗《井冈山》由《序》《引兵井冈》《星火燎原》《伟大创举》《尾声》五个部分组成,生动再现了老一辈革命人士在井冈山开创革命根据地的峥嵘岁月,表达了对抛头颅、洒热血的井冈英烈的无限敬仰和怀念,深情讴歌了伟大的井冈山精神。音乐舞蹈史诗将井冈山精神的价值取向完美地搬到了舞台之上,给观众以心灵上和视觉上的双重享受。

一、史诗中的意象解读

《八角楼的灯光》是《星火燎原》篇章的一个分支,八角楼是毛泽东在茅坪的一处住所,在这里,毛泽东写下了《中国的红色政权为什么能够存在?》《井冈山的斗争》两篇文章。“灯光”在这里起到了渲染气氛的效果,加上舞蹈背景上的半轮明月,构成了一幅静谧的夜景。“灯光”是光明的象征,传递的是一种哀婉和坚韧。这是一种暴风雨前的宁静之美,为后续革命英烈为奋斗而牺牲的悲壮豪迈做了强有力的铺垫,尽显演出节奏的落差之美,既表现了毛泽东受人爱戴,也表现了对井冈英烈的缅怀。“烽火连三月,家书抵万金。”陈毅安和李志强这对追求真理的爱人,在艰苦的斗争岁月里,为了革命斗争的胜利,在爱情和主义的抉择中选择了后者。因为一个民族骨子里的热血在奔腾、蔓延,他们愿意为所信仰的主义而战斗。他们的爱是超越现实的,舍弃小爱,追寻惊心动魄的革命大爱。“我倒下的地方,你会看到将生长出烂漫的杜鹃花,那是我对你深情的思念,那是我对现世界美好的祝愿。”这是毅安对志强的爱的宣言,这封家书,忧伤中荡漾着温暖,温暖中流露着革命一定会胜利的决心。

“灯光”“家书”都隐喻着美好,寄寓着那个时期苦难的人民对美好生活的憧憬和向往。音乐舞蹈史诗《井冈山》用艺术的形式将观众带到了那个硝烟纷争的年代,用这些看似寻常却不乏灵性的意象来丰富内容,达到了润物细无声的效果,通过小小的意象让观众自然而然地感受到井冈山斗争时期的壮丽和悲怆之美。《井冈山》中洋溢着许多美好的意象,我们能从中感悟到“真”,而这种“真”在现如今的社会几乎无处可寻。“做军鞋”“送军鞋”,我们也只能从《井冈山》中回味这种真,体悟最初的感动。

二、史诗中的艺术魅力

《井冈山》按照时间的顺序缓缓展开叙述,在一个个看似独立的篇章背后,关于井冈山精神的主旋律却贯穿始终,每个篇章都进行了细腻的连接,使整个作品“形散神不散”。

在整台演出中,歌曲合唱与演出相融合,让人沉浸其中,有身临其境之感。《序》中的第一首歌曲《就义歌》渲染了一种悲怆的氛围,表现的是一种刚烈和坚定,是一种视死如归的豪迈,将观众带入一种特定的情绪当中,感受到烈士们的大义凛然,激发观众的爱国情怀,就像歌曲里唱的:“杀了我一个,自有后来人。”这带给观众的是一种怎样的感动和震撼。刚柔并济自是恰到好处,史诗的演出并不是只有慷慨振奋的一面,同样也有令人哀婉苦楚的悲歌。在深情的《映山红》歌声中,我们看到的是这样的画面:少女背着战士坚毅地前进,在她身后,倒下的那一个个烈士挣扎着站立起来,任何艰难困苦都无法阻拦人们渴望光明和胜利的决心。在美好的艺术氛围中,观众的心灵也受到了洗礼。《十送红军》是《星火燎原》的最后一个小节,也是本篇章的高潮部分,在“……十送里格红军,介支个望月亭……”的歌声中,红军走进观众,走向光明的未来。每个人都盼望着革命早日胜利。

歌曲一响起,似乎就把观众带回了那个年代。将歌曲融入音乐舞蹈史诗中,不仅起到了渲染烘托的作用,而且用艺术的形式表现了特定的历史时代风貌,能够让观众在歌声中体悟先辈们的革命情怀,感受不一样的年代特色。每一首歌都有自己特殊的意义,与音乐舞蹈史诗相融合,使整台演出更加饱满,更具张力。除了音乐,舞蹈、场景设计和演员表演等都在不同程度上表现出了音乐舞蹈史诗《井冈山》的艺术魅力。

三、史诗中的价值意义

让观者感动,这是音乐舞蹈史诗《井冈山》所表现出来的价值意义。井冈山精神一直存在,从前的劳动人民因它而感动;而今天,我们依然会因它而感动;到明日,明日的他们也一定会因它而感动。

在《引兵井冈》篇章，我们感受到了毛泽东给中国带来的光明，井冈人民做军鞋、草鞋送红军，分粮，这是满满的感动；在《星火燎原》篇章，我们感受到了今天的幸福生活来之不易，是革命烈士用生命换来的；在《伟大创举》篇章，我们看到了胜利的远方……当今社会众口难调，而音乐舞蹈史诗《井冈山》却赢得了观众的口碑。它通过美丽生动、有血有肉的演出，让人身临其境。整部作品传递的是积极向上的正能量，传递的是永不磨灭的井冈山精神：坚定信念、艰苦奋斗、实事求是、敢闯新路、依靠群众、勇于胜利。纷扰喧嚣、利欲熏心的快节奏社会，使人们变得冷漠，音乐舞蹈史诗《井冈山》为现代人注入了新的能量，唤醒人们感动的嫩芽，在一定程度上具有重要的价值意义。

音乐舞蹈史诗《井冈山》演出已有一百多场。它在真实展现艰辛革命斗争的同时，通过艺术的方式进行加工，对井冈山精神做了完美的诠释，既还原了历史，又符合现代观众的审美情怀，在散发艺术魅力的同时，起到了传播的作用，是一部波澜壮阔的音乐舞蹈史诗。史诗中所表现的井冈山精神之美，也将越发醇厚，永不衰老。

行走的精灵

——论刘理海新诗中自然意象的隐喻以及“二元性”文本实践

鲁华玉

一、对自然的抒写、诗性的隐喻

任何一个诗人对生活都有自己的理解，在他们的环境与背景中。他们善于把生活的种种事物赋予自己的感情与感受，以此来呈现自己的内心世界。而在“90后”诗人刘理海这里，他更倾向于对自然的描绘，虽然他生活在现实中，然而他的心却在现实之外，对自然持一种热衷的态度。某诗评家曾说过一句话：一个成熟的诗人总在努力不懈地寻找与世界达成对话的方式或呼唤这个世界以其最本原的面目向我们呈现。而我们在阅读刘理海的诗歌时，却不难发现他对环境与背景的呈现源自他与自然的对话。比如，在《比桂花更香的是九月的年龄》一诗中，他写道：

比桂花更香的是九月的年龄

柳树最修长的季节月亮渐渐饱满

…………

这是一首淳朴的诗。首先,在语言上,他带给我们的是一种悠然、平静的感觉;其次,在这种赋予了作者主观情感的“桂花”“柳树”中,我们能感受到一种古典雅韵——那种隔世般的“自然”。

在众多“90后”诗人中,刘理海可以说是一个极为安静的诗人,这点在他的诗歌中表现得尤为明显。我们在他的诗歌中很难看到所谓“喧嚣”的影子,而他表现或呈现出来的“自然”,大概是一种安静的、纯净的、自然的味道,如苏联作家帕乌斯托夫斯基所说:“……应该沉浸在风景中,好像把脸贴在一堆被雨淋湿的树叶中,感受它无限的清凉、芬芳和气息,应该热爱自然,而这种爱,和一切爱一样,能够找到正确的方法有力地表现自己。”刘理海的诗,如《春寂》《踏秋》等作品,不但阴柔、丰满地表现了诗人的气质,而且多少都透露出一些传统的、古典的气韵和意境。在具体的意象处理上,刘理海更是表现出了这样一种对生活的态度以及个人的思想,如“风”“落叶”“泥土”“蛙鸣”“树林”“梧桐”“新芽”“柳絮”“鸟雀”“雾”“细雨”“山谷”“清泉”“星星”“蚂蚁”等,这些经过刘理海独特的情感活动而创造出来的艺术形象,无一不是他的感情和感受的体现。如《隐秘》:

枝头凸出阳光,嫩绿

让人心软

绽放的、含苞的都充满柔情

鸟在树底光斑间跳跃

风轻抚土地,落叶如此善良

又如《火车总是干扰我的抒情》:

当所有被我遗漏的翘舌音和后鼻音凝聚成一个

大大的月亮,便有一辆洁白的列车长出十二枚新芽

静静地把三月一瓣瓣剥成一年四季

再如《隔着长江喝酒》:

桂花香遍九月,我们隔着长江喝酒

月趋圆,草丛里的蟾蜍蹲在虫豸声中

我们可以看到这些具有古典的诗性与现代的自由的文字被刘理海协调、有

序地融合在一起,其语言也在超越其实在意义的情况下,展现出了一种活性,即内涵与外延的丰满。而这些无一不是源自刘理海心理世界内部的感情与感受。

由于这种在现实生活中的体会,加之对生活的感悟,他的诗中常常表现出一种具有孤独、安静、阴柔等内倾性的"小我"感情与感受。在《小塘村》中,他这样写道:

空空的,最后坚守的泥土
植物和昔日的残影如风悲凉

未上锁的门等不到主人披露而归
——夜晚该有多煎熬

墙头老藤盘绕,门楣昂首的
麒麟将和瓦片一样慢慢沉入荒地

似乎紧握信仰,老人身穿
蓝布罩褂,早被遗忘的纽襻

像那些陌生的藤蔓死死缠在
老龄桑树上,望着新鲜的路人

在这首诗中,他有意表现一种对"悲凉"的体验,这里很明显地表现为他逃离现实同时又不舍的心态,他完全是沉浸在这种感情与感受之中,享受着作为个体的孤独与内敛。如张枣在《朝向语言风景的危险旅行》中所写:"写作的关键是对语言本体的沉浸,也就是在诗歌的程序中让语言的物质实体获得具体的空间感并将其本身作为富于诗意的质量来确立。如此,在诗歌方法论上就势必出现一种新的自我所指和抒情客观性。""诗的过程可以读作是显露写作者姿态、他的写作焦虑和他的方法论反思与辩解的过程。"在刘理海这里,他对语言本体的沉浸,无疑显露了他的写作姿态和写作焦虑,并且成为他诗性与诗意的表达可能。

《小塘村》表现或呈现的"泥土""植物""残影""夜晚""墙头""老藤""门楣""瓦片""荒地""老人""老龄桑树"等具有刘理海主观情感的客观物象,即经过他独特的思维活动创作出来的艺术形象。他通过内敛、安静的情绪处理，可以让我们很容易感受到他诗中所散发的那种感染力，与我们产生很自然的共鸣。如《无题》：

无人敲击。夜晚安静得能听见蚂蚁
节肢伸曲的声响。有人晚归经过
惊起，像一个松软的梦魇从门外挤进
——月光冰凉，寒秋将至

又如《带青草味的牛粪》：

迷路在陌生地方也是一种逍遥
月亮从湖面升起，罩住星点小屋
若近若远，荒废的田地宽广
可闻到白天吃草的牛，舒展的白鹭

我们知道，优秀的作者完成他的抒情绝不是来自他个人，他对细微事物的敏感处理，在很大程度上不是由他个人来完成的，而是让读者来替他完成的。

综上所述，我们可以看到，在对自然的隐喻上，刘理海表现或呈现的是他个人对生活的理解，以及对自然的热爱。而我们当下的现实，实际上是与所谓的"自然"有着明显的隔阂的，而他越是做出对这种隔阂的融合，我们也越能感受到他个人的感情与感受于诗性的表达。而这种对自然的真诚，在"90后"诗人里是非常少见的，这也成为刘理海诗歌的显著特质之一。

二、"刺点"与"展面"的二元表现

我们在阅读刘理海诗歌时还能发现一个较为显著的特质，即他将一个作为自然的意象运用时，其中充满了那种由单一意象组合成一个完整意境的词语魔力。这种组合不是单纯地把许多意象简单地串联在一起，如此势必会造成一种审美疲劳。在刘理海这里，意象组合是一种出人意料、转折和多变的语言形式。下面我们来看这种词语的魔力在刘理海诗中的具体表现。

法国文学评论家巴特在生命中最后一本著作《明室》里提出一个二元性理论，他用两个拉丁词表示：STUDIUM和PUNCTUM。对此，赵毅衡分别译为：展面和刺点。这里巴特谈论的是摄影，他认为摄影不是复制现实，而是照亮生活的明亮之处。他在强调情感重要的同时，暗示了情感的难以言说而又不得不言说的状态。而刘理海诗歌的诗性表达就是这种"二元性"。

刺点，指的是一个细节、一个局部。巴特认为它是“一种偶然的东西，正是这种偶然的东西刺痛了我（也伤害了我，使我痛苦）”。刺点大约是对文本限制的一种突破，让原本孤立的、静止的、片面的文本有了一种活性，它是一个非常明显的特征。另外，巴特还表示，刺点常常是一个细节……刺点表现出至少三个方面的特征：

第一，带来异常强烈的冲击。这种冲击是出乎意料的，没有铺垫，缺乏逻辑，是任何一种正规训练都难以达到的。如《我之所在》：

我之所在，阳春三月

一夜惊雷，枝头点缀新芽

这里的“惊雷”尤为特殊，因为“惊雷”在我们惯性思维中是普遍的、常见的，但此处的“惊雷”则显得有些陌生，且富有“意外性”。尽管“惊雷”这个意象本身是具有多重含义的，但在“惊雷”这个意象出现之前，完全没有给读者任何暗示。后面他写到“枝头点缀新芽”，这里又做了一个转折，把笔调转回“阳春三月”，继而引出“枝头点缀新芽”打破这种突然的阴暗。那么“惊雷”这个刺点的作用，可以说是很好地表现或呈现了他当时复杂多变的心情。不得不提的是，“惊雷”在我们的惯性思维中也同样具有“意外性”，只不过在这里显得尤为特殊，显得更艺术化了。此处的“惊雷”即属于“刺点”的形式之一。

第二，产生于常规断裂的地方。刺点的艺术不是无可挑剔、浑然一体的艺术，它或者挑战固有的知识、思路和理解，或者有意搅乱“匀质化汤料”（Homogenizing Soup），突破展面的常规展示。这里主要提到的“常规断裂”，从诗学的角度上可以理解为一种“空间”或“张力”的表现。如《无题》：

找不到一个姿势让雨在这个夜晚下得舒心

想到桂花香殒，脚踝便疼得厉害

在我们的惯性思维中，“桂花”很难能和“脚踝”画上等号，由于这种“常规断裂”，使得在文本上的这种生硬的过渡似乎变得和谐。“想到桂花香殒，脚踝便疼得厉害”，在这种空间或张力之中，我们很容易就能感受到一种强大的气场扑面而来。

第三，隐藏着深层的意蕴，有时难以破解。多数刺点在带来冲击和挑战的同时，裹挟着独特的意味或深度批判。由于某种限制，这些意味或批判有时不被理解，但它们鼓励读者积极参与思考，渴望与其对话。如刘理海在《凌晨三

点,洗干净剃须刀》中所写:

…………

生怕被失眠的门卫抓住贴在墙上警示路人

自从大门换上自动升降杆,我便开始心虚

外来车辆进出须出示通行证,而水杉又浓密了

这里的语言本身是超越了其具体之意和实在之意的。如果我们细读此诗,就会发现:如“外来车辆进出须出示通行证,而水杉又浓密了”,这里的“车辆”的“通行证”和“水杉”的关系,无疑超出了我们的惯性思维,体现了一种神秘的色彩的悖反关系。诗人既要打破常识的逻辑关系,又要突出一种非常见、非常规的艺术形象,既要把旧有的层次摒弃,又要体现出新的层次。如上所说,他在强调情感重要的同时,暗示了情感的难以言说而又不得不言说的状态。实际上,刘理海给我们看到的只是他自己的一些所闻所见,虽然他只是在叙述,虽然他只是把现场还原。其目的是让文本与读者对话以至思考,是让读者为他完成一次抒情。如巴特所说:“就是文本邀请读者介入以求得狂喜的段落,读者必须进行创造性阅读的段落,在这些片段中,艺术文本刺激读者进行‘作者性’解读。”

下面我们来看刘理海诗中“展面”的表达。巴特对“展面”的阐述是:它“属于‘中间’情感,不好不坏,属于那种差不多是严格地教育出来的情感”;“是一种广延性、具有画面的外延”。那么,由此可以看出“展面”对于“一个细节”“一个局部”所持有的立场是一个“完整的背景”,它是站在我们惯性思维表现的观点和立场上的,即表现的一切都是合乎我们的“理解”与“范畴”的。它“是一种广延性、具有画面的外延”。巴特举例说:破败的大街上有两个带着钢盔巡逻的大兵,远处是两个过路的修女。这张照片几乎没有什么感人之处,却展示了它的独特性,即它同时显现了两种毫无关联的要素,这两种要素不属于同一世界,是不同质的(但也不必一定要到形成对照的程度):大兵和修女。一般来说,如果两个鲜明的、不同范畴的事物同时展现给我们时,作者想表达什么呢?作者无非是想通过这一鲜明的、不同范畴的两种事物来表现作者当时情感中的矛盾和冲突。而这种情感“属于‘中间’情感,不好不坏,属于那种差不多是严格地教育出来的情感”。具体到刘理海的诗中,如在《梧桐新绿》中,他这样写道:

失主遗失的是戒指,一枚独特的落叶

在林中难以寻觅，梧桐新绿

春风偏南，湿润的秘密按捺不住新芽
细腻的吻，一夜之间从鸟的歌喉冒出

气息舒缓，小屋隐现于树林
晾晒的衣裳微鼓，阳台伫立着女主人

由此我们可以看出一首诗的美学内容大约是由“刺点”与“展面”共同构成的，如果只有“展面”没有“刺点”，则会显得苍白、无力。另外，在这首诗里，我们可以看到，这里的“刺点”并不止一个（顺便提一下，如果整首诗都是刺点，等于没有刺点）。这首诗表面上看是一种平静、平淡的心态，实则表现为一种具有古典诗性的忧伤。从这首诗的递进镜头来看，每一行或每一节都是对环境与自然的叙述，并无特别。然而我们如果把这首诗当作一个整体来看，就会看出一些端倪，这首诗的叙述为倒叙手法，且第一节的刺点为“失主”“戒指”“落叶”“林中”，而最后一节的刺点为“树林”“女主人”，如此一正一反的逻辑表现，相信到这里，我们也该明白他想要表达什么了。

此外，在诗意和诗性的思维广延性上，以及在画面的外延上，刘理海也给出了对整体诗性于具体事物的客观和理性上的较好表现。如《山蟹缩在灰色石头下》：

膝盖冰凉，山蟹缩在灰色石头下
咕咕鸟声从山谷传来，柿子树
凋零的节奏协调黄牛结实的尾巴

再如《眺望》：

目光漫过小街，爬过屋顶
葱郁的山系着白色的马路，电线杆若隐若现
从田间长出的白鹭，拉远了视野

这里我们能感受到的是他平静、平稳的观察力。在《山蟹缩在灰色石头下》中，他在短短两行用了“膝盖”“山蟹”“石头”“鸟声”“山谷”“柿子树”“黄牛”“尾巴”8个物象，然而他对这些具体物象做了有机、有序的处理，形成一个完整的意境画面呈现在我们眼前时，我们非但不觉得生硬，反而觉得很自然。这即是他的成功之处。此外,这一画面在经过客观和理性的处理之后,表现了一种强大的气场,这个气场可以说是直接由刘理海的客观以及理性的感情与感受而产生的。

另外,我们可以在刘理海的许多诗歌中看到:他对主语的使用非常模糊,有时甚至隐去、忽略,很大程度上他是为了营造这样一个客观和理性的且完整的意境画面,他是有意把“我”从中抽出,从而达到这样一种艺术效果。

美国美学家米切尔对“展面”这一概念曾加以阐述,他说:“展面的修辞是道德或政治文化的理性调节,它让照片允许被解读出来……”而在刘理海的二元性文本里,他对展面的处理,也确实在“解读”的实践中,表现为允许他出现在我们的视野之中,允许被我们理解,允许我们用惯性思维感受他真诚的、安静的感情与感受。

综上所述,“刺点”与“展面”有着非常和谐的融合性。如果没有“展面”,就不可能有“刺点”;反之,如果没有“刺点”光有“展面”,则表现为一种无力、苍白的词语堆砌,是没有任何感情与感受的。而刘理海在他的诗中对这种“二元性”文本则做出了协调、有序的处理,即作为他个人感情与感受的诗性可能。

在形式与结构上,刘理海的诗歌没有固定的语言模式,以及意象的固定意义,但在诗性的表达上充满了语言和词语的魔力——闪耀着对纯粹美的追求的光芒。他的生活,以及对自然的抒情表现在他的诗中——“刺点”与“展面”无疑成了他最大的亮点,也发挥了重要的作用。由于他诗中“刺点”与“展面”的表现,我们亦可以看出,他内心深处实则有着“伪暴力”与“理性”共存的对立统一的思想层面,这也无疑为他的诗歌添加了浓墨重彩的一笔。

微风如你温情常存

——读邓小川《微风如你》

杨青青

微风如你,一个轻柔温馨的名字,可以让人感觉到暖意。我记起了我在街上发传单时的一些画面:摇着手说拒绝的人,视而不见匆匆而过的人,甚至把不耐烦挂在脸上的人……突然有个小女孩从手上拿走我的传单,然后回过头对我露出天真无邪的笑脸。那一刻,我觉得之前遇到的所有炎凉都被她的笑所消融。那时我知道生活在奴役我的时候,还是会出其不意地给我带来惊喜,而我愿意把这样的惊喜记录下来去填补我遭受的冷落。我想,你一定和我一样,只是用不同的方式去记录这些瞬间,告诉自己还可以相信美好,也告诉别人可以相信美好。

平面理想

读你的诗,我读到你对自己的期许。你认真与自己相处,努力变成自己喜欢的样子。那个你,在得和失里宠辱不惊,在躁与静中我心依旧,在梦与实里苦心经营。那个你,费尽心思想去维护属于自己的那些美好的东西,只为遇见最好、最真、最安静的自己。

最好的你,将温情留在心里,怀揣着美好相信这个世界。那个最好的你,流露在《祈》里。你说“希望你的执着/能留住更多的温暖/或者创造出更多的光明”。这几行暖心的文字,没有修辞华丽的外衣,不会晦涩难懂;没有美丑带来的反差,不会跌宕起伏;只觉得有很多的阳光洒在身上,觉得世界给了自己一个深情的拥抱,觉得未来很美好。但我们作为一个渺小的个体,在有限的时间里,在未知的征途上去开拓新的天地,会有多少次信念消失殆尽,又有多少次初心迷失远去?在这个浮躁的背景下,还有多少人愿意安静下来去反思最初的梦,沉得下心在纷繁的世界继续执着。太多的人,后来走着走着就忘记了,迷失在了鲜花与掌声之中。个体孤掌难鸣,淹没在洪流之中,也由不得你。美好的事物大都在这样的逆境下萌芽,它的出现只是为了告诉不相信的人,有些东西还存在,有些幸福要相信才会有。我想你的心里肯定装了一个小太阳,竭力让阳光辐射得更远一些,更远一些。

最真的你,拥有纯净的灵魂,悉心地保护那一片领地。那个最真的你,藏在《干净》里。干净两个字,让我想到的是西藏纤尘不染的天,蓦然有一种漫步在云端的错觉;也让我想到孩子通透澄澈的眼睛,好奇着他眼里的世界。诗的前两句也是这样清新,“在干净的被窝里做干净的梦/又在干净的清晨准时醒来”。但你刻意避开拥挤的人群和机械的喧嚣,一副固执的样子,像是在逃离,像是在否定物质文明的缺陷。你执拗地相信存在的这些会干扰你,所以你拒绝了一切靠近。你还把一切可以清理的事物都整理干净了,如此小心翼翼。你是害怕出门不经意带回的东西将这个空间污染了,还是你想借此沉静?这个世界的旋涡太强大,一个人根本无法与之抗衡,一不小心就被席卷进去。当潮水退去后,要许久的时间才能恢复平静,而褪去的它根本不知道自己带来多么大的杀伤力,它也全然不去理会,留下的伤口只能自己舔舐。你无可奈何,陷入深深的忧虑,却只能小心翼翼地警醒自己。所以你才以这样近乎洁癖的方式保护心里的圣地,变成一个孤傲偏执的灵魂。

最安静的你,是忘记时间和自己而不知老之将至。那个最安静的你,静卧在《慢》里。从车水马龙中脱离出来,去发现身边细微的情趣,做一个会生活、懂得生活的人,安静地享受时光。从自然的角度看去,它有极强的包容性,既有川流不息的车辆,又有鱼儿浅跃。那我们是否可以像大自然一样,无所顾忌地去处置一切,保留一些偏见,宽容一些狭隘。辩证的存在往往是由此及彼,就像靡菲斯特的恶,不断推进浮士德的成长,没有被不断地驱使,就达不到那个高点。把这个观点推及,每个领域都要留下让人喘息的地方,不要到哪儿都逃不出制约,让人金子般的本性到不了应到的高度。在压抑的环境里终需要些释放,灵魂也会需要那么一片天堂,在那里可以逍遥。那个最安静的你,积聚在《立秋》里,睿智而含蓄,似乎是个经历者,似乎又是旁观者。你说"蒸发的早已蒸发/凝结的继续凝结",这是你对主体思考的句子,亦是对本真世界的追求。把一切事物的发展以哲学思维表达,从外透视到最深的地方。看似把一切都放心交出去,任其自由发展,但这样的任由也是心中有数。无为是最深的智慧,无为也是最好的运筹帷幄。所有隐匿的存在,自身都带着一个内在的机制,它会不停地运转走向最终的发展,结果却是必然的,无法更改,就像一个老人看着小孩走着他当年走的路,经历着他当年的经历,蒸发或者凝结。

这些诗里有一个固执的你固执地相信,那是最真的你,是最安静你,也是你眼里最好的自己。显然这样的观念受到了传统思想的影响,有儒家的仁爱传达出的社会责任感,才希望留住光明、创造温暖,才希望在一个大环境里先修其身,保持纯净。其间还有些许道家无为和辩证思想的交融,明白美恶的相互依存和转化,看到存在的本质。加之你主观世界的体悟,让你怀着温情去相信美好的事物,镂刻美好的回忆。你也诗意地栖居其中,如庄子般怡然自得。

三维感情

读你的诗,也读到你发自肺腑的感情。你对朋友的思和念,对海子的惜与敬;对父亲的爱和惧,对母亲的情与忧;对爱情的寻和等,对爱人的恋与痴。每一种情感都能看到不同的你,感性或理智。

你有两种友情,一种惊艳了时光,一种温柔了岁月。那种惊艳,是你一不小心进入海子的世界,为他的诗和人生所惊叹。他发掘了你潜在的世界,打开了你诗歌殿堂的大门,对你来讲是多么大的恩赐。他就以这样的方式给你的人生带来了太阳,让你心甘情愿地走在他的路上。他就这样变成了你的支柱、你的信仰。我想你一定懂得他的脆弱,怜惜他的决绝。你是多么想与他对话,想听他的故事,分担他的忧伤或者痛苦,或许他就不会那样绝望地去选择死亡。你是多么想拉他一把,却无能为力。我想我大概懂得什么是高山流水觅知音,也大致明白为什么绝弦不复弹。你还拥有一种温柔,任时间流去,它还在那里。或许每个人往前走,不经意间都会回头,去想念某个时间出现的某一个人。你想念与小华相处的平凡日子,你也带给远在边疆的无极以清凉的慰藉,友情不过是在对方需要的时候你温暖我,我温暖你,需要的也不过是失意时一个肯定的眼神、一个信任的拥抱。对我来讲,朋友是一串固定的电话号码,我拨过去对方会说“马上到”;朋友是一双温热的手,它无言地告诉我都会传递过去;朋友是一个亲切的拥抱,淡然地说不必在他面前逞强。他只是在脆弱的时候拉你一把的人,却将温柔延伸到个体生命存在的长度。当你意识到有这么一个人存在的时候,整个世界都会温柔安定。

还记得《汤姆叔叔的小屋》里有这样一个片段:圣克莱尔在自己女儿死后表现得异常平静,没有流露出任何忧伤,只是喜欢一个人坐在一个地方待很久。没有人知道他内心的悲伤在怎样喷涌,没有人知道他的心里埋藏了多少绝望,那样的心情是找不到词语来匹配的,他的灵魂是多么空落,无处安放,无处飘荡。那个时候,我才领悟到静水流深四个字所包含的愁和伤。我小时候就一直怕父亲,父亲板着脸不那么亲切,也不怎么和我亲近。正如你诗里写的那样:“没有人计算这其间的恐惧,亦没有人知晓其中的幸福。”只是年幼的我不曾懂,错把严肃作为不爱的证据,拼命远离,不懂得他宠爱的深情。他的严肃中有那么多期待,也在期待中慢慢老去,磨掉了头顶的发梢,佝偻了坚挺的脊梁。他爱我们,他爱我们白皙的皮肤、黑色的头发。那我们呢?又是否爱他黑色的皮肤、白的头发,爱他苍老的脸上的皱纹。我们叛逆的日子应该是他们最难熬的时期,我们恣意妄为地去审视世界,还不知天高地厚就想要脱离,觉得父母什么都不懂,觉得他们是最无知的人群,怀着鄙视的心。可他们只是想要我们稳当踏实一点,希望我们不在他们的路上重蹈覆辙,不要走太多的弯路。那时我们说话无所顾忌,不知道硬生生的话语有多伤人,只图说出来有多畅快;那个时候我们又容易在说感恩的时候愧疚,用眼泪来表达自己的错误。就是那样的两个我们,错着对着,错着对着。史铁生在失去双腿的那段时间,他的母亲也平静地隐藏着忧心,后来他才明白所辜负的情深。我们通常在拥有的时候不珍惜,在离开失去之后才开始懂得。你是在离开后懂得的吧,你爱的那片土地是有爱你的人的存在才会让你这样牵挂吧。你在路途是多么想要拥抱双亲,可惜你们之间山南水北,可惜你们之间人来人往,你在路途归心似箭,也只是迫不及待见你想见的人。

你拥有亲人和朋友,却少了个爱人。你诗里也不是没有遇见,只是把握不了。你太沉默,把一切都放在心里压抑,自己难受。你心甘情愿变成哑巴,你清楚地明白你爱的人并不爱你,你不愿失去她的友情,所以你更愿从对方的角度着想,不给她增加心理负担。你默默地承受着这段感情的单项运转,你无可奈何,也无能为力,或许最好的爱情就是成全。你把这样的错落写成《断》,你们在相同的空间无法相视,在相同的空间无法相遇,甚至最后连时空的同一性都被打破了,她起身离开,你却在原地徘徊。好像有些人注定了要分开,不怪相遇的时间,不怪相遇的地点,只怪这错综复杂的人生。作为守望者的你,从日出到月落,一遍又一遍。谁又能知道这轻描淡写的背后藏着的是怎样一颗破碎的心,又怎么能知道希望和绝望相互抗衡的挣扎,局外人又怎会懂得当局者怀着希望的绝望。这样的等待就像《边城》的结尾:他或许永远都不会回来,他或许明天就回来。但是永远都无法揣测这样的等待是否有一个结果。等待,终是人在精神上的一场浩劫,但向往,又确是一件美好的事。爱情大概是能让人尝到所有味道的食物,它有着太多隐性的滋味,并不单一腻人,才让那么多人想要含在口中慢慢品味吧。

如果说爱情是一道多滋多味的菜肴,那么友情就是一杯温润的淡茶,经得起回味,亲情就是平凡的白开水,虽然没有味道却是必需品。这三种神圣的感情在你的诗里那是么的触动人心,让我有种无言的感动。

他们说,你是一个怎样的人,就会听到什么样的歌,看到什么样的文,写出什么样的字,遇到什么样的人。你能听到治愈的歌,看到温暖的文,写着倔强的字,遇到正确的人,就会相信那些信念、温暖、梦想和坚持,这些老掉牙的字眼。因为你就是这样的人,你是这样的人,所以你会相信。

微风如你,是你眼里那些美好的东西像微风一样轻拂,不需要多隆重就把那些平凡温暖的事烙在心里。它还可以提醒自己,不要让人心和世态带走那个最好的你,那个如微风的你。

浅析李路平诗歌《我看见》

王 佳

春天缓缓地来了,带着凉爽和温柔,花朵一瓣瓣地绽透,艳红的腮上还挂着笑,有着诉不尽的柔情、道不尽的密语。这是春天给我们带来的柔情密语,是我们应该看到的充满生机的春季。然而,诗人李路平在他的春天里却看见"细雨在田野里相互纠缠……一座大厦在父亲身上突然垮塌。春天里的浪漫都是假的,就像红花草的绽放之日,就是它的死亡之期"。同样的世界,看到的事物,却有着天壤之别,这或许是与不同的生活背景有关吧。

一、诗韵来源于生活环境

鲁迅曾经说:"乡土是我们的物质家园,也是我们的精神家园。"李路平,1988 年出生于大余江、上犹江、章江的三江汇合处。他的家乡东毗邻开发区蟠龙镇,南邻潭口镇,西接唐街镇,北与凤冈镇相望,以耕地为主,三面环水,仅靠一条公路、一座浮桥与外界联系。这是一个自然风景优美但有点闭塞的小乡村,有一池清澈见底的碧水,水中鱼儿穿梭来往;村舍、青烟相映成趣,高树、低柳俯仰生姿。他现在已经离开故乡在省城居住。在多彩、丰富的摩登大楼里,他对家乡金黄的稻田、弯曲的乡间小道念念不忘,也更加想念辛苦一辈子的父母。他的作品《我看见》就将其展现得淋漓尽致,让我感触颇深。

二、宏大的主题下浓郁的诗味

《我看见》的主题是质朴的、充满乡土气息的。以往的春天在人们的眼里都是充满生机的,它代表着一年的开始,给人们希望,但作者并没有描写春天多么美好,而是看到了春雨来临之时,被犁重新撕裂的大地和在土地上辛勤劳作的父亲和母亲。父亲是春天忠实的奴仆,大地是春天卑贱的奴隶,母亲卑微地将自己献祭给春天。在烂漫的春天,城市的人们都享受着春天所带来的浪漫,自己的父母却承受着苦难的担子。时间一点一点地过去,岁月却是如此磨人。辛苦劳作的父母年迈体弱,夜里咳嗽的母亲,白天喘气的父亲,都会不断被更换,成为后人前进的标记。

这首诗直接抒情,有新乡土诗的痕迹。作者通过对他所看见的春天进行描写,表现出对土地的敬畏和对辛勤劳作的父母的深深感激。

全诗共四节,第一节出现在读者面前的是春雨。春雨在千万世人的眼睛里都是"好雨知时节,当春乃发生""天街小雨润如酥",大都赋予春雨温柔、无私的形象。而李路平却这样来传达他的情感:"我看见,细雨在田野里相互纠缠。""纠缠"给我一种充满野性的感觉,细雨和田野的关系夹在相互依存与排斥之间,是春雨迷蒙的土地上,忍着疼痛耕作的父亲。诗中说,一座大厦在父亲身上突然垮塌,他是春天的一个忠实的奴仆。这种象征的写作手法,结合作者的背景,让人想到这座大厦就是儿子的住房。一位农民父亲,面对如今高昂的房价,只能忍着疼痛在黄土地里挖刨。

第二节:"春天里的浪漫都是假的,就像花草的绽放之日就是它的死亡之期。"睁眼看世界是必须的,世间的万物在春天的滋养下处处都透着一种绚丽、生机勃勃的景象。冬去春来,杨柳吐绿,万物生长。这一切虽然作者也看在眼里,但他认为春天并不是那么浪漫,这一切的美好都是表面的,当揭开这一美丽的表面的时候,他看到的是春天里被一道道撕裂的大地正承受着苦痛。春天的美好和大地的苦痛形成鲜明的对比。

第三节:"我的母亲们挑着沉重的担子,在细雨中一个接着一个向春天献祭,卑微而又虔诚。这些和春天同样伟大的母亲,我看见正在慢慢老去,一年年已不再年轻。"这一段,作者没有用华丽的辞藻,而是通过直接的描写方式给我们展示了母亲辛苦劳作,随着时间慢慢变老,将自己的年华全部献祭给了春天。作者现在是一个在大城市上学的学生,春天来了,展现在眼里的本应该是一幅处处洋溢着生机和希望的图景,但是在作者的脑海里看见的是春天来了,母亲又要开始在田地里辛勤劳作了,年复一年,母亲的身体被生活的担子压得不再年轻。从字里行间,我们可以体会诗人对母亲的怜惜,以及觉得自己无能为力来改变这一切时的痛心。

第四节我们的视线又回到父亲,父亲在现实生活里是一个家庭的顶梁柱,他支撑着整个家,是付出最多、压力最大的那一个。诗人在诗中这样说:“最先衰老的是我的父亲们呵!他们在夜里不断咳嗽,在白天不停喘息。他们背负着季节轮转,驶过滚烫的太阳、冰冷的霜雪,在路上被更换,被抛弃,遍地都是,成为后人前进的标记。”诗人形象又生动地描绘出父亲所历经的磨难,我们可以体会到作者感激父亲却无法报答的心情。

这首诗中我最喜欢的就是第二节:“春天里的浪漫都是假的,就像红花草的绽放之日,就是它的死亡之期。大地封冻好的皮肤,被一道道犁重又撕裂,大地是春天最卑贱的奴隶。”诗人用他深厚的文字功底,亲身体验,字字可以反复抨击人们的内心,讲述着大地与春天的附庸与被附庸的关系,虽然痛苦万分,却又不可分离。

诗人写作的风格是以沉重、悲凉为主,其作品都与《我看见》这首诗相似。如《无题》:“悲苦依然,这不是矫情。你看死去的天空还没有腐烂,你看噩梦已经侵入现实的地盘。”诗人并没有借助过多的意象、华丽的修辞,但将其表现得淋漓尽致、慷慨昂扬。父亲们、母亲们和大地、春天的关系是附庸与被附庸,虽然痛苦万分,却无从选择。自己看在眼里疼在心里,怜惜父母,但又无能为力。他笔下的父母不只是指自己在乡下辛苦劳作的父母,而是包括在地里辛苦劳作的所有农民。作者为他们感慨,也体现了当代社会对辛苦劳作的农民的不公。

三、诗歌扎根于生活的土壤

优秀的农民诗人臧克家说:“纵不能有敏锐的眼指示着未来,也应当把眼前的惨状反映在你的诗里,不然那真愧煞是一个诗人了”。这首《我看见》就让我们看到了每一个辛勤的农民所经受的苦难。

民生,这样一个带有人本思想和人文关怀的词语,近几年来经常出现在党和国家领导人的谈话中、党和国家的会议上以及所制定的政策中,关注民生已成为一个日常的话题。对民生关注的思想和理论可追溯至春秋时期的儒家思想,孔子的“以德治民”、孟子的“民本”和“仁政”是对民生关注思想的本源。“关注民生”作为一种治理国家和社会的理论,需要一代代读书人利用诸如文学一类的载体进行传承,诗歌则是文学的重要形式。

父亲们、母亲们的付出,都是生活之中的艰难抉择。他们是当代社会底层劳动者的代表,但也正是这些卑微的人前赴后继,像诗中说的“他们背负着季节轮转,驶过滚烫的太阳、冰冷的霜雪,在路上被更换,被抛弃,遍地都是,成为后人前进的标记”,才使历史得以延续。

这是一首充满乡土气息的诗,乡土文学从整个文化人类学视野对民间形态与民间精神的审美表达,其间流贯着创作主体个人的乡村情感、人文意识、乡土意识、哲学思考和理性批判。作者从风俗民情中,通过小人物平凡的命运,写出生活的诗,体现了作者以悲悯的宇宙情怀观照乡村的人和事,所要承担的某些责任,不论是讴歌还是赞美,都带着忧伤的疼痛和生活的艰辛;不论是父辈的辛劳还是作为农民本身的艰辛,都与自我的血脉紧紧相连。

读旷胡兰《梦回山乡》

赵慧芳

散文作家刘亮程在《一个人的村庄》中写道:“故乡,是一个写作者精神的领地,很多时候,一个作家一生都在写故乡。”旷胡兰的散文集《梦回山乡》全书共分四辑,分别是《亲情乡韵》《似水流年》《心路花语》和《山水吉安》,讲述了儿时的希望与追求、亲情的温馨与和谐、友谊的渴望与纯真、进城的惊喜与艰难、工作的辛苦与收获等平凡而又真实的故事,从不同角度表现了作者对故乡各个时期的心路历程以及情感体验。

西方有哲言:“城市是人创造的,故乡是神创造的。”对于每一个在乡村成长起来的人而言,自然、质朴而又极具风土人情的故乡是他们永恒的精神家园。我认为,旷胡兰描绘给读者的山乡便是这样散发着神性的圣地。《梦回山乡》整篇作品的文字饱含着作者对亲人的深深依恋和对故乡的绵绵眷恋,这正如四月春风里的阵阵花香,细腻而又余韵十足。正是基于这样富有充足情感的文字,作者成功建构了一个温柔、和谐的精神世界。这儿听不到任何城市的喧哗,看不到任何城市的拥挤,甚至嗅不到任何城市的气息,唯有潺潺的溪流、芳香的泥土、挺拔的绿植、娇嫩的野花,以及那一股触手可及的旺盛生命力,像一团狂妄的野火,熊熊地燃进了每一个读者眼中。在《老家》中,作者写道:“老家在一个远离城市的山乡,村子三面环山,一条河从村前蜿蜒而过,一条小溪绕着村子缓缓流淌。村子四周,几片竹林郁郁葱葱,几棵有着数百年历史的大樟树一直是我儿时游戏的场所。”不过几个简单凝练的文字,便形象生动地勾画出了作者记忆中的“老家”模样,那些朴素而自然的种种景象——“河”“小溪”“大樟树”深深地打上了作者的思乡烙印。作者在《童年轶事》中如此写道:“那些不管是愉快的还是不愉快的经历,随着岁月的流逝,似乎皆成了美好。”在《梦回山乡》中,作者便是将自己记忆中所有的美好,都像文中所刻画的溪流一般,缓缓地流入每一个文字之中,使碎片化的记忆重组为优美的散文世界。最重要的是,作者致力于将这一世界绘成一幅丹青,完完全全、生动形象地展示给每一位读者,吸引他们进入这样一个陌生却极具人情味的新世界。

《梦回山乡》取材自乡村,基调恬静而平淡,少了尖锐对峙的矛盾,少了跌宕起伏的情节,却又总有一股巧妙的力量,似夜间细雨,“润物细无声”,悄悄地拨动读者的一根根思弦。那绝对是情感的力量。在《婆婆》中,有这样一段话:“天气晴好的日子,我们便推着她在院子里转。树木新长出的绿叶,地上青青的小草,色彩艳丽的花儿,轻歌曼舞的蜂蝶,无不吸引着她的目光。久困卧室的她,在这春光明媚的大自然里,眼睛灵动起来了,心情开朗了。大自然的生机,让她再次感受到生活的美好,也更加坚定了她努力锻炼早日康复的信心。我们几个试着让她脱离轮椅,扶着她慢慢走动。当她发现自己能独立行走的时候,满脸兴奋。我们为她高兴,也为自己高兴,婆婆的康复终于有了振奋人心的进步。”这段话将子女的孝心、亲人间相处的温情深深融入了明媚而又生机勃勃的风光景色中,使读者被浓浓的暖意所包围,也使人深思自己的家庭关系。《父亲的存折》《忆母亲》《在山乡教书》等都是将稀松平常的小事件置于美丽的山乡风光中,从而不断升华以及放大作者对亲人故乡的无限真挚的情感,以一种潜在的力量改变读者的心境与情绪。真实的生命体验拓展了散文的意境,丰富了散文的内涵,真正展现了作者的文字功力。

《梦回山乡》的文字的整体艺术色彩是平实、淡雅的,平实来自散文集浓郁的泥土气息,淡雅则源于文字本身的艺术感染力。“一晃到了第二年的春天。山里的春天格外美丽。学校四面的山上郁郁葱葱、青翠欲滴,灌木下开满了红的、白的、黄的、紫的各色野花,各种叫不出名的鸟儿、虫儿在林间婉转地唱着动听的曲子。位于学校上方的大水库早已蓄满了水,碧绿的水面,倒映出起伏的群山。成群的鸟儿在水库上空自由飞翔。几只大鸟时而划过水面,叼起一条小鱼后又腾空而起。宽阔的泄洪道口,整天轰鸣作响。巨大的水流从道口泄出,形成硕大的水柱,又连成白茫茫的一片,顺着大坝滚滚而下,突然又跌落到十多米深的坝底,水花高高溅起,水雾四处弥漫。”这一段描写将静谧的山光、奔腾的水色结合,以动静结合的写法将山里春天的整体面貌生动地勾勒了出来,可媲美诗歌的言简意远的艺术感。通过从远及近视角的不断变换——从山到野花,从水库到鸟儿到水波,又使这幅画面极具真实感。其中,色彩感丰富的文字表现了春日五光十色的特点,而对于鸟儿的细致描写则凸显了春日生机勃勃的特点。《梦回山乡》大多描写人们周边渺小的事物,甚至那些不为人所重视的事物,显得别致清丽。而多种写作技巧的适时运用,又大有将小景汇成壮山浩海之势,虽没有波澜壮阔,却尽显“小家碧玉”。此外,文字的淡雅还由于散文集中有机融合了诗词歌句,展示了旷胡兰的文学内涵。“似乎突然间发现,这美丽的紫薇,不光是我的所爱,也是众人之所爱。看,街道边,马路上,公园里,栽种着一株又一株、一排又一排、一片又一片的紫薇。幸福人家的庭院,也不时有几枝美艳的花束向路人招手、点头。唐代诗人白居易曾写过《紫薇花》:‘独占芳菲当夏景,不将颜色托春风。’众人之爱紫薇,因它自古寓含平安、美丽和幸福,又代表着爱与好运,且能吸收空气中的硫、粉尘,给大众带来清新空气。”作者在此处运用白居易的诗句,一方面为随处可见的紫薇花蒙上古典美的面纱,但更重要的是证实紫薇的奉献精神:它那与生俱来的生活美——给予祝福、净化空气等对人类社会有益的作用,展示了作者别样的视角。“望着一树树艳丽的梅花,我的耳畔似乎回响起了《红梅赞》的歌声:‘红岩上红梅开,千里冰霜脚下踩。三九严寒何所惧,一片丹心向阳开……’一直以来,我是多么喜欢这首歌。想起十多年前,我在学校教《狱中联欢》这篇课文时,曾深情地为全班学生演唱了这首歌。”《红梅花开》这一段文字通过歌词插入回忆,将作者对梅花的喜爱深远化、时空化,也通过歌词将梅花坚毅的品性以大众化的方式深深印入读者头脑中,为后文赞美它奠定了情感基调。旷胡兰对文字的把握是基于文本本身的内涵而言的,符合作品的情感倾向,而不是单纯故弄玄虚,可见其强烈的写作责任感。

《梦回山乡》是记述式的写法,笔触细腻,情真意切。正如作者本人在后记中所言:“一路跌跌撞撞,走过一场又一场风雨。头顶的天空,有阴霾,就一定有艳阳。前行的脚步,也许还会遇到荆棘。不管路途是坎坷还是平坦,我依然用心灵的呼声,为爱我的和我爱的人,平静歌唱。”作者以“爱”之名倾注了她记忆中所有的美好,所以在她的笔下,和谐的亲情、明媚的阳光、袅袅的炊烟、笔直的稻秆、烂漫的山花、美味的野果、灵敏的动物以及青山绿水、风情风俗，都充满着诗情画意，仿佛阵阵夹杂着鸡鸣、牛哞、犬吠与菜油香气的缕缕炊烟弥漫在山乡村庄的上空。这种真挚的思乡之情无疑是与作者和故乡存在着割舍不断的深情厚谊是分不开的，而这份情谊的产生则是由于山乡是作者物质与精神的发源地。那里孕育了作者和她的父母、兄弟姐妹，那里见证了作者年年岁岁的成长，那里欢送作者去往更好的未来！《父亲的存折》一文中，父亲为了儿女们的大好前途，甘受清贫之苦。一个贫穷的家庭，要同时供几个孩子上学实属不易，但父亲精打细算、勤俭持家，即使生活再苦再难，也把微薄的收入存起来，供儿女读书。其无私奉献与坚毅的性格不仅支撑了家庭，更影响了作者人格的不断完善。至于散文集中关于青春琐碎的记述，例如男女同桌的“三八”线、男同学的恶作剧等等，像一颗颗星星，照亮了作者的青春时光。对于作者记述的自己从农村走向城市后的事件，也许有读者会有思想上的偏差，认为这是脱离主题的存在。但我认为，这些作品是感恩故乡的有力表现。因为山乡孕育的“我”、塑造的“我”，走上了通往美好未来的大道，而这路上发生的一切笑与泪，都是“我”必不可少的成长历程。“师范的生活，给了我们足够的保障。学费、杂费不需交了，每个月还能领到一定数量的饭票、菜票。喷香的米饭、新鲜的菜肴、早餐爽滑的白米粥加包子馒头，让我们这些从艰苦的中学寄宿生活中熬过来的学生们有了深切的感受。我印象最深的是，几个身材高大的男生常常在早餐时间，用筷子将十来个馒头串起来边走边啃的情景。”我辈师范学子如今的校园生活已不再似文中所言，但这样一段描写却又使我们这些学子身临其境，在现实与虚拟的差异中备感如今的幸运。其实，这一段描写的是作者离开山乡后的学习生活，那是全新的，又充满惊喜的生活。“我”有了固定的收入，有了良好的生活条件，身边也出现了众多有趣的人与事，那是一个新的世界，对于作者是难忘的。作者将这一份份珍贵的心事说与故乡，不是感恩又是什么情怀呢？

玫瑰有刺，山石有缝，明月有缺，所有美好的事物都有不尽如人意之处。我认为，《梦回山乡》亦有不足，主要在它的艺术表现上。现今是散文不断发展的时期，散文的创作逐渐具有更大的空间，从之前的“文化散文”“大散文”“原散文”到现在倡导的“非虚构”写作；从原来的“经验性”和“想象性”写作到现在的“介入式”写作，都使散文在深入挖掘真实的生命体验和深刻的人性、欲望底层方面，有了更大的艺术张力。因而，新时期的散文创作应追求“心有猛虎，细嗅蔷薇”的广阔意境和浩瀚的哲理思想,并带给读者新鲜的实践体验和震撼的情感力量。《梦回山乡》直线式的抒情方式,显得单一而又雷同,必定造成文字的思想深度不够、艺术美感不足,因此它还具有更高远的情感提升空间和更广阔的创作空间。记得著名作家铁凝说过:“写作是让我感到幸福的,使我感到内心和灵魂非常充实、非常安宁。我的本质还是一个作家,一旦真正失掉了写作,我个人觉得我就没有什么了。”我也相信旷胡兰亦对写作有此份赤子之心,她必将不断在写作技巧上精进以创作出更优秀的作品,继续感染每一位读者,让我们拭目以待吧!

回忆里的那抹美好

——读曾绯龙《庐陵映象》

王燕娥

这是一场细腻的邂逅,在《庐陵映象》美妙的世界中,我们沉醉于乡村古文化与美好生活的点滴之中。跟着作者,我们领略了蕴藏在乡村里的古文化,温习了儿时记忆里的家常美味。这是一趟看似与它隔着千山万水,却犹如身临其境的美好旅程。

走在霓虹灯闪烁的繁华街市里,我们的血液干涸在城市繁忙的车流中,心枯萎在聒噪的城市中,我们渴望在此刻为心寻求一个清幽的栖息之地。翻开这本书,映入眼帘的是村庄里正在举行壮观的“喊船”活动,虎虎生威的青壮年小伙举着火把,和着音律,在古色古香的祠堂里表演。“喊船”活动是在很久以前遗留下来的,能完好无损地保留到现在,足以见得朴实无华的村民对民风民俗文化的喜爱与敬重。民族文化有着无法抗拒的魅力,它吸引着五湖四海的游客,当地人把朴实的情感融入“喊船”这一古朴的原生态活动,赢得游客们的阵阵掌声。更令人感动的是村民们的团结与默契,精彩绝伦的表演让游客们不得不感叹高手在民间。

作者带着我们漫步在典雅幽静的百年老街,踩在凹凸有致的鹅卵石上,正是“暧暧远人村,依依墟里烟”。走近书院拾级而上,石阶两旁长了些许苔藓。进入庭院,眼前是“榆柳荫后檐,桃李罗堂前”的真实写照。我们穿行于书院之间，也陷入了沁人心脾的书香里。

古老的村庄里不仅有让人流连忘返的文化，更有感人的满满的爱。在桦遇到困难时，在看到空巢老人孤寂哭泣时，在人来人往中看到擦鞋女时，作者为他们的遭遇担忧。趁着擦鞋的间隙，作者对擦鞋女的豁达开朗惊呼不已。在作者和大众眼中，他们的心态应该和生活状态一样，但是错了，我们大家都错了，没有人有权利去剥夺他人的快乐，即使他们的生活很不幸。在关心他人生活的疾苦的同时，作者也替蝉那短暂的生命感到惋惜。蝉明明知道自己活不了多久，但它没有因此每天泪流满面，反而积极乐观地享受唱歌的快乐，它的歌声响彻整个夏天。

在体会到他人生活不易的同时，作者也不由自主想起自己的生活经历，人长大后，都会特别怀念儿时的经历，怀念儿时喜欢吃的野果子，认为那是绿色食品；怀念家里香喷喷的菜肴，认为它们是人间美味，亦是人生百味；怀念那渐行渐远的“叮咚叮咚”铁板响以及象征丰收的晒谷坪，还有那珍藏乡音的留声机，那些声音敲打着我们毫无防备的心，生生扯落眼眶里的泪珠。作者还怀念那些已经离世却仍活在心中的亲人：爷爷不远万里，跋山涉水来看望“我”，给“我”带爱吃的番薯片，无意中听到我喜欢吃糯果，二话不说就扛起锄头种了起来，爷爷的慈爱温暖了作者的心房；和伯父相处的点滴至今还烙印在作者心中，为伯父对黄牛的关爱而惋惜，为伯父对稻谷土地的呵护而感动。往事历历在目，尽管现在的生活比以前好，但是那段清贫的生活经历已经抹不去，已成为作者一笔宝贵的财富。

家是生命开始的地方，我们的一生都走在回家的路上。不管因为工作或者其他原因走到哪里，我们总是惦记着家里的一切，舌尖上总有些乡愁，耳边总有亲人关爱的话语。我们穿梭于岁月中，演绎着生活的千姿百态。

尘世间的灵感与诗意
——浅读黄晓园诗集《一念尘境》

邝丽娟

黄晓园先生有明确的诗观:在迷惘中,诗是航标;在黑暗中,诗是灯火;在躁动中,诗是宁静;在低俗中,诗是高贵。充满物欲的时代,心和灵,常常会被湮没,但诗意可以救赎我们的灵魂。只要你爱诗,诗意就会伴随着你;只要你懂诗,你就能诗意地生活。诗是纯洁的,最不可能欺骗你。从其诗观可以看出,黄晓园先生是一位极具人文情怀的诗人,这在其诗集《一念尘境》中得到了充分的体现。

《一念尘境》,光名字就很具备情怀二字。我将它解读为诗人在生活中刹那间的灵感与思绪,并将其流露于诗歌的每一字、每一句,既是诗人的生活体验,也是诗人的思想观念。自序中,诗人提及他对待诗和写诗在心态上的三大变化:其一,对曾经的思想情感与精神寄寓有了一种重新的认识与评价;其二,从自我封闭中解放出来,结束了自说自话的状态,拥有了与诗友们交流的资源与平台;其三,读诗、写诗、品诗不再是随意和偶然之事了,人生与诗贴得更近、更紧了。从其自序可以看出,黄晓园先生很享受写诗的过程,诗在他眼中是纯净的,没有利益的污染。他写诗不是为了出诗集,而是以诗的形式去理解生活、净化生活,并享受诗意生活给他带来的精神福利。此诗集结构简单、界限分明,由六部分组成:那人,那事,那情,那境,那景,那夜。这些皆来源于诗人的生活体验,能够从繁杂的事物中看到生活的本质,由简易抵达深刻之处,句句显露出作者真善美的人文情怀和诗意的生活状态。

真——源于生活又高于生活

诗集中的很多作品,直接来源于作者真实的生活环境及生活经历。作者在平淡无奇的生活中看到了不平凡的东西。《夜读》一诗记述了诗人的一次夜读经历,"深夜,灯,睁大了眼伴我阅读",开头一句将灯拟人化,生动形象。拟人的修辞在此诗中多次运用,如"我,和灯,在字里行间跋涉""钟,嘀嘀嗒嗒,仿佛在催眠""情节,细节,追随我入梦"等,使无生命的东西活跃起来,具体可感,由此引发读者的联想和想象,给人以鲜明深刻的印象,并使语言文采斐然,富有很强的感染力。诗的最后一段“夜，和灯，组合成了剧场。梦，和阅读，相互演绎。清晨，书的情节还在书上。梦里，依稀的细节留在了枕边”，用富有诗意的句子，讲述了诗人虽已入睡，书中的情节却依然回荡在脑海。一次很平常的夜读经诗人之手，描绘得有趣新颖，耐人寻味。

《我是你的隔壁》诉说了“我”与邻居“你”之间的区别：物质上，“你”很富有，住别墅，开豪车，吃的是山珍海味，穿的是绫罗皮草。而“我”清贫，咽着粗馍。精神上，“我”沉溺于唐诗宋词，爱音乐，一曲《梁祝》听百遍。最后总结“富的隔壁是穷，你的隔壁是我，你我相安”。此诗展现了两个截然不同的人物形象，“我”是一个有思想、有品位、知足常乐的穷人，“你”是一个挥霍无度、肆意消费的富人。穷人物质贫乏，却精神富有。富人物质充裕，却精神枯竭。但此诗并没有批判意味，从最后一句“你我相安”就可看出，虽是两个价值观不同的人，但也互相尊重，各自安好。

《那天抢购，我刷了四次卡》讲述的是诗人的一次购物经历。诗的上半部分体现了诗人抢购后的心满意足，指出刷卡的好处：“满足了商家的期望，满足了自身的物欲，满足了经济的指数，满足了社会的繁荣。”诗的下半部分转而批判了自己的刷卡行为：“刺激了商家逐利，刺激了自己攀比，刺激了经济虚高，刺激了社会奢华。”此诗语言简洁明了，通俗易懂，运用了排比的修辞，条理分明，节奏和谐，读来朗朗上口，同时增强了语言的气势和表达效果。此诗从内容上表现出了诗人四次抢购后的矛盾心理，说明了消费的好处与弊端。

《清明，被淋湿的话题》是一首催人泪下的诗。开头讲述了诗人长大远行，离开父母，过上了寂静而孤独的日子。如今父母已远去，诗人“常常面对着遗像默念着，父亲——母亲”这两个赋予他生命的称谓，但即便千呼万唤，“已无法抵达那个遥远陌生的世界”。第一段给人以沉重的心情，体会到了生离死别、撕心裂肺的人生滋味，表达了诗人失去父母的痛苦以及对父母的深切怀念之情。紧接着，诗人在夜深人静时，仰望夜空，回忆儿时妈妈讲述的童话故事，“甚至幻想，父亲母亲只是住进了童话世界。在我思念或呼唤时，他们会乘魔毯，推开窗户神奇地降临身边。指着星星，再次为我讲述童话故事”。作者以一个孩童的视角，天真地想象着父母归来的画面，美好而又感人。父母离去，那些萦绕于耳际的叮咛和相依相伴的时光也随之流逝。在细雨霏霏的清明时节，“赶来参加关于两个世界对话的仪式”，心里默默祈祷“人虽隔绝，心神相通”。该诗的成功

之处就在于情感充沛,读完后令人久久不能平静。

善——人文关怀和人性歌颂

罗素曾说:“在一切道德品质之中,善良的本性在世界上是最需要的。”本诗集中也有不少引发良知道德、呼吁人文关怀的诗。《清洁工》塑造了一个多重身份的女性,她是黎明时马路边上清理城市肌肤的清洁工;她是为了供孩子上学起早贪黑劳作的母亲;她是与富贵咫尺天涯的穷人。此诗融入了诗人对清洁工的人文关怀,“也许城市的史册里,永远找不到关于清洁工的叙述。也许繁华与喧嚣中,她只是一帧模糊陌生的影子”,但“城市的睡意还在枕上蒙眬,她已在路灯引导下,手执一把扫帚,搜索扫描这个城市顽固的、被污染的肌肤,和四处流浪的污浊”。城市的净化离不开清洁工辛勤的付出。是清洁工,用一把扫帚扫出了城市的文明;是清洁工,用一个簸箕端出了城市的整洁;是清洁工,在黎明破晓前奏响了劳动乐章的第一个音符。

《煤井·矿工》是一篇歌颂煤矿工人的佳作。第一段描述了地下漆黑一片的画面,瞬间把读者带入情境,仿佛置身其中。紧接着,作者用生动的语言述说煤矿的形成:“巷道里曾深埋着,熟睡的热焰。黑色坚硬的太阳,都说是金子,却不能发光。漆黑固体的梦,千万年演化不醒……”最后引出煤矿工人:“终于有一天,梦,被一盏矿灯唤醒。黑色的脸庞,和嵌在脸上的目光,在巷道里闪现。”诗人将煤矿工人比喻为普罗米修斯,“带着解放者的使命,离开了太阳和季节。用坚利的钻头,剖开密封的岩壳,深入地钻木取火。将光和热引出巷道,补给正在冷却的文明”。由此可见,诗人对煤矿工人充满了赞誉,赋予他们崇高的使命。数千万年形成的乌金,深埋于地下。是一双乌黑的双手,用坚利的钻头,把它变成光和热的集合。钢炉的炙热,冬天的温暖,列车的动力,是煤矿工人们铸就的辉煌。

《空巢》蕴含了诗人对空巢现象的心酸,“山村已被空巢,日子凝结成可怕的静谧”。家人联系只能通过手机,天伦之乐已成天方夜谭。主要劳动力离开了故乡,“田野开始四季冬眠,耕牛们早生疏了农事,陪同老人妇女孩子赋闲”,“空巢的家空巢的村,和空置的土地,让日子荒芜冷清”。忙碌的生活节奏,沉重的生活负担,让许多年轻人背井离乡外出拼搏,老弱妇孺留守家中。诗人对此十分悲痛,空巢人的日子平淡孤寂,“唯有三角梅在奋力攀缘,证明时间还在流动成长”。

《以正义的名义疾呼》是一首慷慨激昂、义愤填膺的和平之歌。全诗共分为七段，每段的前四句都运用了相同的句式“以……的名义”，都以“大声疾呼——人类拒绝战争”结尾。各段结构分明，从死难者到失去家人的受害者再到城市、千年文物的破坏，紧接着转向生命的意义，最后到人类的延续，层层递进，增强了节奏感和音乐感。反复咏叹“大声疾呼——人类拒绝战争”，使诗文的格式整齐有序，而又回环起伏，充满语言美。同时，该诗突出了诗歌的宗旨：反对战争，呼吁和平。全诗情感强烈，振奋人心。

美——艺术追求与诗意涌现

人生就是一个不断追求“美”的过程，这个“美”，不能简单地理解为外表的美丽，而是多方面的美好，既可以是对生活的憧憬与向往，又可以是个人的理想追求。在诗歌中，“美”体现为对诗意的捕获、语言的凝练以及结构的把握。本诗集中，诗人尤其注重对“美”的追求。《在你的眼睛里》是一篇唯美的爱情诗。把“你的眼睛”比喻成天空，“而我不是雄鹰”；比喻成大海，“而我不是水手”；比喻成草原，“而我不是牧人”。诗人连用三个比喻，突出“你的眼睛”的明亮、深邃和宽阔，接着三个“而我不是……”带有遗憾和悲伤的意味。紧接着，诗人笔锋一转：“但我拼凑了所有的勇气，与你对视。让飘摇于你眼中的水藻，柔柔地缠了又缠。于是，我成了雄鹰、水手和牧人。”出人意料而又在情理之中的结局，说明了一个深刻的爱情法则：爱情就是努力成为对方想要的人。表面上是有所牺牲，但爱情是一件心甘情愿的事情。这就是该诗蕴含的爱情道理。

每个诗人都是孤独的，毋庸置疑，《致孤独》是诗人与孤独的一次时空对话。诗人首先自嘲不配孤独，因为“有那么多财富与权力需簇拥；有那么多尊严与荣耀需捍卫；有那么多责任与追求要完成；有那么多完美与精致去塑造”。在诗人眼里，谈孤独是一种奢侈。但他渴望着孤独的降临，孤独是“一处无尘无息的境界”。他询问着：“孤独啊，可你在哪里？”他告诉孤独：“我已然做到，心，能在物欲中淡泊。耳，能在喧嚣中宁静。口，能在雄辩时缄默……”他继续追寻着孤独神秘的身影。很多人害怕孤独，诗人却一反常态，寻求孤独。这种孤独，并不是寂寞，而是一种境界，能让诗人畅所欲言、言无不尽。

《诗，你是我的恋人》表达了作者对诗的深刻爱恋。作者将诗比喻成恋人，化抽象为具体，同时又叙述了二人的恋爱史：在《关雎》相识，在“千里共婵娟”时等候，立下“执子之手，与子偕老”之誓，最终抱得佳人归。由此可见，诗不仅仅是作者艺术观赏的对象,更是其精神伴侣,带着他穿越千年,遨游万古,欣赏山水之秀丽,领略都城之壮阔,饱览传统文化的魅力。

《把月光请进来》营造了清幽闲适的唯美意境,颇有朱自清《荷塘月色》的味道。首先,诗歌题目就充满诗意,将月光当作客人一样请进屋子。诗文第一段描绘了一幅静谧的月色图:“拉开窗帘,把月光请进来……袅袅的轻烟,摇曳着轻盈身姿。鱼儿般,在如水的光影中,洄溯悠游。”诗人在夜色下漫步,与星光进行一场无声的对话,企图用诗意冲刷烦躁的心情,使自己平静。此诗的一大特点就是词意隽永,意境清幽,读来使人毫无杂念,心静如水。

悟——精神洗涤与人生哲思

庄子有句经典名言:“浮生若梦,若梦非梦,浮生何如?如梦之梦。”世事一场大梦,人生几度秋凉,将人生比喻成一场大梦,我们是做梦的人,也是别人梦中的人,又有何不可呢?品味这本诗集,我们亦能看出诗人有着类似庄子的超脱境界。《前世,我是一只小鸟》蕴藉着诗人的美好愿望。诗人想象自己前世是一只小鸟,“在雨后的叶上跳跃……在绿色的森林之海与阳光嬉戏……在树林或森林里自由地,或飞或跳或唱,或遨游在山谷和蓝天。思想与哲理比翼双飞”,多么无忧无虑,多么自由自在。诗是诗人情感的载体,诗人渴望成为一只平凡渺小的鸟儿,而不愿成为游历于世俗的人类,可见他对世俗的烦闷与厌倦,希望挣脱现实的束缚,像小鸟那样无拘无束,逍遥自在。

思想的进步离不开自我的反思,《有时的我,非我》就是诗人在精神上的自我洗涤。全篇都是诗人的自我批评。批评自己“思想很稀薄,思维很扁平,思绪很飘忽”,为此他“不得不赡养思想,以防她彻底枯萎”;批评自己“心情很阴霾,心胸很狷狭,心智很愚钝”,为此他“不得不打理心情,以防她彻底崩溃”;批评自己“眼神很混沌,眼光很狡黠,眼泪很失常”,为此他“不得不清洁眼睛,以防她彻底失明”……该诗的成功之处就在于用词丰富,运用了大量的贬义词,体现了诗人自我反思之深刻。

《内心独白》记叙了信念与现实做斗争最终取得胜利的过程。或许是诗人从事教育事业的原因,诗集中很多诗像《内心独白》一样,给人鼓舞,激励人前进。特别是最后一段:“我对自己说,正因为滞于此岸而想抵达彼岸;正因为陷于泥淖而想挣脱险境;正因为迷于云雾而想拥抱现实;正因为困于包围而想获得自由。”表现上是对自己说,实则是对广大读者说,现实固然残酷,但只要有信念,就能到达理想的彼岸。

《诗落禅心》像是诗人到了一定年龄阶段的人生感悟。“年纪大了,如神龟,驮着沉重的岁月潜行”一句就是最好的证明。在这个阶段,“固执地拒绝时尚与喧闹,只醉心于星光禅意的照耀”。诗人觉得没有光其实很惬意,“无须顾及周遭的感受,无须偿还光明的恩赐。没有影子在跟踪,也没有游游荡荡的眸子盯梢”。诗歌最后一段“夜是涅槃的菩提树,收纳了所有的无形与有形。群星冷冷地闪烁着禅意,如一群来自遥远的传教士,向凡俗播撒诗意禅心”,让我想起了神秀的“身是菩提树,心如明镜台。朝朝勤拂拭,莫使惹尘埃”。虽然这是佛家的思想,却能成为该诗的思想宗旨:要随时随地净化心灵,不让它被世俗污染。

诗人就像在黑夜中寻找光明的孩子,黄晓园先生就是这样。他有两个身份:诗人和教育者。阅读诗集《一念尘境》就像上了一堂意义非凡的课,教会了我写诗要善于挖掘生活材料,在真实的基础上叙写脱俗的意境;教会了我要有正确的价值观,具备人文关怀,歌颂人性善良的一面;教会了我要善于捕捉灵感与诗意,对语言艺术不断追求;教会了我须“吾日三省吾身”,通过自我批评提升自己,同时要有理想,有毅力,有原则,有信念,像诗人一样,追逐光明。

平凡中见亲情
——读安然的散文

尹　杰

常人也许能够做到抛弃金钱、抛弃名利,但是抛弃不了亲情。亲情是维系人与人之间的纽带,在人们还未出生就已经注定。亲情,像一泓清澈透亮的泉水,没有污染,没有杂质。人们对亲情的呼唤,正是来自心泉最迫切的渴望。安然作品中关于亲情的散文道出了亲情的平凡和真切,读这类散文,就像是在听安然给我们讲述亲人们的故事。本人比较偏爱《你的老去如此寂然》《我们那些远去的先人》《摇啊摇,摇到外婆桥》等亲情散文。在她的这类散文中,我归纳出了以下特点:

一、对女性的命运的深度同情

女性是文学历来关注的对象之一,女性话题是一个敏感的话题。文学史上有很多写女性的文章,尤其是描写旧时期女性的文章大多是以传记体的方式来讲述女性的苦难经历和坚强的精神,如《小姨多鹤》。而在安然的作品中,对女性命运的同情主要集中在死后能否归根这一话题上。她在几篇文章中都写过死亡这个话题:在《你的老去如此寂然》里,我们可以看到外祖母对于死亡的矛盾态度,一方面准备迎接死亡的到来,另一方面却抗拒死亡;安然的外祖母曾经是童养媳,从上海被卖到江西,与忠厚老实的外祖父度过了一生。但是,外祖母在老了的时候想回到娘家却找不到娘家。如果说女人是水做的,那么,外祖母便是无根之水。一个连娘家都找不到的女人,是多么悲哀,老了还要独自一人对抗死亡。她孤零零地来到世上,匆匆忙忙地为夫家生儿育女,最后孤零零地离开人世。而在《我们那些远去的先人》的开头便写到七月十五扫墓的风俗,有关死亡的字眼:“坟包”“寿衣寿被”“棺椁”在这类散文中时常出现。安然新婚的时候,丈夫指着几处家坟告诉她,以后她也要埋进那里,当时她心里就有种失落的感觉。她想到她死后娘家人烧的冥钱包上再也没有她的名字,她就像泼出去的水一样,不再是娘家的人了,自然会感到失落。即便像她这样的现代女性,也摆脱不了“落叶归根”的想法。

二、真善美的亲情描写

语言的魅力在于能够表现深刻的思想内涵,并不是将故事写得多么动人曲折才能够打动读者。文学创作有三种价值原则:真、善、美。首先我们要描写真实的情感,只有真实的情感才能引起作者与读者的共鸣。就拿《你的老去如此寂然》一文来说,安然在文中写自己爱情遇到挫折向外祖母求救,外祖母只是叫了句“好崽”,便把安然心中的坚冰融化了。我们每个人都有外祖母,我们每个人都是外祖母的“好崽”,无论是小时候还是长大以后,我们都是外祖母的贴心小棉袄。其次,安然的散文中有丰富的情感,这种情感将“真”升华为“善”。难舍难分的祖孙情不是生来就有的,那是后天产生的。为什么安然对外祖母有那么强烈的依赖感?那是因为外祖母给了她第二次生命,当她要淹死的时候,是小脚的外祖母把她救了回来;当安然遇到难题时,她求助于外祖母,外祖母也总能抚慰她受伤的心灵。这种祖孙间的人文关怀寄寓着对“善”的追求。我们在阅读安然散文的时候,应该带着一种审美的视角,对亲情予以歌颂和赞扬。最后,文中寄寓了对美的追求。有了真实的情感和人文关怀之后,文章自然而然地就能体现出人性的美。美有很多种,我们可以把美与丑对立起来。在安然的作品中，没有描写丑恶的亲情，即使对自私的外祖父的嫂子，也只有短暂的怨恨，并没有一直怨恨下去，而是理解对方，最后和睦相处直至各自去世。“厚道的夫妇俩原谅了那个自私而吓破胆的嫂子，大家和睦相处到各自谢世而去。”这是《我们那些远去的先人》的原文。

三、散文叙事化

读安然的散文，就像是在聆听一个个民间故事。《你的老去如此寂然》零零碎碎地给我们讲述了外祖母的悲惨命运；《我们那些远去的先人》给我们展示了祖母、祖父、外祖父的故事，这些亲人们总有一两个令安然记忆深刻的小故事。这体现的是散文的生活化。安然将生活与散文密切地联系在一起，将叙事散文中的人物生活化。安然通过这样的叙事散文来缅怀亲人，塑造的是有血有肉的真实人物形象。

我们每个人都有那么几段难舍难分的亲情，可能是对父母，可能是对祖辈。在安然的这些亲情散文中，我们看到了自己对亲情的依恋。对于我来讲，我看到的是我祖父的影子。安然的文章写的是平平淡淡的生活，却表达出了一种浓浓的亲情。安然的亲情散文，唤起了我们对亲情的追忆，把我们从现实中带到了遥远的孩童时代，那些歌儿，那些伴儿，那些亲人……

当你在工作上、学习上、情感上失意的时候，请读读这些文章吧，你会从温情中得到宽慰。

读姚丽蓉《拐杖的转角处》

李恒美

中国人向来具有韧性，身残志坚。西汉时，司马迁忍辱发奋著述的《史记》，被誉为“史家之绝唱，无韵之离骚”。中国当代也涌现出张海迪、史铁生、叶廷芳、夏天敏、阮海彪、王占君等一批有影响力的残疾作家，出版了《轮椅上的梦》《我的遥远的清平湾》《万历风雨》等多部作品，成为中国当代文学发展史中不可或缺的一部分。诗人姚丽蓉也是如此，在残疾的自卑中不断超越身体和生命的存在，追求高尚的精神境界，出版了《拐杖的转角处》等多部诗集。

姚丽蓉在 8 个月大的时候被小儿麻痹症夺去了正常行走的能力，在地上整整爬了 9 年。她在 10 岁时学会使用拐杖,从此拐杖成为她生命中的一部分。她就如自己的笔名“绿草”,像一株原野的绿草一样坚强。热爱诗歌的她疯狂自学,向各位知名大师求教,这对于家庭不甚富裕、行动不便的她来说是多么沉重的负担。丈夫刚开始不理解、不支持她,面对命运的无情,可能很多人会选择屈服,选择逆来顺受,接受命运的安排,但“绿草”选择了不向命运低头,选择了反抗,选择了属于自己不同的人生。绿草,有充满希望、生命顽强之意。为了不让自己的精神因残疾而崩溃,她架起双拐写满的寒冷,去寻找原本属于她的生命之旅,她的诗歌创作就是她寻找生命之旅的翅膀。

人们都说:“上帝为你关闭了这一扇门,又会为你打开另一扇窗。”病魔禁锢了她的腿,她用双拐打开了未来前行的大门。每个女孩都梦想有一条属于自己的公主裙,但对于她来说是一种奢望,陪伴她的只有家人。她就像诗人彭月根所说的一样:“再次破土,你如新笋拔节,清新一片视野,没有花的芳香,没有树的伟岸,你依旧是棵绿草,不屈不挠,默默地书写自己的人生。”在世界上,有一种东西,看不见,摸不着,却能在心中产生巨大的能量,让每一个想拥有和改变的人因为这种精神食粮而成功。它,就是我们口中所称的“梦想与希望”。

命运,可能时好时坏,有些人因为命运的玩笑而放弃了生存的念想。同时,命运也给我们出了一道人生考题,这不需要你有多大的魅力和多高的智商,需要的是你有一个梦想和希望。不同的是,在死亡与生存之间,在这道难以抉择的考题面前,有的人退缩了,有的人却迎难而上,用实际行动去认真解答这道人生考题,考出了精彩。往往成功的人不多,为什么?因为失败的人只会给自己找借口,而成功的人找的不是借口,而是方法。

苏格拉底曾说过:“塑造命运的不是上帝,而是自己,世界上幸福和不幸的人们,都应该自信地走好自己应该走的路。”我不相信一切都是命中注定,但是又不得不承认命运给我们每一个人带来的东西,有的也许是幸运与成功,但更多的是不幸与伤害。没有谁愿意浑浑噩噩地过一辈子,每个人都想在自己的有生之年做出一点功绩,也许这算是看似完美却不完美的人生吧!

姚丽蓉,不甘于生活的现状,自学,读书,学习创作,学的不是什么凭空想象、随意捏造的东西,而是自己人生途中的喜怒哀乐,是生活,是感悟。对于她来说,诗歌就是她的精神食粮,文字就是她的灵魂。创作是艰难的,遭受一次又一次的失败,最终,文学创作的成功就是她的成功。

如今的社会，是一个食肉的社会，大家讲的都是功利、实惠，残疾限制了姚丽蓉老师的行动，清贫的家庭更让她感觉生活无力。张海迪说："越是残疾，越要美丽。"是啊！人生苦短，世事难料，不管怎么样一定要有足够的信心和勇气战斗下去。"人生最可怜的是嫉妒，人生最大的敌人是自己，人生最大的幸福是放得下。"姚丽蓉老师征服了自己，征服了世界，她的奋斗与学习足以说明她的坚强。在文学这条道路上，她也承受了巨大的压力，有的来自家庭，有的来自世俗，但这些压力还是无法压制和约束这一株想要成长的"绿草"。

但丁说："走自己的路，让别人说去吧。"这一点无疑是难以做到的，因为没有谁是圣人，在钩心斗角的社会中，做到眼中无利很难，但她做到了。她和文友无话不谈，是文友们一直在关心、鼓励、呵护着她，陪她渡过所有的难关。因为这些良师益友的帮助，"绿草"成就了自己灿烂的人生。

姚丽蓉的诗集《拐杖的转角处》是其继《绿草》之后的第二本诗集，姚老师虽然双腿残疾，身处逆境，但是她不为困难所压倒，直面人生，自强不息，用手中的笔写出人生绚丽的诗篇。弗洛伊德认为，文学创作既要表现浪漫，又要富于想象色彩、通俗易懂，只有这样才能唤起多数人的共鸣。

诗歌，就是她生命的另一个展现，如《为诗而歌》《步行街断想》《生命的感悟》等诗，用高度凝练的语言，形象地表达姚丽蓉丰富的情感。她用乐观的笑容汇成一股心灵的暖流，用向上的勇气铸成一道精神的铜墙铁壁，用奋斗的身影谱写一首生命的赞歌，用勤奋的内核燃起人生强大的小宇宙。她对诗歌的这种热爱和对生命的感召力，让我们敬畏。

知识就是力量，姚丽蓉虽身体有残疾，但是身残志坚。她求学的过程是多么艰辛，对于正常人来说她就是一个"奇葩"，几乎所有人都会用异样的眼光看着她，但是这并没有让她放弃对诗歌的追求。我们也始终相信：有黑暗，就有光明；有寂静，就有歌声；有沉默，就有笑语；有停滞，就有运动。残缺的身体可以用爱完整，阴暗的世界可以用爱照亮，内心的感知等待我们去触动，如《人生》《无悔的选择》等诗就展现了一个人对自己人生的选择都是无悔的，超越自己就是对人生道路上一切困难的最好诠释。

世界上有条很长的路叫作梦想，还有堵很高的墙叫作现实。每个人都有梦想，《假如给我三天光明》是美国当代著名作家海伦·凯勒的代表作。该书的前半部分主要写了海伦变成盲聋人后的生活，后半部分则介绍了海伦的求学生涯,同时也介绍她体会到的丰富多彩的生活以及她的慈善活动等等。她以一个身残志坚的柔弱女子的视角,告诫身体健全的人们应珍惜生命。没有十全十美的人和事,每个人都有缺陷,这些缺陷都是可以弥补的,等你真正弥补了你的缺陷,那你就真的成功了,超越了自己,激发出无限的潜力。姚丽蓉《拐杖的转角处》《立春》高度体现了她对身残志不残的超越,正如苏格拉底所说:"塑造生命的不是上帝,而是自己。"

一年四季都有不同的生命色彩。俗话说得好,肥不过春雨,苦不过秋霜。姚丽蓉在《诗的盛宴》中写道:"四月,春心萌动;诗芽,如种子破壳。"一年之计在于春,热爱诗歌的她沉醉在这美好的谷雨里,就像刘笑嘉说的"时间是用来流浪的,身躯是用来相爱的,生命是用来遗忘的,而灵魂,是用来歌唱的"。她带着自己高贵的灵魂,去寻找生命中的春光,就算灵魂寂寞得只听得见回声,那也是她人生行路中一处清澈的水泽。

秋天,大部分树叶渐渐变黄了,有的已经落下来了,唯有枫叶红了起来,火红火红的,为秋天增添了一道亮丽的风景线,真是"霜叶红于二月花"!如《秋天又醉了》体现的是她的那一份执着、期待。我们一直都在用心聆听不同的声音,它们在告诉我们秋一过就入冬了。对诗歌的热爱不会随着季节的变化而变化,《诗歌不会冬眠》这是她从骨子里、灵魂深处迸发的对诗歌的爱。诗人是敏感的、多情的,虽然我们不是诗人,可总会在人生的某个时刻,忽然间诗兴大发;总会有那样一个关节点,我们品味人生,给心灵充电。我们从姚丽蓉的一字一句,从她的生活开始沿着诗歌的通幽曲径,抵达我们的心灵深处。

生活可以平凡,但生命绝不可以平凡;日子可以平淡,但事业绝不可以平淡。在生活中,她是一位普通的妻子,也是一个儿子的伟大母亲。生活在社会的底层,更多人心里只有抱怨、痛苦,每个人都有追求梦想的资格,在步行街的《夜遇乞丐》,在城市间的《靓丽的打工妹》,他们生活在城市的每一个角落。看到他们,她的心在流泪,如今的街头其实更多的是热闹。

家人是她的顶梁柱,是她坚强的后盾。《羊儿子》可以说是她对儿子的感谢信,儿子就是她的"小棉袄",儿子对他来说有多重要,我想那就像阳光和雨露对植物一样重要。《一个泥瓦工的素描》写出来他们生活的艰辛,他们"把生活喝成啤酒,把日子读成诗歌",他们"老婆以妻子的身份,儿子以大学生的身份,和他相聚在家的城市"。面对失败和挫折,亲情是一剂良药,填补她那失落的心,然后重整旗鼓。这是一种勇气，是一种精神，更是她实现“梦”的动力。

让我们回忆一下身边像姚丽蓉这样的励志故事，寥寥无几。一个只有小学毕业文化程度，又腿部残疾、行动不便的女人，因为她有自己的思想，有梦想，才使她的人生虽辛苦但精彩。

有人说：生命是脆弱的，疾病、磨难……都在吞噬着生命的坚韧。但她在痛苦中挣扎，在挣扎中寻找希望。绿草从未畏惧过浩瀚宇宙，更未畏惧过死亡。即使死亡真的来临，它也会坦然面对。姚丽蓉如这一株小草，顽强，不仅没有默默无闻，更是将这美好的绿献给了大地。它没有鲜花的美丽，也没有树木的高大与挺拔，但它有“野火烧不尽，春风吹又生”的顽强生命力，有无私奉献的精神，甘愿用身体来装扮世界。在我们看来，她比牡丹更高贵，比出淤泥而不染的荷花更高尚。不管遇到了多大的困难，她依然不屈不挠，默默地书写自己的人生。我们都知道她曾经拄着拐杖遍访名师，请他们为她的诗歌做点评，她用自己的诗歌来诠释自己的人生。

一篇又一篇，翻阅了第四辑《诗人的书信》，让我受益匪浅。她的历程是她成功路上的一笔财富。张海迪说：“即使跌倒一百次，也要一百零一次地站起来。”是啊，残疾限制了她的行动，苦难限制了她的梦想。霍金说：“一个人如果身体有了残疾，绝不能让心灵也有残疾。”是的，身体和精神是不能同时残障的，一个人如果没有梦想，无异于死掉。在人生的道路上，谁都会遇到困难和挫折，就看你能不能战胜它，战胜了，你就是英雄，就是生活的强者。姚老师战胜了病魔，战胜了身体的阻碍，她就是自己人生的胜利者。

没有人能随随便便成功，她每写一首诗都会向文友或者老师请教，他们都会根据她的情况给出合适的建议，并为她的行为和执着追求的精神感动。海伦·凯勒有这样一句非常形象而生动的话：“当一个人感觉到有高飞的冲动时，他将再也不会满足于在地上爬。”正是有了远大的理想，正是有一种信念，她接受了生命的挑战，创造了生命的奇迹。

书山跋涉，她用自己勤奋的步伐，在无边的书海中，踏出一条通向顶峰的道路，用不懈的努力去擎起高悬的理想风帆。她发表的每一首诗都经过了不断修改，俗话说：“台上一分钟，台下十年功。”她的成功不是别人给予的，更不是从天上掉下来的，是靠自己的努力、勤奋争取的。

学习，对于每个人来说都是一个艰苦求知的过程。它像是一座陡峭且充满挑战的高山。当你决定攀登这座高山时,抬头仰望,它仿佛是那么雄伟、那么不可逾越,心里不免产生一丝恐惧,但更多的是兴奋与好奇。姚老师攀登这座高山让她收获了很多,她知道自己的不足,虚心向文友和老师们学习。她的诗歌也许没有高尚的灵魂,但这是她情感的自然流露。这一路上,她被冷嘲热讽,被说是幼稚,但依然磕磕碰碰地用心完成每一部作品。努力的人儿是最可爱、最善良的,我不认为她是幼稚的,相反,她是可爱的,是最美的诗人。

人无完人,金无足赤,我们常人有太多的向往,残疾人和我们一样有太多的向往。他们身残志坚,他们的成功要比我们常人艰难得多,这些精神可嘉的残疾人,在满是荆棘的人生之路上奋勇向前。为了远大的志向,实现自己的人生价值,他们在前进中有的成功了,有的失败了。对成功者,我们要竖起大拇指;对失败者,我们也要鼓励,让他们在不平坦的人生之路上努力前行,让他们过得幸福、活得开心。

姚老师也是一个普通平凡的母亲。平静的脸庞与常人没有什么两样,可那双拐还是昭示着她与别人不同的命运与生活。她选择了不向命运低头,选择另一种截然不同的生活。但是她没有向命运低头,她选择了与文字为伴,开始新的人生。她写自己的诗歌,用一字一句、一行一段,写她作为一个残疾女性的灵魂的彷徨与迷茫,渴望与失望,追求与思索。毫无疑问,她值得我们每一个人敬畏。

小家系大家,点滴见真情
——刘建芳组诗《致宝贝》解读

林晨兰

爱是人类社会永恒的话题,一个完整的人格于社会之中就需要爱,需要收获爱和付出爱。父母的爱从婴孩诞生起就产生了,这是一种天性使然,是无私的不求回报的爱。“慈母手中线,游子身上衣”“十五彩衣年,承欢慈母前”,对母亲的形容是慈母,而父亲则与之相对,为严父。这是因为在传统上,父亲与母亲表达爱的方式不同。大家认为,父爱是刚强的、严肃的、博大精深的,如冰心所说的“父爱是沉默的,如果你感受到了那就不是父爱了”。但是每个人表达爱的方式是不同的，它与性别无关。二孩政策的执行，使更多的家庭迎来了第二个孩子。家长在照顾第一个孩子的过程中不断磨合与成长，养育二孩时会更有育儿经验和乐趣。二孩给刘建芳的家庭带来了新鲜的血液与新的希望，使家庭爱的氛围更加强烈。诗人的诗歌中处处流露着对二孩降临的喜悦，与之相处时的温馨，也透露出对二孩政策的感激与对时代的赞美。随着现代生育观念的传播，受消费主义和个人主义的影响，人们的生育观发生了很大的变化，人们从以“传宗接代”“养儿防老”为主要生育动机的生育意愿向以“家庭和睦”“增进夫妻感情”等因素为主要生育动机的生育意愿转变。刘建芳的组诗《致宝贝》用充满童真的语言，展现了他对女儿的爱。他愿意为女儿建造一个童话王国，里面有白云做的裙子，有甜甜的月亮……它们的存在就是迎接世间最美丽的宝贝公主。刘建芳用他的温柔与孩子交流，陪伴孩子成长，感受孩子的欢笑与啼哭。他付出了潺潺的父爱，也收获了满满的爱意。

一、温柔细腻的真情流露

人的性格迥然不同，有的人擅长逻辑推理，有的人天真烂漫。人的性格不能用好坏来区分，却有所偏好。作为读者，我喜欢诗歌里面处处流露的温柔和细腻，能感受到诗人拥有女儿的满心欢喜和陪她度过时时刻刻的慰藉。刘建芳作为一个父亲和诗人，既有作为父亲对女儿的温柔，又有一个诗人该有的细腻。他的诗歌描写了他对女儿无微不至的照顾，用属于诗人的方式记录下了女儿的点点滴滴，用诗歌来表达自己对女儿的爱意。从孩子的出生到成长，这位父亲都不曾缺席：“2017 年 12 月 20 日，下午 3 点多的时候，这个世界/用风和日丽，静好/迎接一位美丽的公主/降临人间。”这是一位父亲听到孩子落地啼哭时的甜蜜，是迎来他美丽的公主时的喜悦。“我总是揣摩着，用怎样的手势抱你/让你最舒心/直到你舒心地笑/让我变成你的笑。”这是一位父亲看着女儿舒心笑容的安心，和被女儿感染、被她带动情绪的上扬的嘴角。“阿爸爸爸，宝贝/你终于会发出 a 以外的第二个音节 b 了/这是顺其自然的声音/就如你嗷嗷待哺是自然的。”听到女儿的那声爸爸，他是那么自然又喜上眉梢。“你喜欢看月亮/在你哭闹的时候/在你撒娇的时候/在你欲睡不睡的时候/爸爸就对你说/悦悦，我们去看看月亮出来没有/在阳台上，在我的怀抱里/你马上变得多么安静/用一双专注的渴望的眼/望着夜空/用小小的手指/指向远方。”孩子的成长需要父母的陪伴，这位父亲陪孩子玩耍，哄孩子入睡，尽自己所能参与孩子的成长。“你突然的叫声/让我们赶紧收衣服,收被子/及时避免了一场被淋湿的尴尬/大人们都赞你/宝贝真棒,发现下雨了/大人们也惭愧,为什么没有看见下雨呢?”孩子细心观察生活,这定是家长的教导与培养,教会孩子留心身边热爱生活。对女儿的夸赞和对自己的惭愧都体现了一个父亲对女儿留心身边、勇于表达的自豪骄傲的心态。“专心致志地玩着积木回答/我做佩奇猪猪的房子/你就把那些一块块的积木/当成一块块的砖一扇扇的窗/把佩奇猪猪的房子砌得很高很大/指着一块红色的积木说/佩奇猪猪住这里/指着一块粉色的积木说/悦悦住这里。”诗人细致地观察女儿游戏的过程并积极与之互动交流,了解女儿的心理与感受。女儿的世界是粉嫩的、稚气的,诗人有育儿经验加上心思细腻柔和,慢慢地走入女儿的心灵世界,家庭亲情氛围愈加强烈。

二、纯美的诗歌意象与慈父形象

诗人在组诗中用了恰当的修辞手法将自己对女儿的情感寄托于客观物象之中,表现了他对女儿细致无私的爱,也更立体地描绘了女儿成长的动态变化与自己陪伴孩子成长呵护有加的慈父形象。在父亲心里,自己的女儿永远是甜甜软软的、天真可爱的,诗人用一些柔软的诗歌意象来比拟女儿无邪稚气的形象。阳光明媚纯净,就如新生的女儿一般:“三月的阳光/很嫩/三个月的你/很嫩/当三月的阳光照着三月的你/便是春天一层层地嫩绿着温暖的源头/再加上/恩典。”阳光的存在,滋养大地冒出了层层嫩绿,女儿的降临使诗人心怀感恩。白云洁白无瑕,诗人将牙齿比喻为白云,将孩子的纯洁与无瑕活灵活现地展现出来:“宝贝,你长出第三颗牙了/这是 8 月的天空/飘来的第三朵洁净的白云。”“我们就等着/用这个世界上最美好的时光/去等待一轮月亮的出现/有时候天空漆黑/我就说月亮睡觉了不出来玩了/月亮也叫悦悦去睡觉呢/这时,我编了一个最美的童话/然后,你就进童话里了/和月亮一起,睡得甜甜的。”诗人用拟人的修辞手法,将孩子的童真展现得淋漓尽致。作者把与女儿的生活小日常记录下来,向读者展现了浓浓的父女情。孩子的成长除了有积极欢乐的一面,自然也会有存在困难的一面。诗人将阴雨赋予困难的含义:“即使遇到阴雨天/我也会用我热切的目光横扫阴雨,然后/把你注视得一片亮堂。”作者通过夸张的修辞手法表示即使女儿遇到困难也会保护她,给她一片明亮的天,暗含作者爱女心切。“这是你第一次,主动地表达/你看到的天空景色/你不是指着图书,而是指着天空说的/亲爱的宝贝,当你说出蓝天白云时/你就说出了你的世界/那是蓝天的清澈/那是白云的纯净/那是爸爸,从此以后最喜欢的远望。”蓝天白云从女儿的嘴中说出时,蓝天就是清澈明亮的,白云就是纯净美好的,因为女儿的心灵似水般澄澈静谧。“宝贝/你的笑声和哭声/你的可怜和可爱/就如这四月的风/常来常往/只是,这经历了严冬和料峭的风/吹拂到了我脸上的时候/我感受到了人间四月,是多么的温暖。”诗人能敏锐地察觉到女儿的情感波动并将她喜悲哀乐的脸部变化带给“我”,感受人间四月的风拂过脸颊的丝丝温暖。

三、充满童真的语言和丰富的想象力

《致宝贝》组诗具有很强的亲切感,这是写给女儿的诗,用第二人称来叙述,与孩子对话的方式亲切和蔼。诗人用儿童的思维方式来表达,丰富的想象力使诗歌富有童真:“风儿轻轻吹着/仿佛在清扫干净每一个角落/太阳暖暖照着/把整个冬天都温暖了/天空蓝蓝的不见白云/白云都被拿去做裙子了。”诗人用了比喻、拟人的修辞手法,风儿、太阳、天空,它们的影响是全方位的,女儿的降临使诗人被喜悦与甜蜜包裹。“星星眨眨眼说要睡了/月亮拉过一朵云说/盖好被子睡觉了/但你不听星星的话/也不听月亮的话。”作者将星星、月亮拟人化,把父亲哄女儿睡觉时的对话,通过星星、月亮表达出来,让对话更加活泼俏皮。“你是在阳光灿烂的冬日出生的公主/你的周围都是纯净的/洋溢着赤橙黄绿青蓝紫的美丽。”女儿的周围是纯净的,她洋溢着赤橙黄绿青蓝紫的美丽,纯净与七色的美丽形成对比,作者通过这种色差区别,突出了女儿在自己心中的明亮美丽。“六个月的你,宝贝/你是随季节一起长大的公主/太阳明亮,我感觉那是你的眼睛照映的/天空很蓝,我想那是你未来的蝴蝶结打开了/铺满了我的世界。”在作者的心里,太阳的明亮是女儿给的,天空的蔚蓝是女儿未来的蝴蝶结打开了,身边的美好都与女儿有关。“我喜悦的心情充满湛蓝/只要我抬头/看到的是一个世界的简洁明亮/了无尘埃,宝贝/这是你粉红色的梦的萌芽/只要一开口/就可看见这 8 月的云朵/飘进了心的天空微笑。”作者以儿童的充满色彩的视角来描绘世界,将喜悦的心情用湛蓝来形容,用粉红色来点缀简洁明亮的世界,语言童趣,富有想象力。“小鸟在欢迎我们/鲜花为我们铺路/我们走过去又走回来/还不愿意回家/我的宝贝学会了流连忘返。”此处诗人用了排比与拟人的修辞手法,形象地描写了公园里的鸟语花香使他和女儿恋恋不舍。

四、真诚的"小爱"中闪烁着"大爱"的光辉

《致宝贝》中处处可见诗人表现出对家庭、对妻子、对儿女尤其是对女儿的无微不至的关爱,这种爱正是我们构建和谐社会需要的可贵品质。我们慢慢品味诗歌无处不在的感人的"小爱",可以发现,诗歌"此时无声胜有声",在告诉我们,诗人对女儿降临产生的喜悦和关爱,也正能量地明示了国家二孩政策给许多家庭带来的幸福感,是对国家和社会的讴歌,闪烁着"大爱"的光辉。"我相信了奇迹/此时我五十岁/但没有等待/是上天赐给我的/是时代赠给我的/是你,我的宝贝/赠我的……我要用我的后五十岁的爱/回报前五十岁的爱/这样的人生百年,够厚度吗/我不想见证结果/只想见证一天又一天。"作者知天命之年喜得爱女,这是时代的馈赠,是二孩政策的结晶,在这个时代背景下,有千千万万的家庭拥有了更厚重的幸福。

总之,刘建芳的组诗《致宝贝》将自己对女儿的喜爱融于诗中,语言活泼富有童真,树立了一个慈父形象。作者想象力丰富,使读者能够轻松愉快地阅读诗作。诗歌以作者与女儿的日常为主,描述的都是作者对女儿的爱与生活琐事,所写的情感较为浅显,无更深层次的内涵,但也表达了对时代和社会的赞美与歌颂。

风行水上,自然成文

——试读胡刚毅的诗

罗文斌

现如今,诗人从文明的金字塔尖跌落下来,人人可以作诗,故而矫揉造作、无病呻吟之诗也大行其道。因此,有人高呼"诗人已死""诗歌已死",对此笔者不敢苟同,窃以为胡刚毅先生便是一位优秀的诗人。初读胡刚毅先生的诗,便感受到其诗浑然天成,独具匠心,如"清水出芙蓉"。我甚至在想胡刚毅先生会是怎样一位世外高人。读他的诗,如置身山水,体验人与自然的对话,感悟物象之外的哲思蕴藉;似步入城堡,寻味诗人对文本和意象独具匠心的建构,以及耳目一新的情感体验;如聆听天籁,沉浸于清新灵动的旋律,更在声韵绕梁之际,聆听弦外之音。顾炎武在《日知录》中提出:"昔人之论谓:'风行水上,自然成

文。'若不出于自然，而有意于繁简，则失之矣。"胡刚毅先生在创作中将丰富多彩的意象糅合于诗歌独特的建构和优美的旋律之中，并注入诗人自身源于自然的独特气质和情感体验，形成灵动清纯、含蓄不露、清新自然的风格。

一、置身山水之间

著名作家袁鹰称胡刚毅先生为"井冈之子"，因他是"将自己全部生命融入井冈山一草一木的人"，笔者对此深表赞同。虽然不曾见过胡刚毅先生，但笔者通过与其诗歌的对话，便深切地体会到他是一个将自己的全部生命融入自然山水之中的人。井冈山的山水养育着诗人，更赋予诗人独特的气质和寄情山水的文人情怀。

正是如此，诗人才借助自然山水赋予的才情，抒发自己的一腔思绪和对这片山水的无限热爱。从《春之鸣》《蝉》，到《秋韵》《默默积攒热能》，饱览四季变换，体悟岁月如梭；还有《凡·高的向日葵》《一声鸟鸣》《菊》《星星》等，采撷自然之物，有感而发；再有《呼吸》《搭乘一辆春天的滑滑车》《每个人都是一棵走动的树》《遐想》等，给文字插上想象的翅膀，任思维去远航；最后如《两代人的结婚床》《王大老板发财的秘诀》从具体事件入手，展现生活的真实面貌。

诗人的许多诗歌是以"身边的事物"，特别是自然山水为物象，体现诗人对日常生活的美丽观照，展现出一幅幅宏伟的山水、生活画卷，这也正是诗人独特的诗歌风貌。诗人善于挖掘万物身上蕴藏的灵性，将大地、河流、山川、草木、花鸟等人格化，讴歌它们的质朴、纯真、善良，表达了对大自然和生活的歌颂与赞美之情，营造出春风抚杨柳般绵延的诗情画意，进而升华了诗人的人格。这不禁让我想起盛唐时以王维、孟浩然等人为代表的山水田园诗派，他们的作品也以反映田园生活和描绘山水景物为主要内容。其中成就最高的王维的诗歌被誉为"诗中有画"。胡刚毅先生的诗歌物象众多，如大山、蜜蜂、树木、江河、春天、星星、菊花、鸟鸣、大地、太阳、风、种子等，以这些物象为代表的叙述对象构成了诗人诗歌的主体情绪，体现了诗人对自然界万物的热烈向往和积极追寻，进而展现诗人对自然万物、对幸福生活和对真善美的热爱与追求。

诗人虽多以山水为物象，却不止步于描绘山水、歌颂自然。诗人总是追求通过对山水自然的观照，创生更加深刻的情感蕴藉，即诗人的哲思与性情。正如那首《每个人都是一棵走动的树》：

每个人都是一棵走动的树，千姿百态

身体内藏一盘盘唱片,一圈圈年轮堆积
谁也看不到摸不着,各自心照不宣
褐色、青色的树皮密封了隐秘
沙尘暴也掀不动它们根须抓牢的忠贞
每棵树都是歌唱家,当爱之唇如唱针
吻上内心的唱片,春天就来临了
青枝绿叶、百花争艳……
一曲曲歌声飞扬起来,山溪般漫溢
高昂的、悠扬的、舒缓的歌传来了
枝条的手臂舞起来了,叶的手掌
鼓起了掌,因歇不下来
巴掌往往拍红,在悄然而至的秋风中

诗中流露出一种对人的个性的赞赏和对生命中美好爱情的讴歌。其实,诗人用人格化的“树”,展现渴慕爱情的心灵在生命的年轮中追寻忠贞的爱情,不去在意时光的秋风“悄然而至”。本诗尽情地抒写灵动飞扬、充满个性的个体,以一种青春的激情,歌唱爱情的坚贞和人生的欢畅,给人以积极的引导。

诗人每每从自然物象出发,通过对日常生活的美丽观照,给人以清新自然的感官体验,读来如入画中。诗人又寄托自己的人文情怀和对生活的感悟于山水之间,带给受众理性的思考和积极的引导。可见,诗人对绘画美的把握不可谓不纯熟。

二、寻味建构之中

胡刚毅先生的诗歌不仅仅停留在对传统山水物象的承袭上,更可贵的是他在诗歌建构上突破传统诗歌的呆板的格式,赋予了诗歌现代艺术中的布局之美,形成自成一家的建筑美追求。诗人常采用意象间的置换与组合等手段,避免一味地追求对称或是太不注重布局等文本结构单调的问题,而根据诗歌中诗人情感的流动去谋篇布局,做到文随意动。诗人还创造性地运用逆向思维,一反常规地剖析问题,在意象本身的建构上取得重大突破。通过对诗歌文本和意象本身的双重构建,胡刚毅先生的诗歌在结构上给人以耳目一新的感觉,更加符合当下受众的接受心理。

诗人最擅长的要数意象间的置换与组合,在诗人的“排兵布阵”下,一首首韵味悠长的诗跃然纸上。胡刚毅先生的许多诗歌运用了此手法，如《笋》中描写笋在春雨中破土而出：

在地下关押了
仿佛一个世纪终于
尖尖的小嘴
噙住一滴春雨。霎时
解了一冬的渴。

读者只要稍加思考，十有八九能猜到诗中写的是春笋。诗人只用了寥寥数语，便将地下、小嘴、春雨这几个简单的意象建构成一幅“雨中春笋图”。这憨态可掬的含露笋尖，于是跃然纸上，也恰似给我们读者干涸已久的心解了渴。再看那秋风中绽放的菊：

百花熄灭后，一只手
在秋之尾弹奏什么乐曲？
伸开灵巧的纤纤手指
面对来势汹汹的冬
不动声色攥紧一个拳头
擂响天空之鼙鼓
要把乌云的愁容唤下来

掏出自己的血点燃为一朵火
照亮的岂止是一个季节？

如此的从容淡定，颇有运筹帷幄的大将风范，续写着春夏的歌曲，又坦然面对冬的愁云，菊的形象已然是呼之欲出。继而到最后两句，在前面的积蓄之后，骤然发力，整首诗的气势因之陡增，一句“照亮的岂止是一个季节”更是将诗歌的内涵加以升华，塑造出人格化的高大的菊的飒爽英姿。作者擅长多组意象间的置换与组合，用排比、对比、递比等句式群，使诗句形成一种内蓄的势，在诗境上层层推进，更能于结尾处留下令人触动的一幕，或是笑，或是悟，抑或是叹，余味不绝。

诗人还善于运用“逆向思维”去构建意象本身，即运用一反常规的创新性思维，使得诗歌充满矛盾与冲突，诗歌主旨恰是在这种冲突中得以鲜明体现。这种意象的构建不像文本结构的布局那么简单,而是对普通物象的创新性构思,足见诗人对生活的细致观察、对问题深邃的洞察力和对文字纯熟的驾驭能力。如《象棋》:

帅并不能调兵遣将
车却总是横冲直撞
马走斜路常常得手
兵步步为营、循规蹈矩
却屡屡淹死在楚汉河里
仕象走歪道竟成规则
为的是保卫主帅和江山
至高无上的主帅活得最窝囊
关在小屋里如狮子囚在笼子里
它的生命成了大家共同的负担
胜不是它的功劳,输却是一种解脱?

本诗使用调侃的语句,将象棋中的棋子都塑造成反面形象,形成层层递进的情感基调。最后,诗人更是立场鲜明地一反保帅论调,说道:“至高无上的主帅活得最窝囊/关在小屋里如狮子囚在笼子里/它的生命成了大家共同的负担/胜不是它的功劳,输却是一种解脱?”举手投足之间,诗人便把高高在上的主帅踩在了脚下,将寄生虫的形象通过我们熟知的象棋主帅来塑造,让读者在惊讶之余也会心一笑。这就是诗人一反惯常论调,创造性地构建意象来深刻表现诗歌主旨。再如《翠鸟》:

你是美的精灵:独一无二的碧翠
如一枚绿宝石
在稚童里,一次次溅起惊喜
长大了,知道了你的嗜好
知道你的胃囊里盛着饕餮
你的长喙,一次次啄破鱼塘的平静
明镜碎了,玻璃屑扎伤了谁?

诗人提笔便将翠鸟抬上九霄,赞它是“美的精灵”,碧翠如绿宝石,干净利落,字字珠玑。可陡然间笔锋一转,说道长大了才知道它“胃囊里盛着饕餮”“啄破鱼塘的平静”,在顷刻间又将它踩在脚下。抒发抑扬之情于反掌之间,足见诗人布局之精妙,文字驾驭之纯熟。诗中也把惯常思维里美好的翠鸟的物象重新构建,使之成了贪得无厌的意象,揭露善于伪装的恶事物。

胡刚毅先生主要通过践行意象间的置换与组合和对意象本身的逆向构建等手段,生成具有建筑美的诗歌。这不但增强了诗歌文本的韵味,而且使意象陌生化,形成自成一家的风格,给读者带来独特的情感体验。

三、领略旋律之外

除了对诗歌绘画美和建筑美的追求,胡刚毅先生还追求诗歌的音乐美。诗人对音乐美的追求,主要体现在以下几点。第一,诗中大量使用重叠式形容词,提高诗歌的声韵之美;第二,以口语化的方式介入生活,语言轻松、简洁、平实,诗歌朗朗上口;第三,灵活使用短句,使诗歌充满丰富和谐的韵律。

说到重叠式形容词,自然就想到“诗魔”白居易,他的诗中大量使用重叠式形容词。他的那句“稀稀疏疏绕篱竹,窄窄狭狭向阳屋”(《和自劝二首》)更是重叠式形容词在诗歌中运用的典范。胡刚毅先生的诗中也大量使用重叠式形容词,如“密匝匝、细碎碎的脚步声”(《春夜听雨》),“拨开重重的云雾丛丛野草”“握着你青青的纤手”“我姗姗来迟”(《赴梅子之约》),“让你脉脉的眼睛来作答”“原野上到处燃起星点点的火焰”“每棵树都被胳肢得心痒痒的了”(《一场冬雪如何化为春水》)。这些重叠式形容词重在音节的配合,叠音形成音乐美,即通过声音传达一种事物发展的形态,在增强语言形象性的同时,也增加了语言的美感。

口语在诗中的运用由来已久,“白衣卿相”柳永的词,口语化倾向就很明显。口语化让诗歌朗朗上口,具有更佳的音乐性。而今读胡刚毅先生的诗,亦能感觉到他灵活运用口语介入生活的写作方式。首先,诗人大量运用虚词。如叹词:“至爱的亲人啊”(《春夜听雨》),“嫁给我的明天,要吹吹打打吗”(《生日》);拟声词:“扑棱棱地拍打着”(《初春的雁阵》),“嘻嘻嘻你笑着跑到我身后”(《一场冬雪如何化为春水》)等。这些虚词使得诗句朗朗上口,增强了诗歌的音乐性。再者,诗人甚至直接以口语为诗。如《她的名字》:

她的名字,小镇说:
很香很香,很甜很甜
被左邻右舍的嘴巴,嚼来嚼去

编织出一个个离奇的掌故
后来,他们突然说:
她的名字,很臭很臭
却拼命用舌尖,卷来卷去
然后,呸!呸!呸!
甘蔗屑喷出口,吐脏一条街

本诗通篇几乎都是用口语写成,借两段言语来反讽那些不知反思自身,反而说“她的名字,很臭很臭”的人。作者运用口语,是要以通俗到近乎随意的方式展现现实问题,借贴近生活的口语,增强反讽的效果,来引起人们的注意和反思。诗歌通篇运用口语,也表现出诗人对音乐美的追求。这类诗歌还有《王大老板发财的秘诀》《他对一只羔羊说》等。

众所周知,短句凭着自身轻快的节奏而具有很强的音乐性。胡刚毅先生的诗歌的音乐美除了体现在前文提到的大量使用重叠式形容词和常使用口语外,还体现在诗歌灵活运用短句,使得诗歌充满丰富和谐的韵律。如《水啊水》:

在奇寒面前
站直了别趴下
这是水骤然挺立的形象
逆境中
呈现铮铮硬骨
握着冰凌银剑
不对凛冽北风流一滴泪

本诗将水结成冰后傲然挺立的形象描写得十分生动,诗歌巧妙地运用了短句,节奏明快且富于变化,时而急促时而缓和的语句,提升了诗歌的韵律感,进而突出了水结成冰后的“铮铮硬骨”。

诗歌的音乐美并不只是声韵上的美,更在于“弦外之音”的妙。诗人在作诗时,结合诗歌意象的要求来选择体现音乐美的方式,将诗歌音乐美与诗歌意象糅合在一起,做到形式与内涵的统一,也是成自然之文的要求。

论曾纪虎诗集《风在安隐》中的人生镜像

周 华

曾纪虎先生本人在一次访谈中说:“我的东西不是太平稳,人们看到的只是危险的消极。如果说有我想表达的一些向度,或许,我曾想表达,只是自己的能力和才华有限,还没有做到。”说实话,我对曾纪虎先生不是很了解,可是单单读过这几句话就被他谦逊的品质,以及不过分追求名利的品格所折服。他不太考虑“一个诗人的成名”这样的话题,认为那些忙着成名的人让诗歌创作在当代笼上了一种荒诞的色彩。或许,他对诗歌的写作就是一种热情吧。这种态度让我对曾纪虎先生肃然起敬,也让我对他的诗歌充满了期待。

一、隐含悲剧、神秘的色彩

都说诗歌是青年人写的作品,是因为诗歌承载着诗人强烈的情感。曾纪虎先生的诗歌,梦境中带着具体事物在其中依次展开,进入神秘而忧郁的境地。真诚的诗人善于聆听世界赋予他的生活节奏,善于观察世界运行流转为生活赋予的形式,尽管这种形式可能带着悲剧色彩——“坠入那更为开阔绝望的次序”(《你睁开眼睛》)。他善于用精致细腻的文字勾画出一个梦幻绝美的空间,让人静步行走在思想的空地,悠然而神秘。西安交通大学艺术与传播学院博士生导师、诗人柏桦认为:“曾纪虎的诗歌在训练有素中,透露出轻逸、唯美之姿。”诗人的作品不仅具有某种现代意识,而且有最令我惊叹的一点:“神秘”。夜晚、啤酒、陈旧的烟卷、带走的行李箱、一些灰暗的阴影、天空中被提早耗尽璀璨的流星,几种简单意象的叠加就勾勒出了神秘颓废的意境。夜晚是事件发生的背景,夜晚也是曾纪虎诗歌典型的意境,泼墨般的夜色给了人最大的想象空间、最神秘的意境。带走的行李箱突出离别与奔波这两种现代社会最典型的现象。对生活有所感悟必定具有搜寻并凝聚诗歌主题的能力,这种能力来源于诗人与世界相遇的原初震撼。现代人太伤感于离别,却不减少离别的次数。奔波或许才更适应现代生活快节奏的步伐。对这两种典型现象的表现一下子抓住了读者的心,一下子引起了读者的共鸣,让人不得不感叹作者细腻的心思和敏锐的观察力。陈旧的烟卷,啤酒,现代生活气息浓厚;迷离的烟,消愁的酒,忧伤而颓废。可以说,烟卷与啤酒是表现颓废人生的浓缩精华。灰暗的阴影,提早耗尽

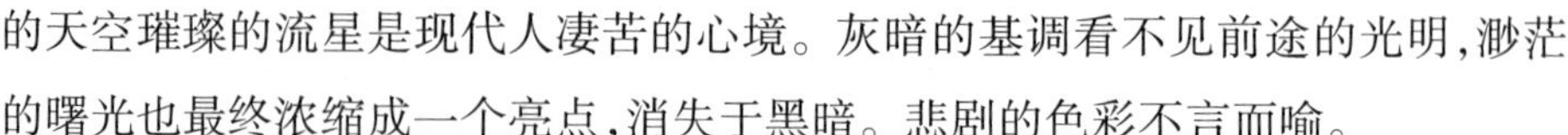

的天空璀璨的流星是现代人凄苦的心境。灰暗的基调看不见前途的光明,渺茫的曙光也最终浓缩成一个亮点,消失于黑暗。悲剧的色彩不言而喻。

虽说诗歌的意象有些悲剧,但是不可否认它另一方面更好地表现了生活。细节的丰富、主题的精确是回馈给世界的答案。正如尼采所说:“诗歌的职能是回答世界。”曾纪虎履行职责的方式就是梦境。夜晚、梦境、幻想构成了曾纪虎诗歌天幕中的群星。这些群星也更好地成全了曾纪虎的神秘,而这些神秘更巧妙地表现了现实人生。这种神秘不是超现实的魔幻,而是紧贴现实的真实感觉,他塑造的是种神秘色彩,带给读者的是种具有冲击力的切身感受,而这种感受离不开现实人生。在凄凉的夜色、迷离的香烟雾中,你喝着消愁的酒,望着一个灰暗的背影带着行李箱消失在夜色中……故事的结局需要自己想象,这就是曾纪虎的神秘,他带你进入了一个最现实的境地,给你的却是最神秘的感觉,可这种境地你却发现就是你最熟悉的现实人生,让你不得不佩服曾纪虎先生诗歌的表现力。

二、周身与梦境优雅地调试

诗人越来越多地开始书写身边的人与事,体现了他越来越出色的协调能力,使诗人得以在语言、世界、时代、周身和梦境之间优雅地调试,正如克尔凯郭尔在《论反讽概念中》所说:“只有当他知道自己的位置,适用于他生活与他所处的时代,只有当他在他所属的时代是自由积极的,他才是诗意地生活。”通过身边的人与事去触摸邈远,通过个体去领悟全部,这是诗歌中难得的容纳性:“或许,你就是所有人。”(《这些触摸像是来自黑夜》)正因为如此,执着于梦幻法则的诗歌才能显示出如此清澈的质地。于是,“暴风般的喜悦”(《风在安隐》)也获得了寂静的品质。这是废墟的宁静,是一堆承纳了风暴之后落地的碎片,而不是去除生活的不安后得到的安逸。他感慨自己的时代,感慨自己的命运,自比是“石头”,不再是时代的宠儿:“这个时代已燃烧得太快。风,在急行,安隐山脉——藏于庐陵,在赣江之畔。”(《风在安隐》)生活于吉安的曾纪虎是这个城市的夜游神:“傍晚的寂静,在城区上空,言语一直是个神圣之地。”(《四月之歌》)他的诗歌与这座城市相互成长、赋形、竞争。这座城市的历史、地理、风物犹如椎骨一般隐藏于诗歌的躯体内,它是曾纪虎的“创造核心”。他与自己的周身优雅地协调。“我见星辰哀伤,小城惊惶,被生活逼着行走,晚上,粉色的,蓝色的。原始的快乐与欲望。”(《风在安隐》)由于梦的视域,诗歌的韵脚得以在这片“神圣之地”上行走、漫谈，令我们触摸到历史深处的隐痛，这正体现了曾纪虎对生活的自觉，他诗歌中的历史更加隐秘，服从于诗歌的梦幻体质，却没有成为炫耀的装饰。也许，对于曾纪虎而言，将诗歌视为一种“呓语”或“低温的消遣”，恰恰是对生活真相的触摸后放低的姿态。词语的激情无法代替身体与内心的激情，尽管，他的诗歌在语言上“诡秘如初”，但在看似游戏的表面下，是平静的领悟，无时无刻不透露出洗尽铅华后的朴素与随意。“粉刷一块幸福的房屋，一道天性敏感的围墙，睡着了的世界上最可爱的女人。”(《风在安隐》)几语道出了生活的平淡随意。这就是他生活的方圆，他的妻子是他最亲近的人。这些都在他诡谲的文字中出现，通过最贴近的人与事去体悟全部，用天性敏感的神经去感受幸福。这是他的文字中难得出现的欢乐。平静地去和自己所处的世界相处，优雅地与周身调试，才能真正做到诗意地生活。

三、非凡、多主题的心绪笔记

同济大学博士生导师、评论家王鸿生教授指出：“《风在安隐》刻录了曾纪虎与事物切身交谈的编年史。凝视、抚摸、幻化、催眠，是他与事物的惯常相处方式……成就了一部非凡的、多主题的心绪笔记，其灵感的质地是那样奇诡、温润而绵密。”“触碰到的事物忽然安详，他那样胆怯与颓散，他半夜醒来，抽烟。在时间面前，望着眼前的白纸，那样渺小。”(《风在安隐》)烟雾中的作者与周身事物相处的方式是幻化、催眠，他更多地听从内心，抚摸触碰到的事物忽然安详，心中却难掩胆怯，那丝胆小与颓散在夜色中，在内心深处被无限放大。寂静安详的环境更加暴露了并不平静的内心以及性格缺陷。胆怯、颓散中隐约透露出对自己的不信任，这或许有点儿自卑心理。我想每个人内心有时都会有一点自卑，毕竟“金无足赤，人无完人”。我们天生不是天之骄子，在现实面前总会有无可奈何之事和苍白无力之感。这诱发出我们内心潜在的挫折感，从而引发自卑感。

阿尔弗雷德·阿德勒在《自卑与超越》中曾写道：“每个人的心中都有不同程度的自卑感，因为我们都想让自己的生活变得更好一些。”当然，如果我们充满信心，脚踏实地地改变我们的生活，相信自卑感就可以慢慢消除。每个人都不会一生都存在自卑感，这样会使他难以负重，所以必须找到合理的方法去克服。即使一个人失去了自信，不再想脚踏实地地努力改变自己的生活，但他仍然不想被自卑感困扰，仍然时时刻刻想摆脱这种感觉，他的目的仍然是克服所有困难,但是他却不为之努力,只是寻求一种自我安慰,甚至是强迫自己认为有优越感。可惜的是,这样做,自卑感不但无法消除,反而会越来越强烈。因为他无法解决问题的根源,所以他走的每一步都在自欺欺人,生活中的问题也会紧紧跟随着他,以至于生活压力越来越大。强迫自己有这种优越感,这种自欺欺人的方式对现实情况的改变于事无补。我们看到的只是:他与其他人一样,极力争取一种充实感,但是对改变自身处境没抱任何希望,我们觉得他的任何行动都有软弱的色彩,孤独的感觉。"在夜晚,群星点燃了瑰宝似的天空,孤独的书本,火光中安逸的文字,南方之夜,闪耀异样光彩。"(《风在安隐》)摆脱自卑感不是强迫自己认为自己优越,当然也不是你一定要做成丰功伟业才能称得上优越。其实优越感就如同自信心,是慢慢积累的。其实目标不要太远大,每天完成自己预定的实际目标,你的自信心就会每天不断积累。积土成山,积水成渊。优越感就会慢慢找到,幸福感也会慢慢到来,你看待事物的心境就会变得不一样,处理事物的方式也会变得随意平和,这就是心理的升华,也是你心绪的变化。升华心绪或许也是曾纪虎诗歌主题的一种表达。"祝福狠毒的语言,祝福被中伤的河岸,祝福无望的愤怒。"(《风在安隐》)微笑着生活的态度是曾纪虎诗歌传达的另一主题。现代生活的压力,让现代人出现了"现代病",神经变得敏感而又脆弱。而一些社会现象也蔓延滋生,舆论杀死人也不再稀奇,这就是"冷暴力",所以选择一种怎样的生活态度成为一种关键。"相逢一笑泯恩仇"是一种境界,简单从容成为幸福的一个诀窍。微笑着面对恶意流言,平静中获得舒适。不难发现,伤感细腻的亲情这一主题也镶嵌在诗歌的文字当中。对母亲的感激、心疼,让读者看到了一个孝子的形象:"一个女人孕育着我的血肉,精疲力竭的床畔,青霉素过敏,桌子上乡村医生的诊断。"(《风在安隐》)幼子在漫长时光后的降临,让诗人对新生命的到来充满了欣喜与感恩。的确,除了学会微笑面对生活,我们还要懂得感恩。《风在安隐》是作者非凡的、多主题的心绪史,字字珠玑,每一个字都是他与周身事物惯常相处中的体悟,温润、绵密。

四、清丽语言对生活真相、主体寂寥感的揭示

同济大学博士生导师万燕教授曾说:"曾纪虎在现实生活与艺术生活中,其诗歌特点是敦厚与哀伤、古典与抒情,这是很可贵的诗歌品质。"曾纪虎诗歌蕴含了社会场域感及文化底蕴,折射出强烈的自我意识和对现实世界的独特思考,同时也展现了诗人面对社会与人生独有的情怀。陈律则提到曾纪虎诗歌中人与人的疏离感，这是传统陷落导致语言的死亡之后出现的新的语言现实，代表着另一种可能性。两大学者都对曾纪虎先生的诗歌赞不绝口。诗歌中折射出对现实世界的独特思考以及主体寂寥感。

静态的溪流，松弛无聊地漫步，主体的寂寥感油然而生，就连初春的生机也置若罔闻，入眼之景只是枯萎的油菜花和粉身碎骨的纺织娘。一切景语皆情语，此时主题的寂寥感表现得淋漓尽致。“在一片幻蓝中，枕头杀死了眼睛，未实现的梦覆盖世界，生命中最好的事，你在写吗？笔，凝视纸张，让浓妆的小丑也为之心寒。”（《风在安隐》）这是诗人对现实世界的独特思考，也是诗人面对社会与人生独有的情怀。未实现的梦覆盖世界，诗人仍雄心勃勃，不甘心躺在枕头上失去了这份冲劲，让眼界变得狭隘，想让自己的生命焕发光彩，也想在生命的旅途中留下些深刻的回忆，记录下生命中最美好的事。年轻不老的心让手中的笔变重，搁置不下，却无从开头。戴上面具的你，也掩盖不了你的忧伤面容。生活的真相没有一个人能确切地说清楚、讲明白。有人戏称生活就是生出来、活下去，虽然有些玩笑，但确实有道理，从出生到死去，这个过程就是生活。每个人的起点、终点都一样，只是过程各有不同，这也造就了不同的人生。过程很重要，努力会让你到达人生顶峰，领略到最美的风景。但是人生又不可太匆忙，这会使你忽略掉许多美景，你有时需要停下来仔细驻足观看、欣赏，让这些美好的事情在你的脑海中如同录音时的刻盘，划痕也一点一点刻在你脑海中。当你想记录下生命中最美好的事情时，你手中的笔也许就不会那么犹豫。每个人笔下的文字都会不同，因为每个人的人生都不重样，但是对生活美好的追求、对人生美景的向往，每个人都是相同的。不要在枕头上静睡太久，忘记了那颗跳动的心；不要空对生活流泪，却不想让自己的生活有丝毫改变。幸福就是自己的期望与实际在心中有了平衡，这时就会出现幸福感。幸福感多了，主体的寂寥感也许就会减少，留在眼中的景色也会变得不一样。这或许就是生活的真相。

《风在安隐》中的每一个镜像都浓缩了诗人对人生的感悟，清丽细腻的文字记录了诗人非凡、多主题的心绪。他在周身与梦境之间优雅地调试，去触摸邈远，去体悟全部，平和地与这个时代相处，记录下生命中最切实的感悟。凄美的夜色、神秘的梦境、诡谲的文字，记录下了曾纪虎先生的那段旧时光。

后　　记

汉语言文学专业是井冈山大学的老牌专业，也是品牌专业，一代又一代的井大中文人坚守教学育人一线，坚守立德树人根本使命，坚持 OBE 理念和“新文科”建设导向，精耕细作、勤勉坚持，创新人才培养模式，结合区域庐陵文化和红色文化特色，凸显红色文艺、庐陵文化等“红”“古”文化资源对学生人格素养的涵育，探索汉语言文学专业的新模态建设，取得了较好的效果和良好的声誉。

在学院院长刘晓鑫教授的大力支持和同事的通力合作下，我们紧跟时代步伐，开展创意写作，借助露珠诗社、江西省文学评论与创研中心两个平台，指导学生进行文学创作和评论写作。学生的作品在各大报刊发表，取得了优异的成绩，在全省乃至全国都有较好的知名度。很多学生在校期间表现优秀，发表了各种作品，获取了许多奖项，毕业后在各行各业深受用人单位喜爱。如今，在省一流特色专业建设经费的支持下，我们编辑了学院学生文学作品集两本，作为江西省教改课题重点项目“师范专业认证背景下地方高校师范生教育教学技能训练模式研究”和江西省基础教育研究课题“创意写作背景下初中语文精细化作文教学策略研究”（编号：SZUJGYW2021－1083）的阶段性成果。

本集精选了 2015—2018 年度井大学生的作品，分成诗歌、散文、小说、评论四辑。这些学生都是佼佼者，在校期间参与了由龚奎林策划的本土作家作品研讨会和曾纪虎策划的露珠诗社作品分享会，锻炼了演讲能力和思考深度，也提升了作品质量，部分作品获得了省级和国家级创作大赛的奖项。在“评论”部分，学生对音乐舞蹈史诗《井冈山》、本土作家创作进行了思考，夯实了立德树人和区域文化探究的导向。

在编选过程中，学生俞艳燕、李霏宇、刘兰、熊静阁、杨瑾、邓子康、曾宪芳做了大量的编选工作，李霏宇还进行了汇集初排，她们都是露珠诗社的学生，在曾纪虎老师的指导下，发表了很多作品，先后成为省、市作家协会会员。感谢各位同学，感谢江西高校出版社。由于编者水平有限，错讹在所难免，敬请方家不吝批评指正。

编　者